D1873740

George Ella Lyon

Lawandas Leben

George Ella Lyon

Lawandas Leben

Roman

Aus dem Amerikanischen von
Monika Osberghaus

BELTZ
& Gelberg

Freie Waldorfschule
Friedlebenstraße 52
6000 Frankfurt 50

George Ella Lyon veröffentlichte sowohl Bilder- als auch Kinder- und Jugendbücher, für die sie mit zahlreichen Preisen ausgezeichnet wurde. Sie lebt in Lexington, Kentucky. Im Programm Beltz & Gelberg ist *Lawandas Leben* ihre erste Veröffentlichung.

© 2000 Beltz Verlag, Weinheim und Basel
Programm Beltz & Gelberg, Weinheim
Alle Rechte für die deutschsprachige Ausgabe vorbehalten
Die Originalausgabe erschien unter dem Titel
With a Hammer for my Heart bei DK Publishing, Inc., New York
© George Ella Lyon 1997
Lektorat Regine Teufel
Umschlaggestaltung Max Bartholl unter Verwendung eines Fotos
von Monika Paulick
Neue Rechtschreibung
Gesamtherstellung
Druckhaus Beltz, 69494 Hemsbach
Printed in Germany
ISBN 3 407 80869 0

Für Dick Jackson

Im Sommer des Jahres nach dem Ende des Zweiten Weltkrieges entdeckte man in London fremdartige Pflanzen, die in den Bombenkratern wuchsen und seltene Blüten trieben. Die herbeigerufenen Botaniker machten nach eingehender Untersuchung folgende Entdeckung: Obwohl ursprünglich in London beheimatet, waren diese Pflanzen dort seit 1666 nicht mehr gewachsen. Das Große Feuer hatte sie verbrannt und ihren Samen unter Asche und Schutt begraben. Fast dreihundert Jahre später hatten die Glut und die Wucht der Bomben sie wieder zum Leben erweckt.

So ist es auch in dieser Geschichte.

Ein alter Mann wohnte in zwei Bussen auf einem Berg. Ein ausgebrannter Soldat, ein misstrauischer Einsiedler. Er hatte seine Familie verlassen, er hasste seine Heimatstadt. Seine Tage verbrachte er mit Lesen und Saufen, er lebte im Dreck. Und er jagte jeden fort, der den Berg zu ihm heraufkam. Außer Lawanda.

Man weiß nie, wer an der Tür ist, wenn man draußen Schritte hört. Man weiß nie, was vom Himmel herabfällt.

Teil I

Lawanda: Ich will aufs College gehen. Das hat zwar noch keiner aus meiner Familie gemacht und wir haben auch bestimmt nicht genug Geld dafür, aber ich will es trotzdem. Letzten Sommer versuchte ich einen Job zu finden, um schon mal Geld anzusparen. Aber ich merkte bald, dass die Arbeit in Cardin nicht mal für die Erwachsenen reicht, geschweige denn für die Jugendlichen. Zum Autofahren war ich zu jung, also kam auch keines der Fast-Food-Restaurants in Frage. Die liegen alle auf der anderen Seite der Umgehungsstraße. Als dann im September diese Karte in der Post war, auf der etwas vom Zeitschriftenverkaufen stand, wurde ich ganz aufgeregt. Einmal hatten wir Schokoriegel an den Haustüren verkaufen müssen, für eine neue Tuba in der Band, und das hatte ich ziemlich gut gemacht. Natürlich hatte mir auch was daran gelegen. Ich war es, die die Tuba spielen wollte. Aber an dieser Sache hier lag mir noch viel mehr, also sprach ich mit Mom. Viel Mut machte sie mir nicht.

»Kennst du jemanden, der Geld für Zeitschriften übrig hat? Oder auch nur Zeit, um darin zu blättern?« Die Schule hatte gerade begonnen und sie sammelte Herbstbohnen auf.

»In unserer Straße vielleicht nicht, aber in der Schule laufen die Mädchen mit der *Glamour* herum wie mit einer Bibel.«

»Und das willst du noch fördern?«

»Mom, ich will Geld fürs College sparen.«

»Ich dachte, du wolltest dich hinter deine Bücher klemmen und irgendein Stipendium ergattern.«

»Mach ich doch auch. Ich meine, ich versuche es ja.«

»Und wie soll das gehen, wenn du ständig vor irgendwelchen Haustüren herumstehst?«

»Nur samstagvormittags, Mom. Ich kann sowieso nicht die ganze Zeit lernen.«

»Zu Hause hast du auch noch deine Pflichten.«

»Ich weiß.«

»Na gut, sprich mit deinem Vater.«

An diesem Abend wartete ich erst das Essen und die Nachrichten ab. Dad war müde. Wie er da auf der Couch lag, hätten seine Kleider auch an einem Bügel hängen können, so dünn sah er aus.

Ich setzte mich in den Fernsehsessel und erzählte ihm von meinem Plan. Er rieb sich die Augen und setzte sich auf.

»Musst du dafür in Vorkasse gehen?«

»Was?«

»Musst du selber erst Probehefte kaufen, bevor du anfängst?«

»Nein, man bekommt nur eine Mappe zum Vorzeigen. Die ziehen sie dann vom ersten Lohn ab.«

»Dann bin ich einverstanden. Ganz schön mutig, Lawanda. Aber mit deinem Gebiet musst du aufpassen.«

»Was?«

»Wo du verkaufst. In dieser Gegend gibt es ein paar Haustüren, da klingelst du und bist tot.«

Natürlich hörte ich es, aber eigentlich verstand ich nur

eins: Jippieh! Ich darf! Etwa zwei Wochen später kamen meine Unterlagen und ich zog los. Ich hatte das Jeans-Trägerkleid mit der tief sitzenden Taille an, das Mom mir genäht hatte. So was hatten jetzt alle. Dazu ein rot geringeltes Shirt von meinem Bruder Noonie. Er hatte es ganz neu gekauft und dann vergessen mitzunehmen, als er nach Cincinnati ging. Unter dem Trägerkleid konnte man nicht sehen, wie groß es war. Mir kam der Gedanke, dass ich in diesem Aufzug schwanger sein könnte, ohne dass es jemand merkte. Wie Melody Shumate. In der Schule wurde ihr auf einmal schlecht, und alle dachten, es wäre eine Lebensmittelvergiftung. Dabei war es nur ein sieben Pfund schwerer Junge.

Jedenfalls hatte ich dazu noch rote Plastiksandalen an. Sie gehörten meiner Schwester Dessie, aber sie hatte nichts dagegen. Oder besser, sie wusste es nicht. Sie saß wie festgenagelt vor dem Fernseher.

Ich hasse Fernsehen, und das Erste, was ich an diesem Morgen verkaufte, war ein Abo für die *TV Guide*. Die alte Mrs. Manning musterte zuerst die Demo-Broschüre und dann mich.

»Bist du Howard Ingles Mädchen?«

»Ja, Ma'am.«

»Siehst aber aus wie eine Smith.«

»Ja, eigentlich sehe ich meiner Marma ziemlich ähnlich«, sagte ich. »War für Sie irgendwas dabei?«

»Wie? Ach, hier drin?« Sie wedelte mit der Mappe. »Hast du auch diese eine Fernsehzeitung? Murph guckt Tag und Nacht. Kann nicht schaden, wenn wir vorher wissen, was kommt.«

So verkaufte ich mein erstes Zeitschriftenabo. Das Geld musste sie aus einem alten Erdnussbutterglas fischen.

Vor den Mannings war ich schon an fünf Haustüren gewesen. Langsam wurde ich müde. Außerdem hatte ich von Dessies Sandalen Blasen an den kleinen Zehen. Meine Füße sind größer als ihre, aber wir haben immer so getan, als stimmte das nicht. Mit meiner prallen Brieftasche setzte ich mich auf einen Stein, legte die Arme um die Knie und den Kopf auf die Arme, um nachzudenken. Ich war draußen auf der Hallspoint Road, das sollte ich wohl noch erwähnen.

Die Mädchen in der Schule würden sich schätzungsweise für die *Glamour*, *Seventeen* oder sogar die *Cosmopolitan* interessieren. Die Jungen wollten wahrscheinlich eher *Field & Stream* oder *Popular Mechanics*. Ich fing an mir alle, die ich kannte, mit einer Zeitschrift unter dem Arm vorzustellen, und dann versuchte ich näher ranzukommen und das Cover zu erkennen. Manche legten sie wieder weg. Andere warfen sie nach mir oder rissen ein Streichholz an ihrem Absatz an und steckten sie in Brand. Marmas Zeitschrift flatterte mit den Seiten und erhob sich einfach in die Luft. Einer aber, ein alter Mann, legte die Hände auf das Titelblatt und öffnete das Heft wie ein Akkordeon. Er fing an, eine ganz besondere Melodie zu spielen. Keine wirklich schöne Melodie, aber eine, in der alles Wissen der Welt lag. Ich vergaß die Sache mit den Zeitschriften und hörte zu …

Plötzlich glitten mir die Arme von den Knien und mein Kopf fiel mit einem Ruck in den Schoß. Ich fuhr hoch. Voller Panik tastete ich nach meiner Brieftasche und der Mappe. Puh! Sie lagen direkt neben meinem linken Fuß.

Ich hatte nicht richtig geschlafen. Ich weiß nicht, wo ich gewesen war. »Dein Kopf ist ganz woanders«, sagt Mom dann immer, und ich glaube, das stimmt.

Als ich wieder einigermaßen beisammen war, grübelte ich über den alten Mann nach. Ich fragte mich, wer er wohl war. Mir blieb nur noch Zeit für einen einzigen Kunden, und ich war sicher, dass er es war. Ich schloss die Augen und versuchte das Bild zurückzuholen. Es ging nicht, nur die Musik hörte ich gut. Die Melodie hatte ich sowieso noch im Kopf. Das Instrument klang eher nach einer Harmonika. Als mir das klar wurde, hörte ich anders hin, und da wusste ich es mit einem Schlag: Mr. Garland! Der alte Mann, der in den Bussen wohnt, auf der anderen Seite von Cade's Hill, von uns aus gesehen. Er sitzt sicher manchmal draußen und spielt oder er muss ein gutes Radio haben, denn von dort oben hatte ich schon oft Musik gehört.

Beim Gedanken an ihn fiel mir plötzlich ein, dass Dad mich bestimmt nicht zu ihm gehen lassen würde. »Er ist nicht böse«, hatte Dad gesagt, als ich einmal nach dem Mann gefragt hatte, der da oben lebte. »Nicht böse, aber gefährlich.«

»Warum denn?«

»Er kommt manchmal auf komische Ideen. Du gehst da nicht hin.«

Ich war also gewarnt worden, vor langer Zeit. Das Problem war nur, die Musik war viel frischer. Und die Vorstellung, wie er mit dieser Zeitschrift Akkordeon spielte. Ich sah auf meine Armbanduhr – eine meiner Lieblingssachen, ganz in Rot und Gelb, bestellt bei M & M. Es war 11 Uhr

15. Gerade noch genug Zeit, zu den Bussen hochzugehen, ein Abo zu verkaufen und pünktlich zum Mittagessen wieder zu Hause zu sein. Also zog ich los. Mir taten nicht mal die Zehen weh.

Mr. Garlands Busse standen direkt unterhalb der Kuppe von Cade's Hill; ich näherte mich also von hinten. Das Gras ging mir bis zur Taille. Doch als ich vorne herumging und vor den Bussen stand, war der Hügel abgemäht. Vor mir lag ein wunderschöner Garten, mit wogendem Septemberweizen und feuerroten Tomaten. Ich wollte gerade meinen ganzen Mut zusammennehmen, die Metallstufen hinaufsteigen und anklopfen, da erhob sich Mr. Garland aus seinen Gemüsebeeten.

»Sieh mal einer an«, sagte er mit heiserer Stimme. »Wenn das nicht Rotkäppchen ist, das den bösen Wolf besuchen kommt.«

»Mr. Garland«, fing ich an, aber meine Stimme war kaum lauter als die Insekten im Gras. Der Mann, der auf mich zukam, war riesig. Er hatte struppige graue Haare und sein Bart wuchs bis zu der behaarten Brust herab. Er hatte kein Hemd an. Seine Schultern und Arme waren rot und kräftig. Die abgeschnittenen Khaki-Hosen waren zerschlissen und er trug keine Schuhe.

»Auf Insektenjagd?«

Ich klappte den Mund zu, holte tief Luft und fing noch einmal von vorne an. »Mr. Garland, ich verkaufe Zeitschriften.«

»Wozu das denn? Macht die achte Klasse einen Ausflug zur Blumenuhr in Kentucky?«

»Ich bin in der High School, Mr. Garland. Ich will mir nur ein bisschen Geld dazuverdienen.«

Ich merkte plötzlich, dass ich die Broschüre wie einen Schutzschild vor mich hielt, und ließ den Arm sinken.

Er kam näher und sah mich mit zusammengekniffenen Augen an.

»Bist du eine Smith?«

»Na ja, nicht direkt. Aber meine Marma.«

»Welche?«

»Die Mutter meiner Mutter.«

»Ich meine, welche von den Smiths?«

»Ada«, sagte ich. »Und mein Opa heißt John.«

»Du bist Howard Ingles Mädchen!«

»Ja.«

»Hat er dir nicht verboten, hier raufzukommen?«

Da bekam ich Angst, weniger vor Mr. Garland als vor dem, was passieren könnte, wenn er es Dad erzählte.

»Na ja, abends höre ich immer Ihre Musik, und da dachte ich, dass Sie vielleicht gerne eine Musikzeitschrift hätten. Mein Dad sagt, Sie lesen viel.«

»Yeah«, sagte er, »Bücher und Gedanken. Deine sind ziemlich fix. Komm mit in Bus eins. Die Sonne hier bringt mich noch um.«

Eigentlich war mir klar, dass ich besser nicht mit in den Bus gehen sollte – Mom hatte uns verboten, in die Häuser von anderen Leuten mit reinzugehen –, aber da war ich nun. Es ist so wie zur Schule fahren, sagte ich mir.

Bus eins war sehenswert.

»Das ist mein Lesebus«, teilte mir Mr. Garland mit. »Und mein Gesellschaftsbus. Setz dich hierher.«

Er wies auf den Platz schräg neben dem Fahrersitz. Ich setzte mich, und er setzte sich hinter das Steuer. Mein Blick blieb unwillkürlich daran hängen, wie das Lenkrad direkt unter den Brustwarzen tief in seinen Bauch einschnitt.

»Du sitzt auf Curtis Ballards Platz«, teilte er mir mit – Mr. Ballard ist der Boss meines Vaters –, »du kannst dich also ganz wie zu Hause fühlen. Pater Connor sitzt lieber hier.« Er zeigte auf den Platz hinter sich. »Ich hab ihm auch gesagt, warum. Wenn wir uns gegenübersäßen, denkt er, es ist ein Beichtstuhl.«

Ein Beicht-Bus, dachte ich.

Alle anderen Sitzplätze waren mit Büchern voll gestapelt. Reihen von Büchern wie in einer Bibliothek, wie die Furchen in seinem Gemüsebeet. Und die Wand, von den Fenstern hoch bis über die Decke, war überall mit Landkarten tapeziert.

»Woher bekommen Sie die Bücher?«, fragte ich.

»Ach, manche Leute vermachen sie der Kirche, oder Curtis Ballard bringt sie mir vorbei, oder ich kriege welche von der Bibliothek.«

»Sie könnten direkt ein Bücherbus sein«, sagte ich.

»Nur dass ich nicht rolle«, sagte er. »Und außerdem würde ich wahrscheinlich jeden umbringen, der an meine Bücher geht.«

Da verging mir das Plaudern.

»Aber die meisten Bücher«, fuhr er fort, »habe ich aus Cincinnati. Da gibt es einen Laden, der heißt ›Bücherkorb‹, ein Riesending mit fünf Etagen. Ich war selbst noch nicht dort, aber Curtis Ballard hat mir davon erzählt – und da bestelle ich mir immer dies und das. Man kriegt da diese Ramschpakete. Meistens bezahle ich nicht mehr als ein paar Dollar, manchmal nur fünfundsiebzig Cent. Ich kriege einen Packen Bücher, lese sie durch, und dann suche ich für jedes den richtigen Sitzplatz.«

»Sie meinen, die Bücher hier sind irgendwie geordnet?«

Er sah mich an. »Hätte nicht gedacht, dass du so dumm bist«, sagte er.

»Und ich hätte nicht gedacht, dass Sie so gemein sind.« Ich setzte mich kerzengerade auf und sog die Luft zwischen den Zähnen ein. Ich konnte kaum fassen, was ich gerade gesagt hatte.

»Warum nicht? Gibt genug Leute, die es dir hätten sagen können, denke ich.« Mr. Garland stützte sich auf das Lenkrad. Die Hupe gab einen prustenden Ton von sich, irgendwas zwischen einem Husten und einem Furz. Da musste ich lachen.

»Mr. Garland«, fing ich wieder an, »wegen dieser Zeitschriften …«

»Garland heiße ich«, sagte er. »Ohne Mister. Vorname und Nachname. Und ich glaube, ich nehme eine Zeitschrift; du bist gar nicht so dumm. Lass mal sehen, was du da hast.«

Am Ende nahm er zwei und bezahlte sie mit abgegriffenen Banknoten, die er unter einem Sitz aus Bus zwei hervorzog. Als ich den Hügel hinunterging, rief er mir nach: »Spielst du Gitarre?«

»Nein!«, rief ich zurück. »Tuba.«

»Heiliger Strohsack!«, brüllte er. »Bring sie bloß nicht mit hierher!«

Ich lief durch das hohe Gras und kämpfte mit mir, ob ich auf die Uhr schauen sollte, damit ich wenigstens wusste, wie viel Ärger auf mich zukam. Ich entschied mich dagegen. Ich hatte drei Zeitschriften verkauft und ich hatte Garland getroffen. Das wollte ich noch ein bisschen genießen.

Howard: Als ich June heiratete, war ich dumm wie ein Stuhl und sorglos wie eine Weide am Wasser. Da konnte Sturm aufkommen, da konnte, wer immer es wollte, mich von hier nach dort versetzen. Solange ich June hatte, kümmerte mich das nicht. Ich dachte, die Dinge würden schon laufen. Na ja, das taten sie ja auch irgendwie. Aber ein paar Stuhlbeine gingen für Feuerholz drauf und ein paar Weidenäste für notdürftige Reparaturen am Haus. Immerhin, wir haben das Haus. Das ist schon mal was.

Ich glaube, am schlimmsten war die Zeit, als ich Kohlenfahrer für dieses kleine Bergwerk in Arjay war. Die machten dann wegen Verstoß gegen die Sicherheitsbestimmungen dicht, nachdem Slate Jenkins und sein Bruder bei einem Stolleneinbruch umgekommen waren. Dort gab es keine Gewerkschaft, also gingen wir alle nach Hause und nagten am Hungertuch. June und ich hatten damals schon alle fünf Kinder – Noonie, Ray, Lawanda, Dessie und Jeff. Jeff war noch klein genug, um in einer Schublade zu schlafen. Ich hatte ganz schön Angst. Erst sah ich sie an – June, wie sie das Baby stillte, selbst so dürr, dass man die Wirbel an ihrem Rücken zählen konnte. Dann meine Taschen, in denen es nicht einmal mehr Futter zum Herumdrehen gab. Howard Ingle, fragte ich mich, was kann dich jetzt noch retten?

Arbeit im Bergbau gab es keine, das wusste ich. Der Lastwagen gehörte mir nicht, also konnte ich damit auch nicht bei anderen Firmen anheuern. Und ich konnte keine Arbeit machen, die auf den Rücken ging – den hatte ich mir schon mit achtzehn kaputtgemacht. Klar, in einer Fabrik hätte ich arbeiten können, am Fließband, aber in unserer Gegend gab es so was nicht. Und ich hatte nicht das Geld, um irgendwohin zu ziehen, wo es eine gab.

Na gut, sagte ich mir, andere Betriebe haben Lieferwagen und brauchen Fahrer. Zum Beispiel? Lebensmittelgeschäfte. Ich klapperte sie alle ab. Sie brauchten keinen. Dann die abgelegenen Firmen, Getränkedosenhersteller, Molkereien, Großbäckereien. Zu denen ging ich auch. Nix. Die hatten ihre Fahrer und Aushilfsfahrer.

Und Busfahren? Ich ging zu Greyhound und zur örtlichen Busgesellschaft. Ob ich Erfahrung im Busfahren hätte. Nein, aber … Kein Aber. Sie konnten es sich nicht leisten, einen erst noch anzulernen, und sie lassen keinen raus auf die Straße, solange der denkt, er fährt einen ganz normalen Ford oder so. Okay, okay. Und jetzt?

Ich trat aus der Tür der Busgesellschaft und starrte auf das Postamt gegenüber. Kalkstein, nicht schlecht. Das war's: Ich würde Post ausfahren! Die Leute waren ganz wild auf Karten und Arztrechnungen und Bücher von ihrem Buchclub. Der Gedanke gefiel mir. Ich habe immer gerne Post gekriegt, und das, obwohl ich gar nicht so gut lesen kann. Ich also rüber.

Stellt sich raus, die haben da einen komischen Test nur für Leute, die es mal mit Postausfahren versuchen wollen. Wenn du den bestehst, *wenn*, dann setzen sie dich auf eine Warteliste. Das trifft sich prima, habe ich gesagt, ich habe zu Hause auch welche auf der Warteliste sitzen und die warten auf ihr Abendessen.

Ich raus auf die Straße; gegenüber wieder die Busgesellschaft. Ein Laden schlimmer als der andere. Es war zwölf Uhr, Mittag. In der prallen Hitze kräuselte sich alles wie ein Waschbrett – mein Herz auch. Es klopfte: Was jetzt? Jetzt was? Jetzt.

Dann sah ich gegenüber den Lieferwagen einer Reinigung vor dem Seiteneingang eines Hauses halten. SAUBERMANN stand auf dem Heck und im Fenster hing ein Schild FAHRER GESUCHT. Ich stürzte über die Straße, wäre fast in ein Auto reingerannt.

Der Fahrer war Noll Amburgey, den kannte ich schon aus der Grundschule. Er wolle nach Dayton ziehen, erzählte er mir. Sein Bruder hatte gesagt, dass man bei der Konstruktionsfirma, bei der er unter Vertrag war, das große Geld machen konnte.

»Wer kriegt deinen Job?«, fragte ich.

Das wusste er nicht. Er hatte Curtis Ballard erst am Tag zuvor gesagt, dass er ging.

»Pass auf«, sagte ich. »Ich brauch dringend Arbeit. Könntest du ein Wörtchen für mich einlegen?«

»Steig ein«, sagte Noll, »am Ende der Tour kannst du ihn treffen.«

Das tat ich. Es war der glücklichste Tag meines Lebens, gleich nach dem, an dem ich June kennen lernte. Mr. Ballard stellte mich ein, ließ mich von Noll einweisen und gab mir schon zwei Wochen vor Nolls Weggang Geld für Lebensmittel. »Sie können den Heizungskeller sauber machen«, sagte er und das tat ich, aber ich brauchte dafür nur zwei Tage. Die übrige Zeit fuhr ich mit Noll oder machte ein paar kleinere Reparaturen am Haus. Tief in mir drin hatte ich ein richtig gutes Gefühl – als ob mein Leben eine neue Wendung bekam. Und so war es auch. Acht Jahre lang fuhr ich für Mr. Ballard den Lieferwagen; und all die Jahre hindurch ist er mein Freund gewesen.

Kurz nachdem ich mit dem Job angefangen hatte, kam er eines Montagmorgens rein und die Heizung war aus. Das ganze Haus war eiskalt; drinnen konnte keiner arbeiten und draußen standen die Kunden und warteten auf ihre Kleider. Und ich war nicht da, um die Sache zu erklären, geschweige denn, um in den Pick-up zu springen und auszuliefern.

Jeder andere Boss hätte meine Personalkarte zerrissen, noch bevor ich den Fuß über die Schwelle gesetzt hätte. Ich erwartete nichts Gutes.

»Mr. Ballard«, sagte ich. »Sie wollen sicher wissen, warum ich heute Morgen nicht gekommen bin und warum ich den Heizkessel gestern Abend nicht angefeuert habe. Lawanda, mein kleines Mädchen, die Siebenjährige – sie ist gestern Morgen krank geworden. June hat versucht sie mit dem zu behandeln, was wir im Haus hatten, und es sah auch erst mal ganz gut aus. Aber am Abend fing sie an schwerer zu atmen. Also steckten wir sie zwischen uns in den Pick-up – die anderen Kinder hinten auf die Ladefläche – und rasten rüber zu Junes Mutter nach Little Splinter Creek. Ach so, das hätte ich vorher sagen sollen – sie ist eine Heilerin. Nicht mit Kräutern und so, sondern mit Handauflegen.

Bestimmt denken Sie jetzt, warum wir nicht zu einem

Arzt gegangen sind, mit einem so kranken Kind, und zu irgendwem in der Nähe, nicht bis über den Pine Mountain. Aber wissen Sie, es war Sonntag, schwer an einen Arzt ranzukommen; und wenn man am Abend vorher den Wocheneinkauf gemacht hat, auch schwer an das Geld ranzukommen.

Jedenfalls, als wir ankamen, war schon ein Rasseln in Lawandas Atem. Ich hatte selbst Angst und June fing an zu weinen, noch bevor wir aus dem Wagen stiegen. Marma hielt uns nur die Fliegentür auf und sagte: ›Oh mein Herz, oh Mutter Jesus.‹

Sie schickte June mit den Kleinen in die Küche. Oben auf dem Berg hatte es geregnet und sie mussten sich abtrocknen und aufwärmen. Ich hörte June den Wasserkessel füllen.

Marma ließ mich Lawanda auf das breiteste Bett legen, kalt war's in dem Zimmer und sie hatte keine Decke. Ich wollte die Patchwork-Decke abziehen.

›Lass das‹, befahl Marma.

Und so fix, wie ein Mechaniker einem die Kontakte überprüft, fühlte sie Sprungbein, Knie, Hüften nach. Tastete die Rippen ab, Ellbogen, Schultern. Ich sah Lawandas Atem leichter werden, als Marma sich über sie beugte, sah ihr Gesicht weich werden, als Marma ihr hinter die Ohren fühlte.

›Nachtfalke‹, sagte Marma mit einer Stimme, die fest und gespannt war wie eine Geigensaite, ›Mutter Jesus, flieg davon mit ihren Schmerzen.‹

Und sie griff unter ihren Schürzenlatz und zog eine Feder hervor.

›Nimm diese Schmerzen wie totes altes Zeug, das du zum Nestbau brauchst.‹

Und dann, Sir, schlug Lawanda die Augen auf. ›Marma‹, sagte sie und ihre Stimme war nicht einmal belegt, ›woher kannst du das?‹

›Mein Engel‹, sagte Marma. ›Großes altes schwarzes Geheimnis. Deine Ma hat Wasser aufgesetzt. Möchtest du einen Tee?‹

Und Lawanda war mit einem Schlag geheilt, soweit ich sehen konnte. Doch dann hat es wie aus Kübeln gegossen und June sagte, wir müssten über Nacht bleiben. Ich wollte Sie anrufen, aber Marmas Telefon ging nicht, wegen dem Regen. Das mit der Heizung tut mir sehr Leid.«

Mr. Ballard sagte nur: »Nicht so wichtig.«

Marma: In der Little Splinter Creek Church war es, da sah ich, was ich sah. Es ist fünfunddreißig Jahre her, aber ich erinnere mich an diese Nacht so gut wie an die Nächte, in denen meine Kinder zur Welt kamen.

Der Heilige Geist war über Perry Roban gekommen. Beim Einatmen rief er »Verdammnis« und beim Ausatmen »Preist den Herrn«. Ein Abend im August, immer dunkler die Dämmerung und eine Hitze in der Kirche, dass man die Hölle bestimmt nicht vergaß. Ganz plötzlich flammte ein Licht auf, als hätte jemand ein Laken auseinander geschlagen. Ich konnte weder die Kirche sehen noch irgendwas darin. Ich konnte den Fluss draußen vor dem Fenster nicht mehr hören. Es gab nur noch diesen Lichtblitz. Mir blieb nichts übrig, als in das Licht hinaufzuklettern. Dieses Licht hielt mich in den Armen, legte meinen Kopf an seine Brust.

Und es hatte eine Stimme.

»Mutter Jesus hat dich nicht zum Sterben gerufen«, sagte die Stimme. »Du musst noch diesen Fluss durchqueren, wie ein Kind, das noch lernen muss, allein in seinem Bett zu schlafen. Eines Morgens aber wirst du erwachen und ich werde dich erwarten. Ich sage das zu deinen Händen. Lasst niemanden zu Bett gehen, bevor seine Zeit gekommen ist.«

Das Licht sang leise wie süßer Regen, dann setzte es mich in der Little Splinter wieder ab. Meine Hände waren so heiß, dass meine Schwester Gola bei der Berührung zurückzuckte.

»Sie ist jetzt in unserer Mitte!«, rief ich, dann kippte ich zur Seite, wo Carla Dixon saß.

»Preiset seinen Namen«, hörte ich noch im Fallen. Da wusste ich, dass sie alles falsch verstanden hatten.

Zuallererst machte ich ein Schild. Darauf stand LITTLE SPLINTER CREEK CHURCH, KIRCHE VON MUTTER JESUS. Ich machte es aus Brettern, die noch vom Ausbessern des Hühnerstalls übrig waren. Mit einem Feuerhaken brannte ich die Worte rein. Das dauerte zwei Wochen, ich musste ja immer warten, bis die Kinder im Bett waren. John sagte, ich hätte einen Knall.

»Mehr als einen Knall. Es hat mich umgehauen«, sagte ich ihm.

»Das kann doch auch dein Kreislauf gewesen sein. Der kann einen auch umhauen«, sagte er.

»Das weiß ich. Aber mein Kreislauf hat mich nie irgendwohin getragen und mir auch noch nie was gesagt.«

»Ach ja?«, sagte er. »Er war aber auch noch nie so alt wie jetzt. Bei dir gehen Lichter an. Bei meiner Ma waren es Hitzewellen. Dann hat sie einen von uns zur Pumpe gerufen und den Kopf unter den Wasserstrahl gehalten. Vielleicht täte dir eine Taufe ganz gut.«

Weiter habe ich nicht mehr hingehört. Irgendwie kam er sowieso nicht auf den Punkt.

Am nächsten Sonntag ging ich sehr früh hin, sah, dass Sam Wilder den Gottesdienst halten würde, und teilte ihm mit, ich wolle Zeugnis ablegen. Mein Schild trug ich in eine Decke gewickelt unter dem Arm.

»Bringst du uns den Heiligen Geist?«, fragte er.

»Nein. Ich habe etwas zu zeigen.«

»Dann hast du mehr als ich«, sagte er und strich sich über das, was von seinen Haaren noch da war. Sie waren glatt und hellblond.

So wurde ich dann als Erste nach vorne gerufen, nach »Teure Erinnerung« und Eugene Coldirons Gebet. Sobald die Köpfe wieder hochgingen, sah Sam mich an. Er dachte, ich wollte direkt von meinem Platz aus sprechen. Aber ich ging nach vorne und drängte mich mit meinem Schild an Bäuchen und Ellbogen vorbei.

»Brüder und Schwestern in dieser Gemeinde«, sagte ich, »getränkt vom Little Splinter Creek, getauft im Redfox River, Mitglieder dieser Vereinigung – euch, die ihr alle Söhne und Töchter seid, und manche noch dazu Mütter und Väter, euch sage ich: Wir haben Weisung bekommen, aber wir haben die Weisung nicht verstanden. Uns wurde ein Zeichen gegeben, aber wir haben das Zeichen verkehrt herum gelesen. Die Worte über Gott, den Vater, die tief in eure Herzen eingegraben sind, diese Worte sind Lügen. ›Jesus ist unser Bruder‹, hat man euch gelehrt und gesungen, seit euren Anfängen. ›Vater und Sohn und ihr Atem, der Heilige Geist.‹

Ich sage euch, ich habe ihn gespürt, diesen Atem. Ich wurde in die Höhe gehoben, um ihnen ins Auge zu schauen. Das Auge des Herzens, meine Freunde, das eine, das alles sieht. Und nun stehe ich hier, um euch zu sagen: Sie haben keine Bartstoppeln auf ihren Wangen. Sie ist nicht unser Gottvater. Sie ist nicht unser Bruder. Sie ist unsere

Mutter Jesus und sie verlangt danach, uns in ihre Arme zu schließen.«

Ich zog die Decke von meinem Schild und hob es hoch.

»Mutter Jesus!«, schrie ich, während sie mich aus der Kirche zerrten.

Lawanda: Etwa zwei Wochen später traf ich Garland wieder.

Es gab da etwas, über das ich mit niemandem in meiner Familie reden wollte. Und mit jemandem aus der Schule ging es nicht. Dort war es ja passiert. So kam ich darauf, es mit Garland zu versuchen.

Wieder war es ein Samstag, als ich hochwanderte. Die Oktoberluft war so klar, der Himmel so blau, dass es wehtat. Im Wald liefen mir zwei von den Messer-Jungen über den Weg.

»Wir jagen Eichhörnchen«, sagte Bill.

»Mit Steinschleudern?«, fragte ich. Keiner der beiden hatte eine Schusswaffe.

»Wir haben das Gewehr vergessen«, sagte Homer. »Wollen gerade heim, um es zu holen.«

Aha. Da wüsste ich aber eine bessere Geschichte.

An diesem Morgen war Garland draußen und erntete die letzten Paprika. Es sollte Frost geben. Er trug wieder die Khaki-Shorts, dazu ein graues altes Hemd, dessen Knöpfe kaum zugingen.

»Hallo!«, rief ich von weitem. »Ich bin's, Lawanda!«

»Was verkaufst du?«, brüllte er zurück.

»Nichts. Ich will nur reden.«

»Dann komm her und hilf mir pflücken.«

Er hatte normale Paprika – grüne, rote, orangene – und bananenförmige, sogar Peperoni. »Fass dir nicht ins Gesicht, wenn du diese Burschen in der Hand gehabt hast«, warnte er mich und gab mir einen Pappkarton. Seine Stauden waren fast Büsche, stämmig, üppig und mit großen, glänzenden Blättern.

»Isst du die alle selber?«, fragte ich.

»Nein, ich mache Schuhsohlen daraus.«

Ich sah ihn von der Seite an. Er lächelte nicht.

»Aber davon kriegt man doch Schweißfüße.«

Er verzog das Gesicht. »Was ich selbst nicht brauche, gebe ich Curtis Ballard oder Pater Connor.«

»Kommt der Priester wirklich hier hoch?« Ich dachte, er hätte nur Spaß gemacht, als er das vorher erwähnt hatte.

»Regelmäßig. Mit Weihwasser für die Buskühler.«

»Aber du hast doch gesagt, die Busse fahren nicht.« Er verdrehte die Augen. »Kommt er einfach nur so zu Besuch? Du bist doch nicht katholisch, oder?«

»Nee.« Garland spuckte aus und schleuderte eine verfaulte Paprika den Berghang hinunter. »Pater Connor bringt mir Bücher. Er will mich von der Flasche wegbringen, damit ich nicht in die Hölle komme.«

»Und Mr. Ballard?«

Garland richtete sich auf, hob die Arme über den Kopf und streckte sich mit leisem Stöhnen. Ich konnte seinen Bauchnabel sehen. Das machte mich verlegen, mehr, als wenn er gar kein Hemd angehabt hätte.

»Curtis bringt mir Lebensmittel und was man so für den Garten braucht. Damit ich nicht ins Gefängnis komme.«

»Oh«, sagte ich. »Ich habe schon überlegt, woher du dein Essen hast.«

»Jedenfalls nicht aus Katalogen und das ist auch besser so.

Wann kommt denn diese tolle Zeitschrift, die ich bei dir abonniert habe?«

»In vier bis sechs Wochen, stand auf dem Formular, und jetzt sind erst zwei um.«

»Ha! Das ist doch mindestens einen Monat her! Sieh dich an. Dein Haar ist doch zehn Zentimeter länger geworden.«

»Quatsch!« Der Anflug eines Lächelns huschte über sein Gesicht. »Sind wir so weit?«

»Glaub schon«, sagte er. »Dann komm.« Er stellte die Paprikakiste an der Tür von Bus eins ab. Ich folgte ihm hinein. Wir saßen auf denselben Plätzen wie beim ersten Mal.

»Also, was hat dich wieder hier hochgetrieben – irgendwelche Beschwerden bei der Busgesellschaft?«

»Da ist dieser Junge in der Schule –«

»Oh nein«, unterbrach mich Garland. »Zieh mich bitte nicht in irgendwelche Jungen-Mädchen-Geschichten rein.«

»Nein, nicht so! Er ist neu hierher gezogen, von Little Splinter Creek, wo Marma wohnt. Und jetzt erzählt er herum, dass sie eine Hexe ist.«

»Hui! Ada Smith reitet auf einem Besen!«

»Das ist nicht lustig. Unser Gesellschaftskundelehrer, Mr. Knights, hat gerade mit uns die Hexenjagd durchgenommen und gesagt, dass es keine echten Hexen gibt. Und da hat Jimmy Minniard, der erst zwei Tage da war, gesagt: ›Vielleicht sind sie ja nicht echt, aber da, wo ich herkomme, da gibt es eine!‹ Alle lachten. Ich auch. Ich dachte, er wäre aus einem anderen Bezirk.

Dann sagt Mr. Knight: ›Mit solchen Behauptungen solltest du aber aufpassen.‹

›Ich weiß‹, sagt Jimmy. ›Aber Sie sollten sie mal sehen. Eine verrückte große Frau, läuft durch die Gegend und singt und macht kranke Leute mit Federn gesund.‹

Mir blieb fast das Herz stehen.«

»Ist das wahr?«, fragte Garland.

»Meine Marma *ist* nicht verrückt«, sagte ich ihm. Und dann erklärte ich ihm die Sache mit Mutter Jesus, so gut ich konnte.

Lange studierte Garland die Karten an der Decke. Schließlich sagte er: »Eines ist sicher, Lawanda, du kannst nichts daran ändern, was die Leute reden.« Zur Bekräftigung schlug er auf das Lenkrad.

»Das *weiß* ich.« Ich war enttäuscht von ihm. »Ich will doch nur wissen, was du darüber denkst – dass sie eine Vision hat und so. Meinst du, sie hat Gott wirklich gesehen?«

»Gott?«, höhnte er. Er hievte sich vom Sitz hoch und ging mit schweren Schritten durch den ganzen Bus. Dann kam er wieder nach vorne, sprach in einem Singsang und klapste im Takt auf die Sitze.

»Mädels klettern
Berge rauf
wollen
theologisieren
mit verrückten
alten Männern
wie mir –
Jahuu!«

Da musste ich einfach lachen.

»Aber im Ernst«, insistierte ich. »Ich will wissen, was du denkst.«

Er setzte sich wieder auf seinen Platz. »Ich hab keine Ahnung von dem Licht, das auf Ada Smith gefallen ist, aber ich hab eine Ahnung von der Dunkelheit, die überall auf uns fällt. Und davon wird keiner gesund. Andererseits glaub ich nicht, dass das ausreicht, um aus der Kirche ausgeschlossen zu werden. Der Rausschmiss spricht ja eher für sie. Aber du kennst doch deine Marma. Würde sie dem Teufel den Pferdefuß küssen?«

Ich schüttelte den Kopf.

»Braut sie Suppen mit warzigen Kröten? Trinkt sie Blut?«

Ich lachte wieder. »Nein. Sie hat nichts getan – nur diese Vision gehabt.«

»Und den Preis dafür gezahlt?«

»Allerdings.«

Wir schwiegen eine Weile. Die Bustür war offen. Ich konnte draußen die Grillen zirpen hören.

»Und jetzt zahlst du«, sagte Garland.

Ich nickte. Er stand auf und hob die Arme. »Die Sünden der Mütter sollen gerächt werden …« Doch seine altmodische Gottesdienststimme verstummte.

»Das ist nicht lustig«, sagte ich zu ihm, »aber danke fürs Zuhören.« Ich stand auf, um zu gehen.

Er verbeugte sich zum Abschied vor mir.

»Die Wahrheit stinkt immer«, sagte er.

Garland: Da wohne ich nun in einem Bus, besser gesagt in zwei Bussen. Einer voll mit Büchern. Der andere voll mit Flaschen, wenn ich nicht aufpasse. Im Sommer habe ich den größten Garten, den man sich vorstellen kann. Mein Mais steht über den ganzen Berghang und die Bohnen wachsen wie verrückt. Ich habe Johannisbeeren, Erdbeeren, Obstbäume. Curtis Ballard gibt mir Samen und Ableger. Er sagt, so bleibe ich friedlich. Bleibe ich aber gar nicht. Immerhin bleibe ich mal ein Weilchen aus dem Bus draußen, wenn ich nicht betrunken bin. Und ich habe massenhaft zu essen. Im Juli hatte ich so viele Zucchini – wenn ich die den Berg runtergerollt hätte, hätte ich alle meine Feinde umbringen können.

Bestimmt wirke ich wie ein völlig verrückter alter Mann. Ich bin nicht gerade eine Frohnatur, das muss man sagen. Aber ich habe noch alle Tassen im Schrank. Auch wenn sie vielleicht ziemlich angeschlagen sind. Die müssen bei mir nämlich einiges aushalten.

Kürbisse habe ich auch. Lieber Himmel, ich habe genug Kürbisse, um allen Kindern in den Armeleutehütten hier Licht zu bringen. Was soll ein alter Mann mit Kürbissen? Ich könnte sie mit der Pistole in der Luft zu fliegendem Brei schießen. Oder mit einem Laster drüberrollen. Hat mich nie gereizt, an den dummen Dingern herumzuschnitzen.

Ihre Gesichter erinnern mich zu sehr an Teufelsgeister. Ich weiß doch Bescheid. Ich habe meine Zeit in der Hölle hinter mir. »Wehrdienst« wurde das genannt. Die bewaffneten Streitkräfte. Man kann auf so viele Arten sterben, nicht nur, indem man sich das Hirn aus dem Kopf jagen lässt. Zum Beispiel, indem man vom Hirn seines Kumpels voll gespritzt wird. Oder wenn man über das hinwegmarschiert, was von den Männern noch übrig ist, die man gerade umgebracht hat. Geh vorsichtig, sagen die großen Jungs, und sieh nicht nach unten. Gar nicht so leicht. Einmal wollte ich einen Zweig abschütteln, der mir lose am Stiefel hing, am Schaft, wo man die Hosenbeine reinsteckt. Ich versuchte ihn mit meinem Gewehr abzustreifen. Allmächtiger, wenn das keine Hand war, eine dicke, alte, behaarte Hand mit Ehering.

Und als ich heimkam – wir wohnten damals nicht in einem Bus, meine Frau und ich hatten ein kleines Häuschen oben bei Partridge –, verdammt, da konnte ich mich einfach nicht hinstellen und wieder loslegen und den Lehrer spielen. Wie sollte ich irgendeinem Kind in die Augen sehen? Also probierte ich es in der Kohlemine und dann beim Bau, wo ihr Daddy mir was angeboten hatte. Faul war ich nicht. Zeitweise habe ich geschuftet wie jeder andere. Doch nach einer Woche Arbeit schaffte ich es nicht mehr zur Haustür raus. Ich wollte auch sie oder die Kinder nicht rausgehen lassen. Sobald ich weg wär, gingen die doch kaputt. Davor hatte ich solche Angst. War ich im Bergwerk und sprengte eine Mine, dann waren sie es, die ich in die Luft jagte. Dann rannte ich wie üblich zurück und rief »Feuer!« – doch was ich hinter mir zersplittern hörte, das war keine Kohle, und was ich dann auflud, waren keine schwarzen Steine. Es waren ihre Hände, ihre kleinen zerstückelten Füßchen. Die

Astlöcher in den Holzbrettern, als ich beim Bau war – das waren Augen. Wie konnte ich da eine Säge ansetzen oder Nägel einhämmern?

Irgendwann wurde es so schlimm – kaum kam ich zur Arbeit, da musste ich schon kotzen, nach Hause rennen und Nora sagen, sie solle alle reinholen und vor mich hinsetzen, damit ich sie sehen konnte. Dann zählte ich ihre Zehen durch, die Ohren, und der Junge musste die Hose runterlassen, damit ich alles sehen konnte. »Wir sind alle da«, sagte Nora dann immer. »Garland, wir sind alle da.«

Das trieb sie fort. Das war der Krieg. Man kann sich denken, warum. Ich machte ihnen Angst, ich machte sie fertig. Ich konnte sie ja noch nicht mal mehr vernünftig ernähren. So tief unten war ich noch nie wie in dem Sommer, nachdem sie gegangen waren. Ich lag die ganze Zeit betrunken herum. Und jetzt bin ich hier alleine, seit dreißig Jahren schon. Habe aufgegeben, meine Körperteile durchzuzählen. Dafür zähle ich meine Busse, eins und zwei, und meine Freunde, Pater Connor und Curtis. Und ich werd den Teufel tun und diese Kürbisse auch noch durchzählen. Sollen sie sich doch selber zählen, die verdammten Ekeldinger.

Lawanda: Der nächste Tag war ein Sonntag und ich fuhr mit Mom, die Marma neue Spitze für ihre Patchwork-Decken bringen musste. Das ist einer von Marmas Jobs – sie näht den Leuten Patchwork-Decken. Mit der Nähmaschine. Manche Leute rümpfen die Nase darüber, aber Marma sagt, so kann sie es viel billiger machen, und schneller als mit der Hand geht es auch. Außerdem hat sie zittrige Hände und ihre Augen sind schon ein bisschen trübe. Sie hat auch ziemlich dicke Finger, aber ich weiß nicht, ob das eine Rolle spielt.

Jedenfalls sagte ich Mom, dass ich etwas mit Marma zu besprechen hätte. Sie wollte wissen, was.

»Es geht um Gott.«

»Oh Lawanda, bitte tu mir das nicht an.«

»Was?«

»Wühl nicht in Marmas alten Geschichten.«

»Mom, es ist wichtig.«

»Das ist mir egal. Wenn ich diese Mutter-Jesus-Geschichte noch einmal hören muss, rauf ich mir sämtliche Haare aus.«

Au Backe. Ich hatte nicht gewusst, dass es so schlimm für sie war. Ich wollte ihr ja nichts antun, aber ich wollte wirklich wissen, was Marma dazu sagte. Ich sah auf die Straße hinaus, auf den Berghang mit seinem Feuermeer aus Ahornbäumen.

»Weißt du, Mom, dieser Junge in der Schule – er ist bei mir in Gesellschaftskunde –, der erzählt herum, Marma ist eine Hexe, und jetzt fragen mich alle aus, und ich will einfach wissen, was ich sagen soll.«

Mom biss sich auf die Lippen und fasste das Lenkrad fester. Die Ringe glitten an ihren Fingern hinab. Mehr zu sich selbst als zu mir sagte sie: »Genau das, was man wirklich vergessen will, können die eigenen Kinder nicht schnell genug wieder ausgraben.«

»Aber du hast es mir doch selber als Erstes erzählt«, erinnerte ich sie. »Marma hat nie davon gesprochen.«

»Ich wollte nur, dass du *vorbereitet* bist«, sagte Mom mit müder Stimme. »Ich wollte nicht, dass sich andere Kinder über dich lustig machen, und du nicht weißt, warum.«

»Aber das hat bis jetzt niemand getan.«

»Das ist ein Wunder.«

Ich lachte, aber sie lachte nicht mit. Ich glaube, sie hatte nicht verstanden.

Wir fuhren weiter. Inzwischen hatten wir den Pass hinter uns und fuhren nun in das gewundene Tal hinab. Jetzt nur noch bei Turners Imbiss links abbiegen und drei Meilen den Fluss entlang, dann wären wir da.

»Ich dachte immer, du kämst gut mit Marma aus«, sagte ich.

»Lawanda!« Mom bekam rote Wangen. »Mit Marma gut auskommen wäre so ähnlich wie mit Feuer gut auszukommen.«

Wir fuhren zu schnell über eine Bodensenke und mir flog der Magen bis zu den Schultern hinauf. Ich sah mir Mom genau an. Sie trug weiße »Kissenschuhe« – so nannte sie die Imitation der Airforce-Sandalen –, Strümpfe, einen limonengrünen Wickelrock, ein gelbweiß geringeltes Top und ihren Opal-Anhänger. Sie ist dünn und wirkt zäh. Die graublonden Locken sind ganz kurz geschnitten. Ihre blauen Augen schauten grimmig durch die braune Plastikbrille, deren einer Bügel mit einer Reißzwecke befestigt war. Meine Mom. Fährt schnell. Kocht schnell. Macht die Betten und faltet die Wäsche, als wäre es ihre letzte Chance.

»Mach langsam, Junie«, sagt Dad immer. »Das Jüngste Gericht kommt schon nicht vor nächster Woche.«

»Vielleicht nicht«, gab sie dann zur Antwort. »Aber wenn, dann muss irgendjemand dafür sorgen, dass wir saubere Sachen anhaben.«

Marma ist so groß und langsam, wie Mom klein und schnell ist. Mit langsam meine ich nicht ihren Kopf; ich meine vorsichtig und bedächtig. Mom ist wie eine Nadel, die über den Stoff saust. Marma dreht sich so regelmäßig wie die Garnspule.

Über all das dachte ich noch nach, während wir über den Kies von Marmas Auffahrt fuhren. Opa saß auf der Veranda, kaute Tabak und hielt nach uns Ausschau.

»Herrgott, Junie«, sagte er, zog den Hosenbund hoch und kam die Stufen herunter, »wo hast du denn das große Mädchen da her?«

»Supermarkt«, sagte sie und reckte sich, um seine knochigen Schultern zu drücken.

»Komm und gib mir einen Kuss, mein Mädchen«, rief er und das tat ich. Sein Körper war hart und ledrig. Er roch gleich stark nach verbranntem Holz und nach seiner Sorte Kautabak.

»Wo ist Marma?«, fragte ich.

»Drinnen in der Küche, denk ich, beim Mittagsabwasch. Sie sagte, ich soll euch Frauen zu ihr nach hinten schicken.«

Jetzt kommt's drauf an, dachte ich, aber Mom sagte nur: »Geh du vor, Lawanda. Ich bleibe hier bei deinem Opa. Sag Mommy, ich komme mit der Patchwork-Spitze, wenn du fertig bist.«

Ich lächelte ihr einen Dank zu, ging rein und ließ die Fliegentür dabei gerade laut genug zuknallen, dass Marma merkte, dass jemand kam. »Hallo!«, rief ich in die Stille.

»Komm nach hinten, Lawanda. Ich stecke hier in meinen Kochtöpfen.«

Marmas Küche geht über die ganze Rückseite des Hauses. An einer Wand stehen die Küchengeräte und an der anderen ist ein großer runder Eichentisch. Die Küche ist blitzblank und schlicht und immer voller Licht.

»Magst du einen Hühnerschenkel?«, fragte sie, als ich eintrat.

»Nein danke.«

»Wie wär's mit Tee?«

»Gerne.« Ich nahm mir ein Glas von der Spüle und ging zum Kühlschrank.

»Wo ist deine Ma? Oder bist du über den Berg geflogen?«

»Sie sitzt mit Opa auf der Veranda. Sie kommt rein, wenn ich – Marma, ich muss dich etwas fragen.«

Sie wandte sich an der Spüle um und trocknete die Hände an der Schürze ab. »Ja?«, sagte sie.

Und bei diesem einen Wort gruselte es mir, ich kann nicht erklären, warum. Die Stimme schien nicht von Marma zu kommen, sondern von weit, weit her, wie aus einem Brunnen. Ich sagte gar nichts, stand nur mit offenem Mund da und spürte, wie es mir kalt den Rücken hinunterlief.

Mit geneigtem Kopf sah Marma mich an. Dann lächelte sie. »Setz dich mal hin«, sagte sie. »Ich bring denen da draußen einen Tee.«

Kurz danach war sie wieder da und setzte sich an den Tisch. Ein paar Haarlocken hatten sich aus ihrem Knoten gelöst und standen nun wie eine graue Wolke um ihr Gesicht. Der Latz ihrer Kittelschürze war ganz feucht, aber das schien sie nicht zu merken.

»Dann mal los«, sagte sie. »Aber wenn es lange dauert, gehe ich zu meinen Topfkratzern zurück.«

Ich atmete durch. »Ich kenne ja schon die Geschichte, wie du Gott in der Kirche gesehen hast und wie sie dich rausgeworfen haben. Aber wie bist du dazu gekommen, Leute zu heilen?«

Marma sah auf ihre vom heißen Wasser geröteten Hände. Dann sagte sie: »Sie gibt mir die Gabe.«

»Das weiß ich, aber wie? Oder wie hast du das gemerkt?«

Marma streckte die Hand aus und strich die Tischdecke glatt. Sie griff nach dem Pfeffer- und dem Salzstreuer – ein Hahn und ein Huhn – und rückte sie zurecht. Sie glättete die Papierservietten in ihrem Holzständer. Dann hob sie den Blick und sah mich an.

»Ich erzähle es dir gerne, Lawanda, aber warum willst du es jetzt auf einmal wissen?«

Da erzählte ich ihr von Jimmy Minniard und dass ich irgendeine Erklärung brauchte.

Marma legte sich die Hand auf die Stirn, ließ sie dann langsam das ganze Gesicht hinuntergleiten, bis sie am Hals liegen blieb.

»Erst mal: Das tut mir Leid, Lawanda. Zweitens musst du wissen, dass du die Meinung mancher Leute nicht ändern kannst, und wenn du die ganze Bibel aufsagen würdest von Alpha bis Omega. Wenn dieser Minniard-Junge dich nur ärgern will und die Wahrheit nicht wirklich wissen will, dann kannst du dir deine Spucke auch sparen.«

Noch während sie das sagte, war mir klar, dass sie Recht hatte. Und noch etwas war mir klar.

»Ich möchte es für mich selber wissen«, sagte ich ihr.

»So kenn ich dich«, sagte sie und fing an.

Marma: Es war bitter, aus der Little Splinter ausgeschlossen zu werden. Ich war an diese Kirche gewöhnt, sie war mein täglich Brot. Jede Woche war Gottesdienst dort, schon meine Mommy hatte uns alle dorthin mitgenommen, geschniegelt und gebügelt, mit straff zurückgekämmten Haaren. Ich bin in dieser Kirche getauft worden, habe dort geheiratet und den Totensegen über meine Mommy und meinen Daddy gehört. Und das Allerwichtigste: Ich sah Gott in ihrer ganzen Herrlichkeit in dieser Kirche, wurde erhoben zu ihr, wie es in den alten Liedern heißt. Und genau deshalb flog ich dann raus.

Gott, war mir elend an diesem Sonntag, ich dachte, ich würde mich nie mehr erholen. Mein Schild war auf dem Hinweg so schwer gewesen, als läge das Gewicht der ganzen Welt darauf. Auf dem Rückweg spürte ich es gar nicht.

Dein Opa war gerade Mais hacken, als ich kam. Er war nie ein großer Kirchgänger gewesen.

»Was machst du denn so früh zu Hause, Frau?«, rief er. »Und wo hast du die Kinder gelassen?«

Die Kinder? Bei meiner Ehre, die hatte ich glatt vergessen! Der Gottesdienst war weitergegangen, nachdem man mich rausgeworfen hatte, und ich war schnurstracks nach Hause gelaufen wie ein Pferd zu seinem Stall.

Ohne deinem Opa etwas zu sagen, ging ich sofort wieder zurück, warf nur schnell mein Schild über den Zaun und rannte, so schnell ich konnte, die Straße hinauf. Sie kamen mir auf halbem Weg entgegen.

»Was war denn los, Mommy«, weinte June. »Wo bist du hingegangen?«

»Sie haben sie ausgeschlossen«, sagte Burchett. »Hab ich dir doch schon gesagt.«

Dolan stand nur da und hatte den Daumen im Mund.

»Still, Burchett«, sagte ich, nahm Dolan mit dem einen Arm hoch und zog June mit dem anderen zu mir.

»Es ist doch wahr, oder?«, beharrte Burchett.

»Ich kann dir im Moment nicht sagen, was wahr ist. Lasst uns nach Hause gehen und etwas essen.«

Und das taten wir. Ich sah zu, wie sie alle herzhaft aßen, aber mir schmeckte jeder Bissen nach Sand.

Die nächsten Wochen oder Monate, ich weiß nicht, wie lange, vergingen wie unter einem Schleier. Die Sonne war weit entfernt, die Farben waren verschwommen. Ich konnte noch nicht mal richtig hören. Manchmal stand ich am Herd und roch nicht, dass etwas anbrannte, hörte deinen Opa nicht, wenn er von draußen nach mir rief.

Dann geriet Annie Isoms Junge in eine Wagenspeiche und Jeb bat mich, bei ihr zu bleiben, während er nach Cutshin zum Doktor fuhr.

Er hatte einen weiten Weg vor sich, und dieser Junge, Jess, blutete ziemlich stark. Annie war mit der Zeit verhärmt und stumm geworden, wie das bei manchen Leuten eben so ist.

Ich schickte die anderen Kinder zum Spielen in die Scheune. Aus irgendeinem Grund rief ich Flo beim Rausgehen noch nach: »Bitte such eine Feder und bring sie mir!«

Sie tat es. Eine braune Feder, kurz und breit, wahrscheinlich von einem Zaunkönig.

»Setz schon mal Kaffee auf, Annie«, sagte ich. »Wir werden uns wach halten müssen.«

Dabei war es noch helllichter Tag. Annie stellte keine Fragen, legte nur Kleinholz nach. Ich stellte ebenfalls keine Fragen. Mit Händen und Worten gehorchte ich irgendeiner Macht.

Ich ging zu dem Bett hinüber, in dem Jess lag, weißer als frisch gefallener Schnee. Zehn Jahre alt, aber sein Atem an meiner Hand war kaum stärker als der eines Babys, und die Laken, in die man ihn gewickelt hatte, waren hellrot von all dem Blut.

»Mutter Jesus«, sprach eine Stimme aus mir heraus, »lass Jess bei uns bleiben, diesen Jungen, der gerade erst anfängt zu wachsen. Halte sein Leben davon ab, aus ihm herauszurinnen. Lass den Schmerz sich von ihm lösen wie diese alte Feder eines Zaunkönigs. Schließe seine Wunden, Mutter Jesus, und heile Schwester Annies Herz.«

Dabei hatte ich eine Hand auf Jess' Stirn liegen und mit der anderen strich ich mit der Feder über sein Schlüsselbein, sein Geschlecht und sein Herz. Dann schloss ich die Augen und steckte mir die Feder ins Kleid, an die Wärme meiner Brust. Und ich sang:

»Lass uns noch eine Weile lang
im Licht der Erde stehen.
Die Augen können jetzt noch nicht
dein Heilig Antlitz sehen.

Ach Mutter, komm und heile
dies Kind, nimm seine Pein.
Lass es noch eine Weile
bei uns dein Diener sein.«

Ich hatte dieses Lied noch nie gehört, wirklich, aber nun hörte ich, wie es meine Stimme sang, tief und heiser, wie der Wind, der in den Türen pfeift.

Dann öffnete ich die Augen, und Jess' Augen waren auch offen. Seine Wangen hatten etwas mehr Farbe, und das Blut in den Laken war dunkler geworden. Es war kein frisches mehr dazugekommen.

»Sie hat ihn geheilt, Annie«, sagte ich. »Mutter Jesus hat ihn geheilt!«

Annie eilte ans Bett. Sie nahm Jess bei der Hand, strich ihm über das Haar, lächelte ihn an. Dann sah sie sich zu mir um. »Keine Angst, Ada«, versprach sie. »Ich sag's keinem weiter.«

Damals fand ich das schade, aber irgendwie war es auch unwichtig. Was ich wusste, das wusste ich, und es füllte die Leere, die die Kirche in meinem Herzen hinterlassen hatte. Ich will nicht sagen, dass ich niemals um die Little Splinter trauere. Aber alle Gemeindemitglieder rufen mich in den Stunden der Not. Es gibt Leute, die holen den Doktor, und es gibt Leute, die holen Marma. Seit Sam Wilder und die Kirche uns vor die Tür gesetzt haben, wurde sie für Mutter Jesus schon so manches Mal wieder aufgetan.

L**awanda:** Nachdem Marma fertig war, war ich erst mal sprachlos. Es war ja schon schlimm genug, dass sie sie aus der Kirche geworfen hatten, weil sie sagte, sie habe Gott gesehen. Dazu geht man doch eigentlich zur Kirche, oder? Aber dass sie noch dazu ihre Gabe zu heilen ausnutzten und gleichzeitig so taten, als gäbe es sie nicht – ich hätte schreien können, als ich das hörte. Doch in diesem alten, freundlichen Zimmer hat wohl noch nie jemand geschrien. Daher sagte ich nur: »Danke, Marma. Das ist ja eine Geschichte.«

»Find ich auch«, stimmte sie zu, stand auf und kehrte zu ihrem Abwasch zurück. »Holst du jetzt deine Ma rein?«

Das tat ich, und sie verbrachten den Nachmittag damit, die einzelnen Patchwork-Stücke zusammenzuheften und auf dem Unterteil festzunähen. Mom schien nicht ganz bei der Sache zu sein. Ständig nähte sie Fältchen in den Stoff und musste dann alles wieder auftrennen und von vorne anfangen. Auf dem Heimweg erzählte sie, dass sie sich ganz verrückt gemacht hatte vor Sorge, weil Opa noch so hart auf dem Feld arbeitet.

»Weißt du, Lawanda, er ist zweiundsiebzig, und als ich ihm sagte, er solle doch einen von Jim Creechs Jungen als Aushilfe anstellen, da brummelte er nur: ›Lieber sterb ich auf dem Feld als im Bett.‹«

Ich hörte gerade nur so viel zu, dass ich die richtigen Antworten geben konnte, genau wie sie gerade nur so viel auf die Straße achtete, um an den richtigen Kreuzungen abzubiegen, aber ich war nicht richtig anwesend. Ich war noch in Marmas Küche. »Mutter Jesus hat ihn geheilt«, hatte sie zu Annie gesagt. Schon von den Worten bekam ich eine Gänsehaut. Wenn Gott eine Frau sein konnte, dann konnte wirklich alles passieren.

Wir kamen erst kurz vor sechs Uhr aus Little Splinter Creek zurück, deshalb machte ich den Krautsalat, während Mom einen Topf Pinto-Bohnen aufwärmte. Vom Frühstück waren noch Kekse übrig und ein paar Maisfladen vom Mittagessen.

»Apfelsirup, Lawanda«, befahl Mom am Herd. »Saure Gürkchen.« So redet sie beim Kochen. Ich schnitt auch ein paar gelbe Gemüsezwiebeln in Scheiben.

Es waren bestimmt keine zehn Minuten vergangen, dass wir zur Tür reingekommen waren, da saßen wir alle schon am Tisch: Mom, Dad, Dessie, Jeff und ich. Ray war zum Essen bei Onkel Dolan. Er war mit Little Jim auf Eichhörnchenjagd gewesen. Mom stellte eine Kanne Buttermilch neben meinen Teller und ich schenkte den Kleinen ein. Dad senkte den Kopf. »Herr, wir danken dir für diesen reich gedeckten Tisch und dass du uns dieses Essen gemeinsam genießen lässt. Segne die Hände, die es bereitet haben. Gib uns die Kraft, gut zu sein. Amen.«

Mom reichte ihm den Brotkorb und die Bohnen.

»Wo wir gerade vom Herrn sprechen –«, fing ich an, aber Mom unterbrach mich.

»Nicht beim Essen, Lawanda.«

»Hat Dad auch gerade gemacht!«

»Wenn du meinst, ein Tischgebet ist zu wenig, nur zu. Aber ich will kein Wort von Mutter Jesus hören.«

»Aber Mom –«

Dad reichte mir den Krautsalat. »Hör auf deine Mutter, Lawanda.«

Meine Augen füllten sich mit Tränen, und ich machte, dass ich aus dem Zimmer kam. Sie wollten nichts von Marma wissen! Sie wollten nichts von mir wissen!

»Was ist denn mit *der* los?«, fragte Dessie, als ich rausging.

Mom sagte: »Manche Menschen müssen ihr Brot mit Tränen essen.«

Marma: Als ich von dieser ersten Heilung nach Hause kam, machte ich Abendessen wie immer, räumte die Küche auf und brachte danach June, Burchett und Dolan ins Bett. Dann schenkte ich uns einen Kaffee ein und versuchte John zu erzählen, was passiert war. Ich war noch ganz aufgewühlt, meine Hände brannten wie Feuer. Er wollte kein Wort hören.

»Erzähl mir bloß nichts«, warnte er mich. »Seit dieser Lichtblitz dich aufgescheucht hat, bist du nicht mehr ganz normal.«

Ich machte ihn darauf aufmerksam, dass er nicht der liebe Gott war.

»Du siehst auch nicht gerade aus wie die Heiligkeit persönlich«, sagte er.

»Das ist es ja gerade«, sagte ich ihm. »Ich sehe so aus wie sie. Sie könnte ein Baby säugen. Sie könnte ein Baby *gebären*. Gott hat keinen Schwanz. Sie ist wie ich.«

»Ada Marie Holcomb –«

»Jetzt hör dir das an! Schon bei dem Gedanken daran willst du nicht mehr mein Mann sein.«

»Ich will nur irgendwie schlau aus dir werden, Frau! Sehen, ob da noch ein Kern von dir ist, wenn ich dich schüttle.«

»Du willst deinen Namen von mir abschütteln. Bitte schön. Dann kommst du nur auf Pas Namen. Meine Ma war eine Asher, aber sie hat ihren Namen von ihrem Daddy – das kannst du machen, solange du willst, aber einen Kern gibt's nicht. Ich bin kein Kern und kein Stiel und auch sonst nichts Hartes, das vorsteht.«

»Was bist du dann?«

»Flüsse, würde ich sagen. Waldwege. Wasserstellen. Sogar Verstecke. Nester.«

»Ist ja ein komisches altes Huhn, dein Gott, wenn er so durch die Gegend rennt und überall und nirgends ist.«

»Nein. Sie rennt nicht. Sie hat sich einfach mitten reingepflanzt. Und solche Sachen wie Krieg oder Ruhm und Ehre interessieren sie überhaupt nicht.«

»Was denn dann?«

»Dass die Leute singen und Essen kochen.«

»Was für ein Gott!«

»Und wenn dir das Essen anbrennt, dann nimmt sie es vom Feuer. Sie nennt das nicht Opfer.«

»Du willst nur –«

»Was ich *will*, hat damit gar nichts zu tun. Ich erzähle dir nur, was ich gesehen habe.«

»Aha? Ich habe aber nicht geheiratet, was du gesehen hast. Ich habe keine verrückte Frau geheiratet, die sich auf einmal wer weiß wie vorkommt, nur weil sie denkt, dass Gott sie aus der Kirche rausgeschmissen hat.«

»Ich komme mir nicht wer weiß wie vor, und das weißt du ganz genau. Dass ich eine Vision hatte, ist genauso eine Tatsache wie die, dass June lockige Haare hat. Man hat genau wie immer gute Tage oder schlechte Tage, und man wird davon nicht besser oder schlechter als jeder andere. Es ist eine Tatsache, John, genau wie die, dass du einen schiefen Zahn hast.«

»Es gibt aber Leute, die einem die Zähne gerade rücken. Vielleicht gibt es jemanden, der dich auch wieder zurechtrücken kann.«

»Nein.«

»Wie meinst du das: ›Nein‹?«

»Ich habe dich geheiratet für alle Zeit auf Erden und dabei will ich auch bleiben: nicht in fremde Betten steigen, dir dein Essen kochen, deine Kleider waschen. Und lieben muss ich dich auch, sonst hätte ich nie was mit dir anfangen brauchen. Aber ich habe dir nie etwas versprochen, das mit mir und Gott zu tun hat. Dazu hab ich gar kein Recht. Und du hast kein Recht, dich da einzumischen.«

John schloss die Augen. Als er sie wieder öffnete, hatte er diesen Blick, mit dem er sonst nur die Kühe anschaut. »Und warum sucht sich Gott ausgerechnet dich aus?«

»Weiß ich auch nicht. Vielleicht, weil mein Kopf so leer ist.«

Da lachte er, und ich lachte mit und stellte unsere Kaffeetassen in die Spüle, damit wir zu Bett gehen konnten. Etwa eine halbe Stunde später stieß ich ihn in die Rippen.

»Eines ist sicher«, sagte ich.

»Was denn?«

»Du bist nicht Gott!«

Damals schaukelten die Sprungfedern von unserem Lachen, bis wir irgendwann in den Schlaf fielen.

Lawanda: Mit Garland konnte ich über alles reden; das war für mich das Erstaunliche, nachdem ich erst mal meine Angst verloren hatte. Er unterbrach mich nicht mitten im Satz, wie ich das von meiner Familie gewöhnt war. Er blieb gehässig, aber ich merkte, dass das nur eine Masche war, wie bei den Kindern auf dem Schulhof, die besonders cool sein wollten. Und er hörte zu. Ich konnte ihm Sachen aus der Schule erzählen, die ich Mom oder Dad nie sagen könnte – dass ich nicht richtig dazugehörte und warum ich aufs College musste, nämlich nicht nur, um was zu lernen, sondern auch, weil ich noch was anderes sehen wollte außer dem Pine Mountain. Er sagte, das sei mein gutes Recht. Und ich konnte ihm auch erklären, warum Mom und Dad mich so wütend machten. Es war ein Gefühl, als wären Garlands Busse überall dabei, und wenn ich zu ihm hochkam, konnte ich alles durch seine Augen sehen oder wenigstens durch sein Busfenster. Das half.

Als ich ihm von Marmas erster Heilung erzählte, pfiff er leise durch die Zähne. »Teufelsweib«, sagte er andächtig. Das tat mir gut. Für mich war Marma nie sonderbar gewesen. Sie war einfach Marma, so wie der Wind einfach der Wind ist.

Garland wurde ein wichtiger Freund für mich, und ich fing an, mit ihm zu rechnen – so fest, dass ich seine Veränderung nicht bemerkte. Klar, einmal brachte er mich zum Weinen und ich rannte weg, aber ich merkte nicht, dass er ebenfalls anfing, mit mir zu rechnen. Wenn ich das gemerkt hätte, dann hätte ich mir schon denken können, dass mein Fortgehen für ihn schlimmer wäre als für Mom und Dad, wenn es so weit wäre.

An dem Freitag nach meinem Besuch bei Marma beschloss ich, mit ihnen über das College zu reden und ihnen die Info-Hefte der einzelnen Schulen zu zeigen, die ich mit der Post bekommen hatte. Ich wartete ab, bis nach dem Abendessen etwas Ruhe eingekehrt war, und schlug Mom vor, sich vor den Fernseher zu setzen, während ich das Chaos in der Küche beseitigte. Dann fragte ich die beiden, ob wir reden könnten. Dessie war mit einer Freundin unterwegs. Ray brachte Jeff einen Kartentrick bei. Es schien der passende Moment zu sein.

So war es aber nicht.

»Was soll das denn alles, Lawanda?«, fragte Dad. Und ich konnte sagen, was ich wollte, ich konnte von Stipendien und Aufnahmeanträgen und all meinen Plänen erzählen – alles, was ihnen dazu einfiel, war »was soll das denn alles?«. Sie drückten es natürlich anders aus, mit Worten wie *Geld* und *Zuhause* und *Nichts überstürzen*, aber es lief alles darauf hinaus, dass sie das Ganze für einen verrückten neuen Spleen von mir hielten. Als hätten wir nie darüber gesprochen, dass ich aufs College gehen und irgendwas aus meinem Leben machen wollte. Nach einer Stunde gab ich auf. Es würde hundert Jahre dauern, bis ich sie überhaupt so weit hätte, dass wir anfangen könnten, darüber zu reden. Genauso gut konnte Ray versuchen, Jeff die Bridgeregeln beizubringen.

Am Ende sammelte ich meine ganzen Traumhefte wieder ein und erklärte: »Ihr seid müde, alle beide. Lasst uns später noch mal drüber reden.« Ich kam mir vor, als wäre ich ihre Mutter.

Nur der Gedanke, dass ich meine Sachen Garland zeigen konnte, half mir an diesem Abend beim Einschlafen. Garland würde alles verstehen. Er hatte ja viel gelesen – vielleicht wüsste er sogar, welches College das beste für mich wäre.

Also wanderte ich am nächsten Morgen, gleich nach dem Frühstück und meinen Haushaltspflichten, den Berg hinauf. Ich borgte mir Dads Jeansjacke mit dem Flanellfutter aus. Über dem Gras lag Raureif, und die Jacke fühlte sich an, als könnte sie mir Glück bringen.

Garland war gerade bei seiner zweiten Tasse Kaffee. Er schenkte mir etwas in »meinen« Hardee-Becher ein. »Fastfood«, sagte er. »Heute hab ich nicht viel Zeit für dich.«

Wir saßen auf unseren Stammplätzen in Bus eins und ich zog mein Material aus dem großen Umschlag vom Clinch Valley College. Meine Knie reichten nicht aus, um alles auszubreiten, ich musste seine noch dazunehmen. Das war ein gutes Gefühl, als wären wir zwei Verschworene. Dann war ich fertig.

»Jetzt pass mal auf, Lawanda«, fing Garland an, »ich wüsste gerne, was du dir eigentlich dabei denkst, wenn du so weit weg zur Schule willst. Hier gibt's doch auch Schulen. Geh doch auf dieses staatliche College. Es gibt keine Jobs, aber du hast Köpfchen, Lawanda. Sie würden dir die Schule ja *be-*

zahlen. Was bildest du dir eigentlich ein, dass du unbedingt von uns wegwillst?«

»Darum geht es nicht, das weißt du genau«, sagte ich zu ihm.

»Ich weiß gar nichts, außer dass es verdammt danach aussieht, als wolltest du dir selber ein Bein stellen.«

»Garland …« Ich sah ihn an und versuchte Worte zu finden, die ihn vielleicht erreichen konnten.

»Und?« Plötzlich sah ich ihn nicht mehr grimmig und breitschultrig vor mir. Ich sah ein behaartes altes Baby.

»Alle gehen nach der High School woandershin, wenn sie was aus ihrem Leben machen wollen.«

»Das ist das Dümmste, was du jemals gesagt hast.«

»Aber so ist es.«

»Ja, ja, ich weiß. Alle fahren hier weg wie die vollen Kohlelaster, und wir haben hier wieder eine Ladung Licht und Wärme weniger.«

»Ich hab ja nicht gesagt, dass ich nicht wiederkomme.«

Er starrte mich an und verzog sein breites rotes Gesicht.

»Niemand muss mir das Wort *Sonne* vorbuchstabieren, Lawanda. Ich weiß, was jeden Morgen aufgeht.«

Da war ich aber bedient. Dad, Mom, alle waren sie gegen mich. Und jetzt auch noch Garland. Ich dachte, er wäre auf meiner Seite. Was ging es ihn eigentlich an?

»Was zum Teufel geht es dich eigentlich an?«

Kaum hatte ich das ausgesprochen, gab es ein Schnappen in der Luft, wie wenn ein fest gespannter Draht gekappt wird.

Garland nahm das Lenkrad und wuchtete seinen Körper

nach vorne, um aus der Windschutzscheibe zu starren. Vor sich hatte er nur eine Wand aus Himmel und das Heck von Bus zwei. Ich wartete. Er saß da, versteinert wie ein Berg.

Ich war immer noch wütend. Gleichzeitig wollte ich zu ihm hingehen, ihm die Hände auf die Schulter legen und alles zurücknehmen, was ich gesagt hatte. »Ich bin zwei Lawandas«, sagte ich mir. »Eine gehört ihnen und eine gehört mir. Wenn ich jemals hier rauskommen will, muss ich hart bleiben.« Und das blieb ich. Aber ich entschuldigte mich trotzdem.

»Okay, Garland, es tut mir Leid. Ich hätte das nicht sagen sollen. Aber du hast ja keine Ahnung, wie es ist. Ich brauche nur den Mund aufzumachen, schon krieg ich Ärger. Jede Idee von mir wird niedergemacht, als wäre alles, was ich denke, Müll. Ich bin fünfzehn – ist dir das eigentlich klar? Ich kann nicht ewig bei Mom und Dad bleiben. Ich kann auch bei Marma nicht mein Leben lang bleiben. Ich muss doch irgendwohin.«

»Dieser Bus fährt nicht.«

»Das weiß ich.«

»Glaub nicht, dass du einfach so wiederkommen kannst, wenn du weggehst.«

»Warum nicht?«

»Ich lebe, Lawanda.« Er sprach immer noch gegen die Windschutzscheibe.

»Das weiß ich auch.«

»Aus einem Bus kann man einfach aussteigen, aber um einen Menschen muss man sich ein bisschen kümmern.« Er schloss die Augen.

»Und? Was soll das heißen?« Wieder wurde ich wütend. Ich stand auf. Er saß weiter nur so da. »Komm, Garland. Ich bin kein Brunnen, in den du deine Gedanken einfach reinkippen kannst. Wovon sprichst du?«

Nichts.

»Sieh mich an!« Ich schrie fast.

»Okay, verdammt noch mal! Setz dich hin.« Er schwang herum. »Du!«, sagte er, als hätte er etwas Ekliges im Mund. »Fünfzehn Jahre alt! Der kleine Moses krabbelt ans Ufer des Gelobten Landes. Du machst mich krank.«

»Oh, danke.«

»Werd mir nicht frech, Lawanda Ingle.«

»Du bist nicht mein Daddy.«

»Woher willst du das wissen?«

Er beugte sich auf seinem Sitz vor, dass das Leder krachte. Mit seinem Atem kam ein holziger Whiskey-Geruch herüber. Ich lehnte mich zurück. Dad hatte gesagt, er sei gefährlich. War er verrückt?

»Howard Ingle ist mein Daddy. Das weißt du.«

Er zog seine harten blauen Augen zusammen.

»Ich finde dich zum Kotzen.«

»Es ist dein Bus«, sagte ich ihm.

»Ja, und du bist drin. Das beste Stück hier drin. Und so will ich's haben, Lawanda.«

Wie ein Messer fuhr mir die Angst in den Magen.

»Ich bin ja auch gern hier«, sagte ich. »Aber ich bin kein Buch, Garland. Du kannst mich nicht bestellen und für dich behalten.« Er rülpste. »Und eine Flasche bin ich auch nicht.«

Ich stand auf. Er auch. Ich wollte zur Tür, doch da lagen

schon seine Hände auf meinen Schultern. Er musste kaum Druck ausüben; ich saß schon wieder.

»Hör mir zu, Lawanda.«

»Okay«, sagte ich. »Aber ich kann nicht lange bleiben.«

»Darum geht es ja die ganze Zeit, oder?«

Ich nickte.

»Du hast Angst«, sagte er.

»Vielleicht.« Ich sah ihm direkt in die kalten, rot geäderten Augen. »Aber nicht so viel Angst wie du.«

»Aaarghlch!« Er machte ein Geräusch, als hätte er den schlimmsten Husten der Welt. Dann bedeckte er mit seiner großen Hand das Gesicht.

»Garland?« Oh Gott, dachte ich, wenn er jetzt anfängt zu weinen. Er senkte die Hand und sah mich an.

»Mein Mädchen«, sagte er. »Ich habe mehr verloren, als du dir je denken kannst. Geh jetzt nach Hause. Komm wieder, wenn du mir etwas anderes zu sagen hast als ›Leb wohl‹.«

June: Irgendetwas treibt das Mädchen um. Jetzt ist sie mit Mommy den Berg raufgegangen. Was für ein Gespann: Lawanda, die meint, dass die Welt sie mit offenen Armen empfängt, und Mommy, für die Gott das längst getan hat. Ich weiß nicht, was ich davon halten soll.

Ich habe ja meine Mutter immer geliebt, und nicht nur, weil das eben so sein musste. Aber leicht war es nicht. Seit Mommy aus der Kirche ausgeschlossen wurde, haben mich die anderen Kinder ständig gehänselt, weil sie so verrückt war und rumlief und Leute gesund machte.

»Junie denkt, dass Gott bei ihr zu Hause wohnt!«, hat Eddie Duff gejohlt.

»Und er hat eine Kittelschürze an!«, hat dann ein anderer hinzugefügt. Mommy habe ich nie davon erzählt.

Pap riet uns, das nicht zu beachten. »Es gibt immer Leute, die sich unbedingt bei anderen einmischen müssen.« Ich hätte ihn gerne gefragt, was *er* von Mutter Jesus hielt, aber das ließ ich wohlweislich bleiben. Das ging schließlich nur ihn und Mommy etwas an. Er hätte nie etwas durchsickern lassen.

Daher weiß ich es immer noch nicht. Pap hatte es gewiss nicht leicht. Er wurde sein Lebtag lang hart rangenommen und stand meistens im Regen. Er hatte nur Mommy als Trost. Er teilte sie mit uns Kindern – wir nahmen ihm nichts weg, glaube ich. Letztlich ist es bei Howard und mir genauso. Die Liebe zu meinen Kindern verstärkt nur meine Liebe für ihren Daddy. Aber wenn ich so einen Gottesfimmel kriegen würde wie Mommy – das wäre bestimmt schlimmer, als wenn ich was mit einem anderen Mann anfinge! Wie soll man denn zusammen ins Bett gehen, wenn der Herrgott dazwischen liegt? So was war für mich immer unmöglich.

Falls sie sich darüber gestritten haben, habe ich es nie gehört. Vielleicht hat Pap seinen Ärger auf dem Feld weggeschuftet, vielleicht haben sie darum gerungen, sobald sie uns alle in die Schule verfrachtet hatten. Ada und John. Pflanzten zusammen Tabak, hielten ihn von Unkraut frei, zogen ihn, hackten und schnitten ihn. Bauten Mais an und Bohnen und Kartoffeln, hielten eine Kuh und Schweine, machten Heu. Arbeiteten von Sonnenaufgang bis Sonnenuntergang, und noch ein bisschen länger. »Und immer noch nicht träge«, sagt Pap.

Womit er Recht hat. Aber manchmal denke ich, er ist nahe dran. Nicht körperlich. Ständig ist er in Bewegung, daher ist er längst nicht so steif wie andere Leute in seinem Alter. Aber sein Kopf macht mir Sorgen. Neulich am Sonntag saßen wir zum Beispiel zusammen auf der Veranda und sprachen darüber, wie schön die Herbstblätter waren und dass Ray draußen Eichhörnchen jagte, da sagte Pap völlig aus heiterem Himmel: »Wenn das im Krieg so gewesen wäre.«

»Was denn, Pap?«

»Das mit den Telefonbüchern. Ach, du könntest dich sowieso nicht daran erinnern.«

»Nein«, sagte ich und wurde innerlich hellwach. Ich wartete ein oder zwei Minuten. Er schaute nur auf die goldrote

Bergkette hinaus. Dann sagte ich: »Pap, wir haben doch gerade gar nicht vom Krieg gesprochen.«

Er sah mich mit flackernden Augen an. War ihm klar, dass er gerade ganz weg gewesen war?

»Ein Gespräch mit zwei Seiten«, sagte er.

Als ich Mommy davon erzählte, schob sie es auf die Arbeit. »Er ist einfach müde«, sagte sie. »Ich sag ihm immer, er soll nicht so viel arbeiten, aber genauso gut könnte ich dem Winter sagen, er soll weg bleiben.«

So ist es nun mal. Pap und Mommy sind genauso unzugänglich wie früher, als ich ein kleines Mädchen war. Und Lawanda lebt auch längst in ihrer eigenen Welt. Man gehört nur zu sich selbst und zu seinem Mann, schätze ich. Mehr kann man kaum erwarten. Man kann froh sein, wenn man wenigstens das hat. Auch wenn es sich mit so einem Baby im Arm nach mehr anfühlt.

Jetzt hält sich Lawanda also an Mommy. Was weiß Mommy schon von der Welt, in der Lawanda lebt? Kann eine Feder Lawanda Angst vor dem College machen? Kann eine Feder sie vor ihrer eigenen Dummheit bewahren? Da, wo man nicht mehr mit Denken weiterkommt, da ist Lawanda wirklich dumm. Und ein Dickkopf! Der größte Dickkopf auf der ganzen Welt, neben Mommy und Howard Ingle. Was das betrifft, passt sie prima zu Mommy.

Weiß Gott, was die da oben machen. Wandern durch die Felder, als wäre es Mai und nicht November, Mommy nur mit einem fadenscheinigen Pullover. Lawanda denkt nicht an so was. Sie denkt einfach nicht daran, dass Mommy kein junges Reh mehr ist. Und Mommy denkt auch nicht daran.

Eines Tages wird sie tot umfallen, beim Einmachen oder beim Unkrautjäten oder wenn sie nachts hier durch die Berge fährt und ihre eigenen Scheinwerfer für die Augen von Mutter Jesus hält.

Ich weiß nicht, was ich mit den beiden machen soll – höchstens Kaffee aufsetzen, damit sie sich aufwärmen können, wenn sie nach Hause kommen.

Teil II

L**awanda:** Ich war ehrlich gesagt ziemlich geschockt von Garland. Ich weiß nicht, wovor ich Angst hatte, außer dass er mich vielleicht nicht aus Bus eins rauslassen würde. Außerdem war ich wütend auf ihn. Warum musste er alles kaputtmachen?

Gleichzeitig tat mir irgendwas weh wegen ihm. Er war nicht so, wie ich gedacht hatte, nicht so stark und sicher in sich selber. Nein, er litt, und ich wusste nicht, warum.

Ich konnte ihn nicht fragen. Ich hatte Angst, wieder da hoch zu gehen.

Tagelang schlug ich mich damit herum. Ich hätte einfach wegbleiben können, aber mir fehlte seine Gesellschaft. Ich hätte Mom und Dad die ganze Sache erzählen können, aber das wäre das Ende von allem gewesen. Mit wem konnte ich reden? Schließlich kam ich auf Marma.

Ich sah sie erst kurz vor Thanksgiving wieder, als sie meine Cousine Trula zum Zahnarzt herüberbrachte, und da kam ich damit an.

»Komm, Marma, wir machen einen Spaziergang.«

»Hier, auf *dieser* Straße? Die Kohlelaster fahren uns sofort platt.«

»Nein, den Berg rauf, hinter dem Haus. Ich will dir etwas zeigen und wüsste gerne, was es deiner Meinung nach ist.«

Das gefiel ihr. Marma ist unsere große Pflanzenkennerin.

Auf halbem Weg den Pfad hinauf fragte sie: »Ist es ein Baum oder ein Kraut?«

»Keins von beiden.«

»Was ist los mit dir, Lawanda? Du siehst angeschlagen aus.«

»Das ist eine lange Geschichte. Lass uns zum Lorbeerfelsen gehen und uns dort hinsetzen.«

Das taten wir. Marma hat diese erstaunliche Angewohnheit, beim Sitzen beide Hände mit den Handflächen nach oben auf die Knie zu legen. Das sieht so aus, als erwarte sie etwas vom Himmel. Vielleicht tut sie das auch.

»Ich höre«, sagte sie. Und die Geschichte, die in mir so fest verknäult gewesen war, rollte sich ab wie eine einzelne Haarlocke.

Marmas Miene blieb unbewegt. Ein- oder zweimal hob sie die Hand und beschattete ihre Augen. Als ich dann fertig war, sagte sie: »Hast du darüber gebetet?«

Ich schüttelte den Kopf.

»Dann hat er es wohl getan.«

»Was?«

»Das Gebet gesprochen.«

»Garland? Er würde nie –«

»Still, Lawanda. Erstens hast du gerade bewiesen, dass du diesen Burschen nicht kennst. Und zweitens muss man zum Beten nicht auf die Knie gehen.«

»Was muss man denn dann?«

»Alles, was in Gottes Richtung geht, ist ein Gebet.«

»Marma …« Das half mir alles kein Stück weiter.

»Du kennst das doch, wie eine Blume, die man ins Fenster stellt, sich zur Sonne dreht?«

»Jawohl, Ma'am.«

»Das ist Beten.«

Ich ließ es eine Weile auf mich wirken. Und auch Marma ließ ich auf mich wirken, wie sie da glühend und sanft auf dem Steinhang saß, in ihrem blauen Hauskleid, das so verwaschen war wie der Himmel.

»Als es ihm geschah«, fuhr sie fort, »hat dein Freund sich zum Licht gedreht.«

»Als ihm was geschah? Ich dachte, er würde sich für mich freuen.«

»Amos Garland ist ein alter, ein sehr alter Mann.«

»Amos? Er sagte, er hieße Garland, mit Vor- und Nachnamen.«

»Er heißt aber Amos.«

»Und er ist nicht viel älter als du, oder?«

»Ich spreche nicht von Jahren, Lawanda. Ich spreche davon, was das Leben aus einem Menschen machen kann.«

Sie nahm die Brille ab, hauchte die Gläser an und polierte sie dann mit ihrem Kleidersaum.

»Ich habe Amos nie richtig gekannt, aber ich war mit seiner Schwester Chloe befreundet. Sie arbeitete in diesem Laden in Redbird, als ich frisch verheiratet war. Mein Gott, war Chloe hübsch. Die Männer kamen quer über den Pine Mountain, einfach nur, um sie anzugucken. Dann kamen sie sich blöd vor und kauften einen Sack Nägel oder eine kleine Dose Pfefferminzbonbons.«

Marma hielt inne, um ihre Gedanken zu ordnen. Von der Hügelkette herab rief ein Kardinalvogel. *Wer da? Wer da?*

»Das ist hübsch, nicht? Wer da? Wer da?«, rief sie zurück. Dann war sie still.

»Marma?«

»Ja, Junie?«

»Ich bin Lawanda. Marma, wird dir kalt?«

»Kann man wohl sagen. Von solchen Felsen krieg ich mein Rheuma.«

»Komm, wir nehmen den Weg nach oben und laufen auf dem Hügelpfad in der Sonne.«

Ich half ihr auf, beschämt, weil ich nur an Garland dachte, während meine Großmutter steif vor Kälte dagesessen und zugehört hatte.

»Amos war im Krieg«, fing Marma an, als wir oben an einer kleinen Lichtung waren. »›In schwerem Gefecht.‹ Mehr hat er Chloe nicht geschrieben. Seine Frau erzählte, dass er verwundet wurde, einen Orden bekam und sofort wieder zurück an die Front geschickt wurde. Ich weiß nicht mehr, welchen Ozean er überquert hat. Er war schon damals kein junger Mann mehr. Amos war früher Lehrer, verheiratet, mit eigenen kleinen Kindern. Höchstwahrscheinlich hätte die Army ihn gar nicht eingezogen, aber aus irgendeinem Grund wollte er hin.

Ich weiß noch, wie Chloe erfuhr, dass er nach Hause kommen würde. Sie hängte eine Flagge aus dem Fenster, schmückte den Laden mit Luftschlangen. ›Willkommen daheim, unser Held!‹ malte sie auf ein Stück Wurstpapier und brachte es als Spruchband quer über der Tür an.

Nora war seine Frau, und Chloe ging mit ihr nach Cardin zur Bushaltestelle. Nachdem alle ausgestiegen waren und sie ihn dabei nicht gesehen hatten, fragten sie den Busfahrer, ob vielleicht noch ein schlafender Soldat drinnen säße.

›Der da ist unser einziger Soldat‹, sagte der Busfahrer. Und er zeigte auf ein Lumpenbündel, das an der Wand lehnte.«

»Garland?«, fragte ich sie.

»Chloe sagte, er war nur noch Haut und Knochen, und er stank. ›Wie ein Hund im Käfig.‹ Und er benahm sich auch wie ein wildes Tier. Riss mit einer Hand Chloes Spruchband herunter und brüllte: ›Held? Und warum bin ich dann nicht tot?‹.

Betrunken, das war er, betrunken und dreckig. Und Nora erzählte, dass sein ganzer Körper voller Narben war, als sie ihn gebadet hat.«

»Was ist aus ihr geworden?«

»Chloe oder Nora? Nora war seine Ehefrau, solange es noch ging. Manchmal war er nett, aber er war verrückt, Lawanda. Er blieb bei keiner Arbeitsstelle, konnte seine Kinder nicht aus den Augen lassen. Einmal kam Nora vom Laden nach Hause und fand Delbert am Bett angekettet. Acht Jahre alt, und sein Daddy hielt ihn in Ketten.

Am Ende nahm Nora die Kleinen und verließ ihn.«

»Verließ ihn, verrückt, wie er war?«

»Nicht bevor er versucht hatte sie umzubringen. Er verwechselte sie eines Nachts mit einem Feind, der ihm im Schlaf auflauert.

Nachdem sie fort war, sah es so aus, als wohnte er nun bei Chloe. Dann wurde *sie* erschossen –«

»Das glaube ich nicht«, sagte ich.

»Keiner hat es geglaubt. Ein Mann kam extra aus La Follette angefahren, um Maismehl zu kaufen, und schoss ihr in den Kopf. Er sagte, sie hätte ihm seit Jahren versprochen, mit ihm abzuhauen. Niemand wusste überhaupt seinen Namen. Und da ist Amos in den Bus gezogen.«

»Woher hatte er denn die Busse?«

»Bus zwei war ein kaputter Linienbus. Den ersten hat ihm die Schulverwaltung billig verkauft.«

»Und er hatte Kinder?«

»Mein Gott, ja. Warte mal, da waren Ardith und Delbert und Nancy Catherine, und dann kam nach dem Krieg noch ein Baby. Ich weiß noch, wie viel Angst Chloe um das Baby hatte ...« Marma schüttelte den Kopf. »Vielleicht hat er jetzt schon Enkel. Könnten in deinem Alter sein. Amos ist nur ein oder zwei Jahre älter als ich.«

»Wo sind sie?«

»Weiß ich nicht. Keine Ahnung, ob das überhaupt jemand weiß.« Sie schwieg eine Weile. »Ich glaube, deshalb will er dich nicht weglassen.«

Marma: Ich habe Lawanda nichts davon gesagt, aber nach unserem Gespräch war mir klar, dass ich zu Amos gehen musste. Ich bat sie nur abzuwarten, mir Zeit zum Nachdenken zu lassen.

Auf der Heimfahrt nach Little Splinter Creek wünschte ich mir den alten Schotterweg am Fluss entlang zurück. Ich fahre gerne auf rauen Wegen, wenn ich angestrengt nachdenken muss. Ich mag es, wenn das Lenkrad zerrt und rüttelt. Auf unserer neuen seidenglatten Straße aber segelt man so vor sich hin, trällert ein Liedchen dabei, und eh man sich's versieht, ist man in einen schweren Fehler hineingesegelt.

Trula war benommen und schläfrig. Sie hatte eine Plombe in den Zahn bekommen, das Naschkätzchen.

Aus irgendeinem Grund fiel mir die Nacht ein, in der Lawanda geboren wurde. Bei Noonie und Ray war es schwierig gewesen – der eine hatte einen großen Kopf, der andere lag falsch herum –, aber Lawanda war nach ein paar Stunden harter Arbeit da. June konnte es nicht glauben.

»Sind Sie sicher, dass alles vorbei ist?«, fragte sie Doc Combs wieder und wieder. »Die Nachgeburt und alles?«

»Alles, was Sie noch tun müssen, ist, ihr einen Namen zu geben, aber das hat Zeit.«

Doch June hatte sich schon für Lawanda entschieden, »ohne zweiten Namen, der bringt nur Durcheinander«.

Ein Bild von einem Baby – langbeinig, lächelnd und lebensdurstig. Sie hat sich kein bisschen verändert.

Mein Gott, und dieses Kind in diesem Bus da oben auf dem Berg. Und sie würde wieder hingehen, das wusste ich. Sie hat ein weites Herz. Nachdem sie Garlands Geschichte kannte, würde sie ihm die Hand reichen wollen. Außerdem ist sie neugierig, sie ist ein Kind, das wissen will, warum das Feuer brennt. Sie würde wieder hingehen. Ich musste nur zusehen, dass ich vor ihr da war.

Das Dumme war nur, dass sie es mir in der Woche vor Thanksgiving erzählt hatte – alle Kinder hatten ihren Besuch angekündigt, und Johns Bruder Ed aus Dwarf wollte auch noch herüberkommen. Ich würde einen ganzen Kartoffelberg erklimmen und durch einen Strom aus Bratensoße schwimmen müssen, bevor ich wieder vom Creek wegkönnte. Also rief ich Lawanda an, als ich nach Hause kam. Ich halte zwar nicht viel vom Telefon, aber ich benutze es, wenn es nötig ist. Ich sagte ihr die Wahrheit, nämlich, dass sie mit einem Besuch bei Garland noch etwa eine Woche warten solle, damit sich die Sache ein bisschen setzen konnte. Und ich teilte John mit, dass ich sofort nach Thanksgiving nach Cardin müsse, um Sachen zum Backen einzukaufen.

»Ich dachte, du hättest gestern deinen Einkauf gemacht«, sagte John. »Wo hast du nur deinen Kopf?«

»Das war für Thanksgiving«, sagte ich ihm. »Jetzt kommt der Weihnachtseinkauf.«

Am Freitag konnte ich noch nicht weg, weil Burchett und seine Familie tagsüber abreisten, und ich mache ihnen immer einen Truthahn-Quiche zum Mitnehmen. Aber am Samstagmorgen, direkt nach dem Melken, fuhr ich los.

Bei Fraley hielt ich noch mal an und kaufte für alle Fälle Mehl und Zucker und getrocknete Äpfel. Dann fuhr ich über die Hallspoint Road zum Fuß von Amos' Berg. Beim Parken setzte ich fast den Plymouth in den Graben.

Es war windig geworden und die Sonne hatte wenig Kraft. Mein Gott, fühlte ich mich alt, als ich diesen Berg da hoch ging. Ich musste dauernd daran denken, wie warm es in Chloes Küche immer gewesen war.

In dem Fahrzeug, das Bus eins sein musste, war niemand. Alles blitzsauber, ganz wie Lawanda gesagt hatte. Aber die Tür war verschlossen.

Ich ging durch den heruntergekommenen Garten. Zu wenig Maisstauden, um sich darin zu verstecken. Ich ging weiter zu Bus zwei.

Ich konnte Amos durch die Tür sehen. Er schlief im Gang, in einen Schlafsack eingerollt wie eine große Raupe in ihrem Kokon. Die hinteren Sitze waren herausmontiert, aber aus irgendeinem Grund schlief er dort nicht. Ich konnte einen Tisch erkennen, Kleider, Küchenkram. Alles war furchtbar schäbig. Der Glaskasten mit dem Fahrpreisschild starrte vor Kippen.

Ich klopfte.

Nichts.

Ich hämmerte gegen die Tür.

Er grunzte und legte den Arm über die Augen.

Ich rief ihn.

»Amos! Amos Garland!«

Er murmelte etwas und setzte sich auf. Es tat weh, sein Gesicht zu sehen.

Er kroch aus dem Army-Schlafsack, wickelte ihn um sich, stand auf und stolperte zur Tür.

Während er sich nach dem Türhebel reckte, sagte er: »Wer zum Höllenschleim sind Sie?«

»Ada Smith, Lawandas Marma.«

»Oh nein.« Er verzog das Gesicht.

»Wir müssen reden.«

Sekundenlang sah er mich an. Endlich sagte er: »Im anderen Bus. Moment.«

Also drehte ich mich um und stieg langsam vom Trittbrett. Ich sah den Berg hinunter. Der Plymouth sah aus wie ein grünes Stück Stoff, das jeden Moment in den Creek geweht werden konnte. Ich dachte, noch könnte ich es am Zipfel fassen, noch könnte ich einfach zurück nach Little Splinter …

»Alles klar, Marma.« Amos war nun angezogen – speckige Jeans, Flanellhemd – und hatte eine Kaffeekanne dabei. »Hier lang.«

Er gab mir die Kanne, während er das Vorhängeschloss öffnete.

»Ich werf mal den Ofen an«, sagte er. »In diesem Bus kann man schlottern wie in Deutschland.«

Und so ging ich mit rein. Es sah genauso aus, wie Lawanda erzählt hatte – Bücher und Landkarten, alles blitzblank und ordentlich. Er bot mir einen Sitzplatz an und drehte die Heizung auf.

»Amos –«, fing ich an.

»Ich weiß, warum Sie hier sind.«

»Ich habe Ihre Schwester gekannt.«

»Mausetot«, sagte er und ging durch den Bus nach hinten.

»Ich habe mitgeholfen, sie aufzubahren.«

»Sie hübsch gemacht für die Reise?« Mit hochgezogenen Augenbrauen sah er mich an. »Gar nicht so einfach, oder? Mit dem Loch im Kopf?«

Ich kam den Gang hinunter.

»Fassen Sie mich bloß nicht an.« Mit einem verbogenen Löffel maß er den Kaffee ab.

»Amos –«

»Sagen Sie das noch einmal, dann zeige ich Ihnen, wo meine Pistole liegt.«

»Dann eben Garland.«

»Jetzt und in Ewigkeit.« Er goss aus einer Plastikkanne Wasser in den Topf.

»Ich weiß, Sie haben Nora verloren –«

»Sie wissen zu viel.«

»Und die Kinder –«

»Kleine Schlangenbisse.«

»Und ich weiß, dass Lawanda deshalb –«

»Sie wissen gar nichts über Lawanda.«

»Ich war bei ihrer Geburt dabei.«

»Hat Chloe rausgehen sehen. Hat Lawanda reinkommen sehen. Sind Sie eine Art Pförtnerin oder so?«

»Was sind Sie?«

»Ich bin ein Trinker.«

»Was noch?«

»Reicht das nicht?«

»Nein.«

»Ich bin ein böser alter Mann.«

»Was noch?«

Das Wasser fing an zu brodeln, braune Spritzer schossen zum gläsernen Deckelknopf hoch.

»Tabaksaft«, sagte er. »Ein Mund voll Tabaksaft.«

»Von Gott geschaffen«, sagte ich ihm.

»Dann hat Gott lausige Arbeit geleistet.«

»Und Lawanda – wie hat SIE Lawanda hingekriegt?«

»Oh, Lawanda ist ein Gast auf Erden«, sagte er.

»Sie meinen, Lawanda kennt kein Unglück?«

»Sie kennt nicht viel.«

»Sie weiß, wie es ist, wenn man Hunger hat.«

»Gut. Sie ist am Leben.«

»Sie weiß, wie elend es ist, vor jemandem Angst zu kriegen, den man liebt.«

»Möchten Sie welchen?« Er hielt den zerbeulten Topf in die Höhe. »Die Tassen sind vielleicht nicht ganz sauber.«

»Wenn er heiß ist, nehm ich ihn.«

Es war eine weiße Tasse mit grünem Rand, wie man sie in diesen Truckstop-Cafés vorgesetzt bekommt.

»Milch?«, fragte er mit einer Dose in der Hand.

Ich schüttelte den Kopf. »Sie sind doch sicher ein zivilisierter Mensch«, sagte ich zu ihm.

»Mehr als zu der Zeit, als ich in einem Haus wohnte.«

Ich folgte ihm den Gang entlang, froh über die Tasse, an der ich mich festhalten konnte.

»Lawanda –«, fing ich an.

»Lawanda ist tot.«

»*Ist sie nicht*. Sie –«

»Ich will nichts mehr von ihr hören.«

»Sie will doch nur –«

»Sie will das, was alle wollen und was keiner kriegt, und ich kann es nicht mehr mit ansehen.«

»Oh.«

»Könnt ihr Pfaffen das irgendwie respektieren?«

»Ich bin keine Pfarrerin.«

»Was sind Sie dann?«

»Eine alte Frau.«

»Was noch?«

»Ich habe eine Gabe, falls Sie das meinen.«

»Eine Gabe?«, sagte er und fuhr sich mit den Fingern der rechten Hand durch den Bart. »Muss doch toll sein.«

»Manchmal ist es schrecklich.«

»Verlangt Gott, dass Sie in Ninive auf den Tisch hauen?«

»Oder irgendwo da in der Gegend«, sagte ich.

»Sie ist genau wie Sie.«

»Wer?«

»Die, von der wir reden.«

»Sie ist aber auch wie Sie«, sagte ich.

Er sah aus, als wollte er mir den Kaffee ins Gesicht schütten. Stattdessen sagte er: »Na gut, dann erzählen Sie mir Ihr Ninive. Aber nicht den Wal vergessen.«

Und ich erzählte es ihm. Alles, die Vision, den Ausschluss aus der Kirche und wie ich begriff, dass ich eine Heilerin war. Er zuckte mit keiner Wimper.

»Noch mal wieder gesehen, diese Frau Jesus?«

»Nicht wie beim ersten Mal.«

»Wundert Sie das nicht?«

»Wieso?«

»Na ja, vielleicht sind Sie ja nur kurz ausgetickt.«

»Könnte sein, bin ich aber nicht.«

»Haben Sie ein paar von den Federn dabei?«

»Wofür?«

»Heilen Sie auch Fotos?«

»Fotos?«

»Yeah«, sagte er. In seine Augen kam etwas Leben. »Spreiz deine Federn, Marma.«

Keine Ahnung, warum ich es tat – alles sprach dagegen –, aber ich griff unter meinen Mantel in die Schürze und zog die Schwungfeder einer Wachtel heraus.

»Heiliger Bimbam!«, sagte er.

»Gut möglich.«

»Warten Sie hier«, sagte er zu mir.

Schwerfällig und alt, wie er war, ging er schnurstracks hinüber zu Bus zwei. Der Luftzug, den er beim Fortgehen machte, hatte sich noch nicht gelegt, da kam er schon wieder zur Tür herein. Mit einem Schuhkarton.

Er setzte sich und legte ihn auf die Knie. Ich hätte wer weiß was darum gegeben, nicht sehen zu müssen, was darin war.

Fotos, wie er gesagt hatte. Alte Fotos – vermutlich von seiner Mommy und seinem Daddy. Ein Bild von ihm selbst in Uniform, eins von Nora, ein Hochzeitsbild, und dann jede Menge von den Kindern – Babyfotos, Schulfotos, ein Zeitungsfoto von Delbert, als er den Lesewettbewerb gewonnen hatte. Und auf jedem einzelnen Bild war das Gesicht herausgebrannt.

Ich rang nach Luft.

»Das mache ich mit allem, was fortgeht«, sagte er.

»Dann sind Sie auch fortgegangen. Ihr Gesicht ist ausgebrannt.«

»Da«, sagte er und leerte den Schuhkarton in meinen Schoß aus. »Rufen Sie Ihre Geister herbei.«

»Das haben Sie schon mit Ihren getan«, sagte ich zu seinem Rücken, während er durch den Gang nach hinten ging.

»Nehmen Sie manchmal Whiskey in den Kaffee?«, fragte er mich.

Ich weine nie, aber in diesem Augenblick hätte ich damit anfangen können.

»Nein.«

»Ganz strikt?«

»Nein.«

»Eine Schande, alleine zu trinken«, erklärte er und kam wieder nach vorne.

»Sie schaffen es aber ganz gut.«

Er setzte sich.

»Ich schaffe das, was ich kriege.«

Ich blätterte die Fotos durch.

»Ich kann das nicht mit ansehen«, sagte ich ihm.

»Meine ausgebrannten Leute?«

»Sie mit dieser Flasche.«

»Sie können ja wieder gehen. Sie kennen den Weg bergab.«

»Jawohl, und ich weiß auch, wie es mit Ihnen weitergeht.«

»Immer mit den Füßen voran.«

»Und ohne jedes Herz.«

»Was soll das denn jetzt heißen?«

»Das soll heißen, Sie versuchen es zu ertränken, es wegzubrennen.«

»Können Ihre Federn das nicht wieder hinkriegen?«

»Die Gesichter zurückholen? Nicht, wenn Sie lieber in die Flasche gucken.«

»Klar gucke ich lieber einen Jack Daniels an als Sie.«

»Das überrascht mich nicht.«

»Was denn dann? Was kann Sie überraschen, Marma? Sie sind ungefähr so temperamentvoll wie ein Felsbrocken.«

»Es überrascht mich, dass Sie mein Mädchen diesen Berg hinunterließen und ihr vorher nicht noch mehr als das Herz zerbrochen haben.«

»Allmächtiger Gott!«

»Das habe ich ihr auch gesagt. Dass Gott allmächtig ist und sie auch hier oben beschützte, obwohl sie genau wusste, dass sie nicht hierher kommen durfte.«

»Sie stinkige alte Frau! Für wen halten Sie mich?«

»Für jemanden, den die Sonne anscheint und der es nicht mal merkt.«

Er grunzte. »Hübsch ausgedrückt.« Er kippte die Flasche und trank. »Aber davon kommen auch keine Gesichter auf meine Fotos.«

»Haben Sie eins von Lawanda?«

»Nein.«

»Gut so. Danke für den Kaffee.«

»Geben Sie mir eins?«

»Nein. Aber Sie können die Feder haben.«

Ich legte sie in den Karton und reichte ihn herüber.

»Mutter Jesus, ja? Die haben sie wohl im Rock ans Kreuz genagelt, was?«

Ich stand an den Stufen, die Hand an der Haltestange.

»›Und siehe, der Herr stand auf der Mauer, die mit einem Bleilot gerichtet war‹«, sagte ich auf, »›und er hatte ein Bleilot in seiner Hand.‹«

»Was war das?«

»Amos«, sagte ich. »Der Prophet.«

»Diese Bibeln sollte man allesamt zerreißen, ritsch-ratsch.«

»Ich sage nur, wir werden gemessen. Wie auch immer Sie gebetet haben, beten Sie weiter.«

»Ich doch nicht!«, sagte er großspurig.

»Ich wette, dieser Garten zwingt Sie auf die Knie«, sagte ich.

Er lachte ein lautes, langes, wieherndes Lachen. Der leichte Wind trug es mir auf dem Weg hinunter noch nach.

Garland: Die verrückte Alte haut ab und lässt mich hier mit dieser Schachtel zurück. Ich sehe ihr nach, dann drehe ich mich um und lege zur Beruhigung die Hand auf den Ofen. Heiß wie die Zunge des Allmächtigen. Ich hole mir eine Brandblase, dass ich kaum die Schachtel halten kann oder eine Flasche.

Mir hat noch jede Frau, die über meine Türschwelle trat, Unglück gebracht.

Nora: Ich bin sonst keiner Frau über den Weg gelaufen, die so ein hartes Herz und so einen weichen Körper hatte. Nachdem die Kinder einmal da waren, war ich ihr egal. Hat mir nur die Taschen leer gemacht.

Chloe: Das Beste, was Gott ihr zu geben hatte, war ein Fahrschein ins eigene Grab. Ein Gesicht wie ein Herz. Kommt der Mann angefahren und zerbricht es mit einem Pistolenschuss. Sonst bleibt sie glatt wie eine Schlange.

Meine eigenen Mädchen, Ardith und Nancy Catherine, immer am Tanzen und am Singen, nur warum? Ihre Mommy war voller Angst, ihr Daddy ein Nichts. Da haben sie eben ihren Lumpenpuppen was vorgesungen. Ich habe meine Mädchen geschlagen. Ich musste. Die Welt war zu hart.

Und dann Lawanda. Kommt als artige junge Miss zu mir hochgewandert, mit einem Hammer für mein Herz. Sie ist mir so egal wie nur was. Ich will ihren blonden Wuschelkopf nie wieder sehen.

Sie ist nicht dumm, diese Lawanda. Sie ist stark. Aber sie

hätte nie den Berg hier raufklettern dürfen. Wenn sie meine wäre, würde ich's nie erlauben.

Und dann schickt sie ihre Marma – so ein großes altes Weib mit losem Mundwerk! Nein, das hat Lawanda nicht getan. Aber sie muss ihrer Marma von mir erzählt haben. Hat Chloe gekannt. Marmas große Hände haben Chloes Haut berührt.

Fußketten. Sarg. Bus. Her mit einem Gefängnis. Bringt mich irgendwohin, ihr Hüter des Gesetzes! Soll ich hier oben verfaulen? Soll ich hier tun, was ich kann, zu meinem eigenen Unglück?

Ich habe ja ihre Gesichter. Auf diesen Fotos brauche ich sie nicht. Sie sind in mich eingebrannt, so ist es. Jedes Mal, wenn ich die Augen zumache, sehe ich sie. Früher habe ich sie immer am Boden von Gläsern gesehen. Inzwischen trinke ich direkt aus der Flasche.

Okay. Ich bin gar nicht so erbärmlich. Die sind viel schlechter. Ich könnte in die Stadt gehen, wenn ich Lust hätte. Ich könnte mir mal ein paar bessere Hosen als diese hier zulegen. Ich könnte Curtis Ballard besuchen gehen. Wo ist der überhaupt abgeblieben? Und wenn Howard Ingle da wäre …

Ich will nicht an Howard Ingle denken. Auch nicht an seine Tochter. Erst recht nicht an seine bibelbesoffene Schwiegermutter. Gottes Bleilot! Ich wette, das geht gradewegs runter zur Hölle.

Und dazwischen ist alles so schief und krumm, da sieht dann das Bleilot aus wie ein Kabel. Genau. Ein Kabel für Satans Telefonmast. Ruf mich an, alter Gauner, du heiße

Nummer. Wir kokeln den Vögeln die Füßchen an. Wir verbrennen die ganze Schachtel hier – Noras Junge und Marmas Brustfeder.

Aber halte dich bis heute Abend noch zurück. Denn jetzt muss ich in die Stadt.

Wegen dieser Marma bin ich ohne einen Bissen zu essen aus dem Bus raus und los. Na ja, meine Verdauung ist sowieso völlig im Eimer. Mir brennt der Bauch, und jeder Bissen, den ich runterschlucke, ist nur Öl auf die Flammen.

Kaffee und Whiskey kann ich vertragen – und das wär's dann schon so ungefähr. Und einen richtig knackigen Apfel. Das meiste andere Zeug könnt ihr gerne haben. Und ausgerechnet ich habe einen Garten, mit dem ich die Speisung der fünftausend veranstalten könnte.

Im Moment sind es nur noch Brokkoli und Grünkohl. Den anderen Kohl habe ich Anfang letzter Woche enthauptet. Habe all ihre kleinen Köpfe in ein Loch kullern lassen, das ich gebuddelt habe. Im Bus gibt's keinen Keller.

Ich sollte Curtis Ballard ein paar Kohlköpfe mitbringen. Ihm einen Krautsalat machen. Bei Krautsalat mit Bohnen und Maisbrot zusammensitzen ... tja, Curtis Ballard *hat* Leute zum Zusammensitzen. Ich will ja nie jemanden bei mir haben.

Nein, ich sag ihm, er soll raufkommen und sich ein paar Köpfe abholen. Warum soll ich die Dinger runter in die Stadt tragen? Ich bin doch kein Hausierer. Was nur gut ist – ich könnte ja noch nicht mal einem Mann Wasser verkaufen, dem gerade das Haus abbrennt.

Aber Lawanda, die hat mir diese Zeitschriften verkauft. Eine für Musik, eine für Naturwissenschaft. Man sollte meinen, dass das zwei ganz verschiedene Sachen sind. Nöh – sind beide voller Zahlen. Davon krieg ich Kopfweh.

Wo ist eigentlich diese Stadt geblieben? Ich hab wohl den Umweg genommen. Yeah, hab ich auch. Damit ich keinem von den Ingles in die Arme laufe. No Sir. Diese Marma ist schon ein ziemliches Kaliber. Tatsache ist, dass ich außer Curtis keiner Menschenseele begegnen will. Auf die Jungen dahinten, die Eichhörnchen jagen, achte ich gar nicht. Und keine Frau will ich sehen. Alles Huren, jede einzelne.

Irgendwer sollte diesen Berg roden, ihn abmähen, die Büsche niedermachen. Wie soll ein Mann hier durchgehen, wenn ihm dauernd Dornenranken und Baumschösslinge an den Beinen hängen? Warum bringt die Erde keine Straßen hervor? Schon mal darüber nachgedacht? Sie bringt doch auch Flüsse hervor, oder? Ich glaube, der Schöpfer war stockbesoffen. Als wir an der Reihe waren, sowieso. Ich meine, wenn man Licht und Finsternis gemacht hat und sich das Wasser und das Land ausgedacht hat, wenn man den Lebensfunken entfacht und dann alles von der Eidechse bis zu Tabakpflanzen damit angezündet hat, dann will man doch einen Drink, oder?

Außerdem war Wochenende. Freitagabend, los, wir machen einen drauf und basteln Menschen. Vielleicht war es aber auch schon Samstag und er hatte einen Kater und hing durch wie ein nasser Sack. Das würde erklären, warum wir so hasserfüllt und mickerig sind. Wenn man Gott ist, Er, der alles sagt und so, was muss man da für Kopfschmerzen haben. Sollte man mal drüber nachdenken, wenn man das nächste Mal in den Spiegel guckt. Vielleicht hilft das irgendwie weiter.

Meine Knie versagen, ich schwöre es. Es liegt an dem Boden hier, er ist glitschig und sumpfig. Und meine Schuhe stoßen dauernd gegen Steine oder Stöcke, und meine Schuhsohlen lösen sich ab. Ich könnte gut Hufe gebrauchen, wirklich.

Da ist sie, die kleine Stadt Cardin. Sieht aus wie Kräuselhaar in der Achselhöhle. Stinkt auch. Alles, was die Leute machen, wird früher oder später zu Scheiße – ist das schon mal jemandem aufgefallen? Und sie machen einfach so weiter, als wäre nichts. Genauso gut könnte man ein Baby einfach nicht wickeln. Ich bin noch nicht mal da unten und will schon wieder nach Hause gehen.

Nein, das tue ich nicht. Ich will zum SAUBERMANN gehen. Ich will Curtis Ballard in *seinem* Bus treffen.

Ziemlich kalt hier. Radiowetter. Die Kinder hörten immer Radio. »Guten Morgen«, sagte es, »guten Morgen, ich bin der Weihnachtsbär.« Gefesselt an eine Stimme. Saßen im Kreis zusammen. Hätten alles mit sich machen lassen. Da warf ich es raus und sie weinten.

Ach Gott, es bringt nichts, daran zu denken.

Eine rote Ampel. Hängt da und schwingt hin und her. Und vor diesem Gerät halten die Leute an. Sie setzen die Blinker und warten.

Sie schließen auch ihre Haustüren ab. Sie putzen sich die Schuhe. Ist das nicht erbärmlich?

Ich weiß, wo der SAUBERMANN ist. Ich habe immer meine

Kleider zur Reinigung gebracht. Ich habe in dieser Stadt gearbeitet, ich habe meinen Lohn erhalten, meine Reißverschlüsse gingen regelmäßig auf und zu. Zu Hause hatte ich ein Bett voll mit Kindern und einer Frau.

Ich bin zur Bank gegangen. Regelmäßig. Ich habe meine Scheine nicht unter der Matratze versteckt. Mit mir ging es bergauf.

Gute Idee, die Dose Bier mitzunehmen. Curtis ist vielleicht durstig. Ich trinke nie auf der Straße, damit das klar ist. Da drüben bei der Tankstelle kann ich mich hinter das Reklameschild stellen.

Kann ich auch schnell mal pinkeln, wo ich gerade hier bin.

»Was soll das heißen, wer ich *bin*? Wer bist *du*, du großer weißer Widerling? Du kannst mich doch nicht wegen meiner Körperfunktionen einlochen.«

»Na gut, aber ich habe nun mal keinen Schlüssel für ihre gottverdammte Toilette.«

»Ich sage dir, ich brauche keine Polizei. Ich *weiß*, wo ich hin will. Zur SAUBERMANN-Reinigung. Curtis Ballard besuchen, einen Freund von mir. Einen alten Freund. Ruf ihn an. Du …«

Galt: Jetzt sitzen wir in der Patsche. Jetzt sitzen wir richtig in der Patsche, Leute, und ich weiß nicht, wie wir da wieder rauskommen sollen. Ich bin schon ewig Gefängniswärter und ich kenne zwei Sorten von Kunden: die Gefährlichen, die hier einmal durchgehen, und die Normalen, die kommen und gehen, als gehörten sie zur Familie. Dieser Garland war so einer. Ein widerlicher Typ, aber harmlos – so hätte ich's ausgedrückt.

Ich habe ihn wohl auch irgendwie respektiert, weil er früher in der Schule mein Lehrer war – in Gesellschaftskunde und Englisch. Sein Verstand war messerscharf, und seine Zunge auch. Jung und klug und mächtig gut aussehend – war schon verheiratet und hatte Kinder, als der Krieg kam. Aber er meldete sich. Manche sagten, weil sie seinen Bruder Elias einberufen hatten und weil sie zusammen gehen wollten. Keine Ahnung. Sie waren dann sowieso nicht in derselben Einheit. Und Elias kam nicht zurück.

Garland war also mit Kummer bedient. Und er hat seine Familie gegen die Flasche eingetauscht, ich weiß das. Aber ich dachte immer, er hätte niemandem außer sich selbst wehgetan. Jetzt bin ich mir da nicht mehr so sicher.

Kaum hatte er letzte Nacht aufgehört zu schreien und an den Gitterstäben zu rütteln, da machte er sich Sorgen um seinen Bus. Ich dachte erst, er ist im Delirium und phantasiert, aber er sagte immer wieder, dass er nicht abgeschlossen hatte und dass sein ganzes Leben da drinnen sei. Ob ich nicht jemanden rauf nach Cade's Hill schicken könnte, sagte er, damit der Bus nicht über Nacht offen blieb? Mann, dachte ich, wer will denn schon Bücher klauen, aber vielleicht haben wir dann endlich Ruhe. Also schickte ich Terry Sizemore hin. Der wird vor Ablauf einer Stunde wieder hier sein, dachte ich. Als sein Wagen dann endlich in den Hof fuhr, hatte ich schon richtig angefangen, mir Sorgen zu machen.

Stellt sich raus, dass der alte Mann Recht gehabt hat mit seiner Angst. Die Messer-Jungs oben von der Hallspoint Road sind nicht nur in den Bus rein, sondern haben da drinnen auch gleich ein Feuerchen gemacht. Mit Büchern als Brennmaterial, und eins haben sie auch gelesen. Waren da johlend zugange, tranken mitgebrachten oder gefundenen Whiskey. Zum Glück hatte Garland Wasserkanister hinten am Bus, so dass Terry das Feuer löschen konnte. Dann brachte er mir die Jungs und ihren Lesestoff runter.

Die Messers haben kein Telefon, also ließ ich jeden Jungen eine Zelle putzen und dann von Terry zu ihrem Daddy zurückbringen. Da zu diesem Zeitpunkt nichts Neues mehr zu erwarten war, setzte ich mich hin und blätterte in Garlands Buch. Spiralbindung, dreifach unterteilt, genau wie die, die er uns immer für die Schule kaufen ließ.

In den ersten beiden Teilen stand lauter wirres Zeug. Ich blätterte die Seiten auf, die die Jungs gelesen hatten – konnte man leicht an den schwarzen Fingerabdrücken erkennen. Eine ganze Seite handelte davon, wie Bohnen wachsen, und es ging auch um Wein, um Venen und Chromosomen. Scheiße, dachte ich, das kommt davon, wenn man alleine ist. Dann ein ganzer Teil über schwarze Löcher im Weltall, und dann ging es ungelogen zwei Seiten lang darum, dass sein Bus ein Panzer ist und runterkommt, um die Stadt zu erretten. Wovor? Kein Wunder, dass die Jungs ihren Spaß hatten.

Aber so weit, so gut. Soll einer doch denken, dass er eine Stangenbohne ist oder eine Rakete oder ein Held. Es ist verrückt, aber wenn man unbedingt in einem Schulbus leben und sich um nichts mehr schert, dann wird man so. Dann blätterte ich weiter zu Teil drei.

Und da habe ich es dann gefunden, Leute, der Teil da hat mir die Augenlider verbrannt, und er wird noch so manchem die Ohren versengen. Denkt nicht, dass Howard Ingle mir nicht Leid tut. Oder seine dreckige Tochter. Das habe ich ihm auch am Telefon gesagt. Aber was faul ist, das muss rauskommen, sage ich, sonst gibt es keine Heilung. Und wenn diese Sache rauskommt, dann könnte sie Garland in ein viel größeres Gefängnis als das hier bringen.

C**urtis:** Galt rief mich gleich am Montagmorgen an, um mir zu sagen, dass Garland bei ihm im Gefängnis war. Er klang sehr aufgewühlt, wollte aber nicht sagen, was los war, deshalb bin ich in der Mittagspause hingegangen.

Ich sehe mir ja Leute genauso an, wie ich mir ein Kleidungsstück ansehe. Es kann fleckig und verdreht sein, wenn es bei mir eintrifft, mit heraushängenden Fäden oder angesengt – zuallererst muss ich rauskriegen, was es ist. Dann stelle ich Fragen, um herauszufinden, wie es so geworden ist. Und erst danach fange ich an, irgendetwas zu *tun*. Vielleicht denken Sie jetzt, dass man doch Kirschmarmelade von Blut unterscheiden kann, aber das ist nicht immer der Fall. Derjenige, der die Sachen anhat, kann es übrigens auch nicht immer sagen.

Ein Kleid, ein Anzug – das ist sehr persönlich. Immerhin ist es unsere zweite Haut. Wer außen lügt, um seinen Hals zu retten, der lügt auch innen. So sind die Menschen.

Aber Garland lügt nicht, nach meiner Bilanz jedenfalls nicht. Eher sagt er einem Wahrheiten, die man lieber nicht gehört hätte. Ich dachte an diesen Spaziergang über die Fox Street an jenem grauen ersten Dezember. Ich habe seitdem immer wieder daran gedacht. Vielleicht laden wir manchen Leuten die Geschichten auf, an die wir selber nicht denken wollen. Den Krieg, zum Beispiel. Ich war nicht dabei; ich habe ein reine, klare Vorstellung, solange die Soldaten den Mund halten. Und dann können solche Männer wie Garland, die die Rechnung bezahlen mussten, weiterblechen.

Auf jeden Fall habe ich unterwegs im Drugstore ein paar Hotdogs geholt. Ich hasse die Vorstellung, von Galt etwas zu essen annehmen zu müssen. Im Gefängnis war es kalt und schmuddelig. Scharfer Uringestank stach mir in die Nase.

»Ich hoffe, du hast ein starkes Lösungsmittel«, sagte Garland, als Galt nach dem Schlüssel suchte.

»Musst du gereinigt werden?«

»In Öl gekocht und in Blut getauft«, sagte er.

»Wie ist deine Verdauung?«

»Na ja«, gab er zur Antwort und spuckte in den Abfluss, der in den Boden eingelassen war. »Hier gibt es ja nichts, wofür sich ein Stoffwechsel lohnt.«

»Auch keinen Schnaps?«

»Nicht das kleinste Tröpfchen. Jetzt hoffe ich auf Pater Connor mit dem Abendmahlskelch.«

Darauf reichte ich ihm schweigend die Hotdogs. Er wickelte einen aus, teilte ihn und gab mir eine Hälfte.

»Du hast also hinter dem Valvoline-Plakat gestanden und gepisst und gesoffen?«, fragte ich.

»Was reingeht, muss auch wieder raus.«

»Das ist nicht besonders fein«, sagte ich ihm, »aber es hört sich auch nicht gerade kriminell an.«

»Es ist praktisch eine sakrale Handlung, verglichen mit dem, was sie mir vorwerfen.«

»Und was ist das?«

»Verführung einer Minderjährigen.«

»Wie?«

»Verderbungsgefahr.«

Allmählich fragte ich mich, ob er noch im Delirium war.

»Garland, ich weiß nicht, wovon du sprichst.«

»Von wem, musst du fragen«, sagte er und schüttelte sich.

»Von Lawanda Ingle.«

»Doch nicht Howards Mädchen?«

»Dasselbe.«

Mir sank das Herz. »Was hat sie denn mit dir zu tun?«

»Sie hat mich besucht.«

»Und?«

»Sie ist fünfzehn Jahre alt.«

»Wann?«

»Was wann?«

»Wann hat sie dich besucht?«

»Den ganzen Herbst. Sie ist plötzlich in meinem Garten aufgetaucht und hat Zeitschriften verkauft.«

»Was hast du ihr getan?«

»Ihr welche abgekauft.«

»Das ist keine Verführung.«

»Das ist noch nicht alles.«

»Also weiter.«

Ich wartete auf seine Erklärung. Er saß vornüber gekrümmt auf der Pritsche, sein dicker Bauch sah unter dem Hemd so schrumpelig aus wie eine Honigmelone nach einer Frostnacht.

»Glaubst du, Pater Connor spricht ein paar Gebete für mich?«

»Möchtest du das?«

»Nein.«

»Dann erzähle weiter.«

»Ich habe ihr gar nichts getan. Vor ein paar Wochen habe ich eine Wut auf sie gekriegt, als sie davon redete, fortzugehen, zur Schule.«

»Warum?«

»Sie hat keinen Grund, abzuhauen und mich allein zu lassen.«

»Garland …« Ich suchte nach Worten. »Du bist nicht ihr Daddy.«

»Nein. Aber den will sie auch verlassen.«

»Das machen Kinder eben, wenn sie erwachsen werden.«

»Lawanda ist nicht erwachsen!«

»Nun, es gehört aber dazu –«

»Egal, jedenfalls wurde ich wütend. Und sie ging fort und seitdem habe ich sie nicht mehr gesehen.«

»Und?«

»Aber ich habe über sie geschrieben.«

Diese Auskunft dehnte und streckte sich, bevor sie mich voll in den Magen traf.

»Was geschrieben?«

»Alles Mögliche.«

»Hast du es?«

»*Sie* haben es.«

»Hast du es ihnen gegeben?«

»Nein, verdammt noch mal! Sie sind in meinen Bus eingebrochen! Sie haben mein Eigentum zerstört! Sie haben mein Buch gelesen!«

»Ich bin mir nicht sicher, ob das legal ist.«

»Das spielt doch keine Rolle. Gesetzeshüter können kein Gesetz brechen.«

In seinem Zorn sah Garland bleich und hilflos aus. Es war zum Erbarmen. Mein Gott, dachte ich, führe mich zu meiner Reinigung zurück. Gib mir irgendetwas zum Ausbügeln, gib mir Flecken zum Auswaschen.

»Freund«, sagte Garland und seine Stimme war wieder ruhig. »Du siehst aus, als wäre dir schlecht.«

Mir saß ein riesiger Frosch im Hals.

»Ach, Leute!«, sagte er und spuckte kräftig für uns beide aus. »Die Welt ist kein guter Ort zum Leben.«

Ohne nachzudenken nahm ich seine Hand – ich legte sie nicht nur auf meine, sondern verschränkte die Finger mit ihm.

»Ich glaube dir«, sagte ich.

»Ich tät's nicht«, knurrte er als Antwort.

Erst als Galt mich hinausließ und ich mich winkend umwandte, hob Garland die Hand und ich sah die Brandblase auf seiner Handfläche.

Ich wollte etwas rufen, aber er lachte nur. »Ich hatte es satt, mir immer wieder dasselbe aus meiner alten Hand zu lesen«, sagte er. »Ich habe mir gedacht, ich brenn sie mal ab und fange ein neues Leben an.«

Lawanda

Montag

Lieber Garland,

ich habe in der Schule gehört, dass du im Gefängnis bist und dass die Messer-Jungs in Bus eins eingebrochen sind. Das tut mir ehrlich Leid. Wenn du möchtest, geh ich hoch und seh nach, ob alles klar ist.

Ich möchte dir sagen, dass ich nicht mehr böse bin. Du hast mich nur so überrascht, das war alles, und das gerade, als ich jemanden brauchte. Aber es dauert noch zwei Jahre, bis ich ins College gehe. Könnten wir solange nicht Freunde sein?

Ich habe mit Babysitting ein bisschen Geld verdient und dir diese Mundharmonika gekauft. Ich dachte, dass deine dir bestimmt fehlt.

Pass auf dich auf. Hoffentlich kann Galt gut Kaffee kochen.

Wir sehen uns, wenn du rauskommst.

Deine Freundin Lawanda

PS: Ich musste Dad erzählen, dass ich dich kenne, damit er Mr. Ballard diesen Brief für dich mitgibt. Er ist nicht gerade gut auf mich zu sprechen.

Howard: Ich habe einen schlechten Geschmack im Mund – metallisch und verbrannt, als wäre ich an einen Elektrozaun gekommen.

Zu allem Überfluss gibt mir Lawanda diesen Brief für Garland, mit den Worten: »Ich weiß, dass du schlecht von ihm denkst, aber er ist mein Freund.« Als ich sagte: »Du hattest da oben nichts zu suchen«, gab sie nur zur Antwort: »Man wird doch wohl eigene Freunde haben dürfen. Außerdem habe ich es Marma erzählt.«

»Und?«, fragte ich sie.

»Sie hat gesagt, ich soll ihn eine Weile nicht mehr treffen, und das habe ich getan.«

Wenn alles nicht so schrecklich wäre, wäre ich an diesem Punkt wütend geworden, aber das schaffte ich einfach nicht. Ich nahm nur den Brief und die Mundharmonika und sagte: »Ich weiß nicht mehr weiter, Lawanda.«

Sie selbst weiß auch nichts. Sie glaubt, er ist wegen dem Schnaps eingesperrt – nicht im Traum denkt sie daran, dass es mit ihr zu tun hat.

Ich fühle mich wie jemand, der im Vorgarten herumgewerkelt hat, während das Kinderzimmer abbrannte.

Verrücktsein ist keine Entschuldigung. Richtig im Kopf oder nicht – Garland hätte Lawanda umbringen können, oder sie hätte verrückt von ihm werden können, den Berg runterrollen, genau wie dieser Bus.

Das ist nicht passiert, aber ich sehe es dauernd vor mir, denke dauernd, dass ich ihn selbst hinunterschubsen will.

Dieser Berg voll Dreck! Dieser Dreckskerl mit seinem besoffenen alten Kopf!

Galt ließ mich nicht lesen, was Garland geschrieben hat. Er sagte, dieses Beweismittel »darf nur das Auge des Gesetzes sehen. Aber dir würden sich die Nackenhaare sträuben«, ließ er mich wissen. »Dir würde fast das Herz stehen bleiben.«

Ich möchte zur Schule gehen und diesen Direktor am Kragen packen und sagen, was denken Sie sich eigentlich dabei, diese Kinder einfach so zum Zeitschriftenverkaufen loszuschicken? Wo leben Sie denn, hinter dem Mond? Aber die Sache ging ja gar nicht von der Schule aus. Es war Lawandas Idee. Und ich ließ sie gehen.

Aber ich hatte ihr ja bereits verboten, zu Garland hoch zu gehen. Ich hatte sie schon lange vorher gewarnt. Man kann seine Kinder doch nicht im Haus festhalten, man kann sie doch nicht an den Bettpfosten binden.

Und dann möchte ich diese Ada Smith schütteln, bis ihr sämtliche Federn ausfallen. Sie wusste Bescheid! Lawanda hatte mit ihr gesprochen! Und – ist Marma zu mir gekommen, zu Lawandas Daddy, der die Verantwortung für sie trägt? Nein. Sie nimmt es einfach so hin. Vertraut es noch ihrer Mutter Jesus an und sagt Lawanda, sie soll zu Hause bleiben. Genauso gut könnte man einem Fluss sagen, er soll aufhören zu fließen, weil um die nächste Biegung ein Wasserfall kommt.

Und Junie. Junie hat alle Hände voll zu tun mit dem Haus und den anderen Kindern, sie muss ständig aufpassen, dass das Geld reicht und die Kleider und das Essen. Sie weiß noch nicht mal was von dieser Sache jetzt. Außerdem hat sie Lawanda sowieso nie richtig in den Griff bekommen.

Also bin ich es, der Bescheid weiß und damit klarkommen muss. Ich gehe und gehe, immer im Kreis herum – laufe los und werde zurückgehalten, wie ein Hund, der seine Kette zerreißt oder sterben muss.

Was ist mit Curtis Ballard? Er ist Garlands Freund, er hat ihn im Gefängnis besucht. Jahrelang hat er den alten Mann durchgefüttert, hat ihm Pflanzen für den Garten gebracht. Was wird er nun zu dieser Ernte sagen?

Der hat doch den Teufel in seinem Buch herangezüchtet. Dickes Notizbuch, hat Galt gesagt, so dick wie ein Schulbuch der achten Klasse.

Oh Gott, und meine Lawanda kommt darin vor! Was soll ich ihr sagen? Gerade hatte ich mir was zurechtgelegt, dann kam sie mit diesem Kleinmädchenbrief an. Wer täuscht hier wen? Eine Schande, dass ich es nicht war, der in Garlands Bus eingebrochen ist. Wenn er aus irgendeinem Grund jemals wieder aus dem Gefängnis rauskommt, dann hat er nichts mehr zum Heimkehren, dann ist da nichts mehr.

P**ater Connor:** Mit einem schweren Herzen fuhr ich los, um Amos im Gefängnis zu besuchen. Und mit ein wenig Salböl. Das Abendmahl darf er natürlich nicht empfangen, aber ich dachte, vielleicht lässt er sich ja segnen. Mehr kann ich ihm nicht anbieten. Nur wieder mal die frohe Botschaft – Gott liebt dich, ist für dich gestorben, für Sünden, an die du jetzt noch nicht mal denkst …

Galts Wanst schob meine Überlegungen beiseite. Wer den hier eingestellt hat, muss ihn direkt aus dem Fernsehen geholt haben. Er schimpfte und spuckte aus – fluchen konnte er ja nicht – und stocherte sich mit einem Streichholz in den Zähnen herum, bevor er die Schlüssel herausrückte.

Amos saß am Kopfende seines Bettes, mit dem Rücken zur Wand. Er drehte kaum den Kopf, um zu sehen, wen Galt hereinließ.

»Friede sei mit dir«, sagte ich und setzte mich auf den einzigen Stuhl.

»Schön wär's«, gab Amos zur Antwort.

»Na, womit hast du dir diese Unterbringung verdient?«, fragte ich ihn. »Ich würde dich lieber in Bus eins besuchen.«

»Curtis Ballard hat es dir gesagt.«

»Stimmt, aber ich würde auch gerne deine Version hören.«

»Hauptsache, du verstehst, dass ich unschuldig bin«, sagte er und wandte mir sein Gesicht zu. »Jetzt bin ich schon drei Tage hier und du bist erst der Zweite, der nachfragt.«

Er konnte beim Erzählen nicht stillsitzen, er musste aufstehen und das kleine bisschen Fußboden abwandern.

Es ist eine Art Beichte, sagte ich mir. Mach ein ruhiges Gesicht, sprich leise. Doch wir waren nicht niedergekniet und ich hatte auch keine Leiste zum Festhalten. Als er auf das Notizbuch zu sprechen kam, wurde ich wütend.

»Hast du denn keinen Funken Selbstbeherrschung?«

»Auf Papier, nur für mich selbst, warum sollte ich?«

Dazu sagte ich nichts. »Um Gottes Willen, Amos, sag mir, was darin steht.«

»Wie soll ich das wissen?«, sagte er. »Ich lese es nicht.«

»Du hast es *geschrieben*!«

»Das stimmt. Danach lasse ich es los.«

Ich saß einfach nur da.

»Schreibst du nie was?«, fragte er.

»Predigten. Briefe, wenn ich muss.«

»Machst du das nie – wie soll ich sagen –, dass du dich selber auskippst?«

Ich schüttelte den Kopf. Dann fiel mir Paulus ein. »Wie bei einem Trankopfer?«, fragte ich ihn.

»Was soll das denn jetzt?«

»Es steht geschrieben –«

Amos unterbrach mich. »Wie wär's, wenn du mit deinem eigenen Mund redest und ich mit meinem?«

»Gut«, sagte ich. »Sag mir also, was du deiner Meinung nach geschrieben haben könntest.«

»Vielleicht … es könnte damit zu tun haben, dass sie eine Frau ist und solche Sachen.« Mit dem Rücken zur Zellentür blieb er stehen.

»Erzähl weiter.«

»Dass ihr nichts passiert ist«, sagte er.

»Im fleischlichen Sinne, meinst du?«

Er lachte lauthals los. »Wir sind genau die Richtigen, uns über so was zu unterhalten – ich als Einsiedler und du als Priester.«

»Vor Gericht wird das nicht so witzig«, sagte ich ihm. »Meinst du das nun oder nicht?«

»Das und alles andere auch!«, sagte er, sein Lachen verschwand und er wurde schlagartig ärgerlich. »Ich bin nicht wie du, Eure Heiligkeit. Ich kann das nicht fein säuberlich auseinander halten, den Körper und die Seele, und schwere Sünden und leichte Sünden, und hell und dunkel. Es ist alles durcheinander –«

»Was habt ihr *getan*, du und das Mädchen? Erzähl mir einfach *das*.«

»Ich schwöre es, ich habe sie nie berührt«, sagte er und setzte sich auf das Bett zurück. »Jedenfalls nicht *so*, du weißt schon.«

»Aber das Notizbuch könnte den Verdacht wecken –«

»Ja«, gab er zu.

Sende ihm eine Falltür, Herr, dachte ich. Sonst ist ihm die Schlinge sicher. Laut sagte ich: »Das ist eine Sache für den Heiligen Judas, den Schutzpatron für verzweifelte Fälle. Ein Wunder, dass sie dich nicht schon längst angeklagt haben.«

Amos legte den Kopf in die Hände. »Curtis Ballard sagt, Geschriebenes zählt vielleicht nicht als Beweismittel.«

»Das hängt davon ab, wie wütend die Leute sind«, sagte

ich und zerrte an meinem Kragen. Das mache ich immer, wenn es eng wird.

»Willst du da raus?«, fragte er.

»Nein. In Wirklichkeit hält er mich beisammen.«

»Komisch, oder?«, sagte er. »All diese Ringe.«

Ich sah ihn mit hochgezogenen Augenbrauen an. Er fuhr fort.

»Ich trug früher einen am Finger. Du hast einen um den Hals. Um Planeten herum sind Ringe, in den Weibern drinnen –«

»Mensch, du weißt wohl nie, wo die Grenze ist, oder?«

»Die Wahrheit hat keine Grenze«, sagte er.

»Und weil das so ist, sollten wir jetzt zusammen beten.« Ich schloss die Augen. »Allmächtiger Gott, dem kein Herz verborgen ist, der alle Geheimnisse kennt, sei mit uns in dieser Stunde der Not. Schenke uns in deiner Gnade Vertrauen zu dir. Wenn es dein Wille ist, erweiche die Herzen der Ingles, so dass dein Diener Amos in Freiheit gehen kann. Wir bitten dich im Namen deines hochverehrten Sohnes –«

Amos griff nach meinem Handgelenk. Ich riss die Augen auf und starrte direkt in sein graubärtiges Gesicht.

»Merk dir das gut«, sagte er. »Ich bin nicht der Diener eines verstümmelten Jungen.«

Nach dieser Auskunft rief ich Galt und ging mit dem Versprechen, wiederzukommen. Auf dem Heimweg betete ich ununterbrochen zum Heiligen Judas.

Garland: Es ist ein Wunder, hat der Geistliche gesagt. Sei ganz ruhig, es hätte noch viel schlimmer kommen können. Verrückt – Menschen werden zu Brei zermanscht, ein Leben wird für immer zerstört, und die Leute sagen, oh, welch ein Wunder, dass es nicht noch schlimmer gekommen ist. Yeah. Das Auto, das ihr Kind überfahren hat, hätte auch noch gegen ihr Haus fahren und explodieren können, und dann wäre alles verbrannt. Mir zu sagen, ich soll dankbar sein und meine Wunden zählen. Mensch, ich habe nicht mal genug Finger und Zehen, um meine Toten zu zählen.

Zum Beispiel Travis' Junge, der von einem Betrunkenen überfahren wurde. Ich trinke ja auch – auf diesem Gebiet bin ich wahrhaftig kein Engel –, aber das einzige Lenkrad, hinter das ich mich setze, das einzige, das ich überhaupt habe, ist das in Bus eins. Und Bus eins hat sich in den letzten zwanzig Jahren keinen Millimeter fortbewegt. Bus zwei hat noch nicht mal ein Lenkrad. Ich habe es Curtis Ballard für seinen kleinen Jungen gegeben.

Dann waren da diese Jungs, die auf dem Parkplatz am Calvary Creek rumgemacht haben. Waren tanzen gewesen oder so. Keine Ahnung. Jedenfalls hatte einer von denen eine Knarre. Ich habe ja auch eine, aber ich nehme sie nie mit runter, und kein Fremder kommt so nahe ran, dass ich auf ihn schießen könnte. Die Jungs da haben angefangen Quatsch zu machen und sich gegenseitig hochzuschaukeln – eine Kugel, sechs Kammern, vier Jungs – und verdammt noch mal, da hat's doch einem von denen tatsächlich den

Kopf weggeblasen. Clyde Napiers Junge. Der hatte ein Footballstipendium von der Universität. Der war nicht dumm, der war anständig, der war nett zu seiner Mummy. Und jetzt liegt er genauso tief unter der Erde, wie wenn er neunzig geworden wäre.

Und ihr wollt mir erzählen, was für ein Glück es war, dass da keine zwei Kugeln drin waren, oder dass das Herz seiner Mutter nicht stillstand, als der Pfarrer ihr die Botschaft überbrachte?

Jetzt dieser Scherbenhaufen aus Lawanda und mir. Da habt ihr euer Glück. Uns bleibt nur der Kummer.

Wisst ihr, warum ich da oben auf der Bergkette wohne? Weil ich an meinem Bus keinen Menschen treffe. Ich muss im Gang an niemandem vorbei. Keine alten Weiber, die sich Gottes Willen beugen, keine Männer, die sagen, dass das ganze Land stolz sein wird.

Ein Wunder. *Ich* wundere mich nur noch über eines: dass nach all dem, was wir wissen, überhaupt noch einer von uns weitermacht.

Lawanda: Es war schon fast eine Woche vergangen und ich hatte nichts von Garland gehört, also beschloss ich, Dad zu fragen, was los war. Es war Samstagnachmittag, kurz vor dem Footballspiel im Fernsehen. Dad saß mit seinem Schuhputzzeug auf der Couch und machte sich daran, jeden einzelnen Schuh im Haus zu bearbeiten. Er hatte sie alle vor sich aufgereiht wie Vögel auf einer Leitung.

»Dad«, legte ich los, »du hast doch nicht vergessen, Mr. Ballard meinen Brief zu geben?«

Er schaute auf, doch dann war es, als wichen seine Augen ein Stück zurück.

»Nein. Das habe ich nicht vergessen.« Er drehte die Dose mit der Ochsenblutschuhcreme auf.

»Aber er hat dir keine Antwort mitgegeben?«

Das war keine echte Frage. Ich wusste, wenn Garland mir irgendwas geschrieben hätte, dann hätte ich es, aber mir fiel sonst keine Frage ein.

»Lawanda«, sagte Dad, der mir immer noch das Gesicht zuwandte, ohne mich anzusehen, »setz dich.«

Ich wollte zu ihm gehen.

»Nicht auf die Couch. Ich habe doch hier meine ganzen Arbeitssachen.«

Da lagen nur die Lappen und die Schachtel mit der Schuhcreme, aber ich sagte nichts. Ich setzte mich einfach nur in den »Sperrmüll«-Sessel ihm gegenüber. Noonie nennt ihn so, dabei ist er gar nicht vom Sperrmüll.

»Okay«, sagte ich.

Dad schrubbte so wütend auf seine Arbeitsstiefel ein, dass man fast glaubte, er wolle das Leder wieder zum Leben erwecken.

»Ich wünschte, du hättest einen zweiten Vornamen«, sagte er.

»Was?«

»Du wirst jetzt allmählich erwachsen, da sollte man dich auch anders nennen können.«

Er stopfte die Faust in den zweiten Schuh und schrubbte und schrubbte.

»Ricky nennt mich Wanda«, schlug ich ihm vor. Ricky ist der Typ in der Band, der mich mag, glaube ich. Immer, wenn wir in der Pause miteinander reden, sagt er so nette Sachen.

»Das hilft mir auch nicht«, sagte er. »Ich muss wissen, mit wem ich rede.«

»Dad …« Sein Benehmen kam mir langsam ziemlich komisch vor.

»Ich hätte dich damals gerne Lawanda Jean genannt.«

Ein andermal wäre das interessant gewesen.

»Also, was ist nun mit dem Brief?«

Er ließ den Schuh los, drückte die Ochsenblutcremedose zu und kramte klappernd zwischen den anderen herum, bis er die schwarze gefunden hatte. Dann sagte er: »Ich habe ihn noch.«

Ich war wütend und verwirrt, beides zugleich. »Du hast gesagt, du gibst ihm den Brief. Das ist nicht fair!«

»Hier geht es nicht mehr um fair, Lawanda.«

»Wie meinst du das?«

»Hättest du auf mich gehört, dann wäre das alles nie passiert.«

»Wovon redest du?«

»Diese Sache mit Amos Garland.«

»Welche ›Sache‹?« Ich stand auf und ging zur Couch. Ich konnte nicht anders. »Wir sind einfach nur Freunde. Wovon redest du?«

Dad klemmte sich einen schwarzen Sonntagsschuh zwischen die Knie und legte einen Lappen drauf.

»Ich möchte, dass du mir die Wahrheit sagst, Lawanda.«

»Ich habe dir nie etwas anderes gesagt.«

»Was habt ihr da oben gemacht?«

»Geredet.«

»Warum solltest du mit einem alten Mann reden wollen?«

»Er ist spannend, Dad. Er hat Ahnung von allen möglichen Sachen. Und in Bus eins sind ungefähr eine Million Bücher und Karten –«

»Ich will von diesem Bus nichts wissen!« Er schüttelte den Kopf und stöhnte fast. Da merkte ich, dass er mehr war als nur wütend.

»Warum denn nicht?«

»Hör mal, hier stelle ich die Fragen.«

»Okay«, sagte ich. In meiner Kehle brannte es, als müsste ich gleich weinen.

»Ihr habt nichts anderes getan als geredet?« Er war mit den schwarzen Schuhen fertig und schüttelte ein Schwammfläschchen mit Weiß. Das Footballspiel fing an. Er stand auf und drehte den Ton ab. Das ganze Haus schien in sich zusammenzusacken.

»Nein.«

»Und über was zum Teufel habt ihr geredet?«

Ich versuchte mich zu erinnern. »Schule, Musik, Cardin. Wir haben viel rumgeblödelt.« Ich erzählte ihm nicht, dass Garland manchmal so getan hatte, als wäre er wieder Lehrer und ich wäre seine Schülerin. Es würde sich komisch anhören, vielleicht sogar aufgesetzt, dabei war es in Wirklichkeit irgendwie nett.

»Hat er dir jemals wehgetan?«

»Wie?«

»Hat er dich jemals angefasst?«

Von diesen Worten wurde mir so schlecht wie damals, als ich meine Hand in der Autotür eingeklemmt hatte, aber Dad tupfte einfach nur weiter das Weiß auf Rays Sportschuhe.

»Hat er?«

»Nein! Was für eine schweinische Idee! Wenn ich mir so was ausdenken würde, dann würdest du –«

Ich weinte nun und wischte mir mit dem Sweatshirt-Ärmel die Nase ab. Dad reichte mir einen Lappen, ohne daran zu denken, dass er voller Schuhwichse war.

»Gott, Lawanda. Ich will dir das nicht erzählen.«

Ich schnäuzte mich und versuchte dann, mir die Schuhwichse vom Gesicht zu reiben. »Und ich will es nicht hören«, sagte ich ihm. »Aber ich muss wohl, also erzähl weiter.«

»Du weißt, dass die Messer-Jungs in seinen Bus gegangen sind?«

Ich nickte.

»Sie haben bestimmt nicht viel gefunden, was sich mitzunehmen lohnte, aber eines von seinen Büchern haben sie mitgenommen.«

Ich wusste nicht, was das bedeuten sollte, aber vorsichtshalber nickte ich noch mal.

»Ein Buch, in das er selbst hineingeschrieben hat.«

Zum allerersten Mal an diesem Nachmittag sah Dad mich an. Er schien irgendein Zeichen des Erkennens von mir zu erwarten, aber ich war vor allem erstaunt.

»Ich wusste gar nicht, dass er etwas in Bücher schreibt.«

»Ich wünschte, du brauchtest es auch nicht zu wissen. Aber Galt hat darin gelesen, als er die Jungs eingesperrt hat –«

»Dazu hatte er kein Recht!«

»Er hat über dich geschrieben.«

Mich durchzuckte ganz kurz ein Anflug von Freude, bevor ich mich zusammenriss, bevor ich mir klarmachen konnte, dass Dad etwas Schlimmes meinte. »Er hat widerliches Zeug geschrieben, Lawanda. Richtig widerliches Zeug.«

»Wie meinst du das?«

»Über dich.«

»Das glaube ich nicht!«

»Aber es stimmt.« Dad schaute wieder weg. »Über Sex und so.«

»Du kannst mich nicht dazu bringen, das zu glauben!«

»Ich hätte es auch nicht geglaubt, Lawanda. Ich will es nicht glauben. Deshalb musst du mir sagen, was passiert ist.«

»Ich hab's dir gesagt! Nichts!«

»Dann müssen wir beweisen, dass der alte Mann verrückt ist, um deinen Ruf zu retten.«

»Nein«, sagte ich einfach.

»Was?«

»Er ist nicht verrückt!«

»Du hast nicht gesehen, was er geschrieben hat«, beharrte Dad.

»Hast du es denn gesehen?«

»Nein, aber Galt sagt –«

»Dann hast du keine Ahnung!« Ich schnappte mir den Schuh aus seiner Hand und schleuderte ihn zu Boden. »Wie kannst du ihn anklagen, wenn du ihn gar nicht kennst? Du hast noch nicht mal gelesen, was –«

»Galt sagt –«

»Galt ist nicht Gott. Was hat Galt damit zu tun?«

Auf einmal packte Dad mich an den Armen und schüttelte mich heftig.

»Hör auf, Lawanda! Du bist ein Kind! Du hast keine Ahnung von der Welt. Du bist da in eine Sache geraten, mit der du niemals in Berührung hättest kommen dürfen, und du weißt immer noch nicht, was da los war. Ich bin dein Daddy. Ich bin da, um dich da rauszuhalten.«

»Garland hat gefragt, woher ich überhaupt weiß, dass du mein Daddy bist.«

Er ließ meine Arme los. Er zog seine Hände zurück, offen und leer.

»Es tut mir Leid, es tut mir Leid.« Ich beugte mich hinüber und umarmte ihn und stieß dabei die Schuhputzkiste von der Couch. Er roch so gut, nach Kohlenstaub und chemischer Reinigung und auch nach der Schuhcreme. All diese Gerüche waren um mich wie seine Arme.

So saßen wir da. Im Fernsehen machten die Roten die Blauen fertig. Ich wünschte, ich hätte auch so einen Helm und einen Panzer. Irgendwo wollte ich hin, und ich wünschte, mir fiele wieder ein, wo es war.

Howard: Minutenlang hielt ich Lawanda im Arm, und dachte dabei die ganze Zeit, was für ein Quatsch es doch war zu glauben, ich könnte Lawanda vor irgendwas bewahren. Was auch immer gewesen war, es war bereits geschehen und ich hatte nichts davon mitbekommen; was auch immer kommen würde – bald führte sie ihr eigenes Leben. Ich konnte Lawanda ebenso gut beschützen, wie ich die Erde davon abhalten konnte, sich zu drehen.

Als die Kinder klein waren, war June diejenige, die sich die ganze Zeit Sorgen machte. Was, wenn sich Noonies Ausschlag entzündete? Was, wenn Lawandas Husten sich in den Lungen festsetzte? June war diejenige, die nächtelang wach lag und keine Ruhe fand, selbst dann nicht, wenn sie schliefen wie die Murmeltiere. Jetzt bin ich's. Noonie ist sang- und klanglos verschwunden und das musste ich so hinnehmen. Er ist neunzehn – praktisch ein Mann, nur was für einer, das kann ich nicht sagen. Lawanda ist ein rohes Ei, das sich für einen Stein hält – so ist Lawanda. Sie kann nicht wie Noonie einfach in den Fluss springen und damit rechnen, dass es so richtig schön platscht.

Nein, ich kann sie nicht mehr vor dem bewahren, was war, aber ich kann mit Sicherheit dafür sorgen, dass Garland seine Rechnung kriegt. Wenn Lawanda nicht reden will, dann wird es dieses Notizbuch tun. Sollen doch Garlands eigene Worte gegen ihn aussagen. Dann, bei Gott, können wir ihn an dem Seil aufhängen, das er sich selbst geknüpft hat.

Aus Garlands Notizbuch

... und da habe ich diese jungen Leute, Kinder, leibhaftige Produkte der US-Regierung, army-erprobt. Mädchen und Jungen, die ich früher mal herumgescheucht habe. Erinnern sie sich. Gräser im Graben. Ich konnte ihn nicht hoch heben. Meinen eigenen Jungen.

Nora war genauso geschmeidig wie Lawanda. Wenn sie unter mir lag. Nora mit ihrem Allerweltsgesicht. Sie hat nicht gebissen. Der Wind, das Kind, der Hund. Lawanda hat's noch nicht gehabt. Kalt wie ein Kühlschrank. Summend. Ich kann die Welt nicht umdrehen. Habe ja noch nicht mal ihn aus dem Graben rausgekriegt.

Zähne im Wasser.

Ich habe Karten davon. Es gibt den Ort, wo es passierte. Man könnte zurückgehen, den Graben finden, den Baum. Nicht ihn. Aber wer war er schon?

Irgendein Lebewesen. Mehr sind wir doch nicht. Die einen haben eine Spalte und die anderen haben einen Stängel. Wenn man sie zusammensteckt, kriegt man mehr davon, manche mit Spalte und manche mit Stängel. Und man kann sie lieben. Man kann einen Hund lieben. Einen Stein.

Da unten zwischen den Gräsern, da sind sie – die Kondenströpfchen ihres Atems, gefangen wie Eier auf der Wiese. Manche fressen ihren Partner. Wenn die Zeugung erledigt ist.

Bist du be-zeugt? Ist wohl auch egal, sobald du einmal unten aus der Rutsche rauskommst, sobald dich deine Mama in diese Welt rausstöhnt.

Ich mag Lawanda von vorne, nicht von hinten. Ich mag das, was sie will, aber ich will nicht, dass sie es kriegt. Breiter, zitternder Mund, kleine Titten, von der Kälte angetupft. Kann einen alten Mann schon mal in die Gänge bringen.

Dann hau doch ab, zieh los und lauf die Straße hinunter in den Dreck. Geh dahin, wo alle die hingehen, die eine Spalte haben. Folge Nora. Und Chloe und Nancy Catherine. Na los. Für jeden gibt es einen Graben.

Feine Linie, mein Junge. Brennt wie Whiskey und ist kalt wie ein eingefrorener Bus. Feine Linie, aber wir sind schon so lange drüber, dass wir uns nicht mehr erinnern. Wir hatten dabei unsere Soldatenhelme auf. Auf dem Höllenweg in Deutschland, auf dem Höllenweg im Weizenfeld. Bis hierher warst du blind – das sollten sie zum Motto machen. Bis hierher warst du tatenlos – bis du die Kugeln reingehauen hast, auf das Gesicht eingedroschen hast, bis dir alles egal war, du hättest auch Blut trinken können.

Nora, wie sie nach Eddies Geburt geblutet hat, wie sie in der Diele geblutet hat, und ich hab geschrien und die Lampe ist hin und hergeschwungen wie ein gottverdammter Augapfel. Nein, nein, nein … das tun sie nämlich – sie bluten. Lawanda auch, genau zwischen den Beinen. Da ist eine Stelle – da war ich lange nicht mehr. Ein Graben. Das Blut ist bitterer als das, was man aus einem Mann herausschießt, die Flecken in ihrem Schoß sehen aus wie Flügel.

Und es geht die ganze Zeit weiter. Wenn die Sterne Speerwerfen machen. Da ist es. Genau dort. Ich kann die Reißzwecke in die Karte stecken. Aufreißzwecke. Ich kann sie mir in den Daumen treiben. Doch sein Gesicht käme nicht zurück und es ginge nie mehr fort. Wunde der Welt, komm mir nicht in mein Bett. Ich hab's getan! Ich hab's getan! Ihr müsst mich holen kommen. Gräser sterben ab. Ihr müsst mich lebend kriegen.

Lawanda: Mir fiel nur ein Ort ein, wo ich hinwollte: zu Marma – vielleicht, weil sie Dinge sieht, die andere Leute nicht sehen. Der nächste Tag war ein Sonntag, das war günstig für mich, denn Mom und ich fuhren zum Schichtkuchenbacken rüber nach Little Splinter Creek.

Wer nicht hier in den Bergen wohnt, hat vielleicht noch nie Schichtkuchen probiert – dünne Teigschichten wie weißer Pfefferkuchen, und dazwischen gewürzte Äpfel. Die Äpfel müssen getrocknet sein, dann müssen sie durchziehen und kochen und danach werden sie gezuckert. Mit frischen Äpfeln ist es nicht derselbe Geschmack. Es schmeckt moderig, winterlich, so, als hätte man es in einem ungelüfteten kleinen Raum zubereitet. Es hat auch was Geologisches, mit all diesen Schichten. So würde es Garland jedenfalls ausdrücken.

Außerdem war es günstig, dass das Schichtkuchenbacken immer sehr lange dauert – den ganzen Nachmittag, mit kleinen Pausen, während sie im Herd sind. Diese heißen Phasen wollte ich nutzen und Marma alleine sprechen.

Aber als wir dann loslegten, merkte ich, dass ich das alles nicht richtig durchdacht hatte. Marma verschenkt den Kuchen zu Weihnachten. Das bedeutete, dass wir eine ganze Menge davon machen mussten. (Sie verwahrt sie in Vorratsdosen auf der hinteren Veranda, so schimmeln sie nicht, während sie ablagern.) Wegen der vielen Schichten mussten wir ständig die Bleche abwaschen, Teig rühren, Bleche einfetten und mit Mehl bestäuben, Backen, Füllen, Aufeinanderschichten und Abwaschen – wir kamen nie aus der Küche raus. Um halb fünf geriet ich langsam in Panik. Auf dem Tisch kühlten acht Schichtkuchen ab und die einzelnen Lagen für Nummer neun waren gerade im Herd. Wir waren alle mit Mehl bepudert, als kämen wir aus dem Schnee. Jetzt oder nie, sagte ich mir.

»Marma«, sagte ich in den Raum hinein, »könnte ich dich mal einen Moment sprechen? Wegen Weihnachten.« Ich hasste es, glattweg zu lügen, noch dazu am Sonntag, aber mir blieb einfach nichts anderes übrig.

»Ich denke schon, mein Schatz, wenn Junie solange auf den Kuchen aufpasst.«

»Bitte nicht«, sagte Mom. »Bisher ist uns noch kein Blech angebrannt und ich will auf keinen Fall diejenige sein, der es passiert.«

Mir war nicht klar, ob sie Spaß machte oder eifersüchtig war.

»Du wirst sie schon heile herausholen«, sagte ich und klopfte ihr auf die Schulter. Sie trug ein bedrucktes Sweatshirt, das ich ihr zum Geburtstag geschenkt hatte. ICH STEH AUF KENTUCKY, stand vorne drauf. Ich dachte, das wäre was für sie, und sie hat es auch ziemlich oft getragen. Doch der weiche Stoff ließ sie nur noch knochiger erscheinen.

Marma und ich gingen ins hintere Schlafzimmer. Sie hatte die Tüllgardinen gewaschen und eine lag wie ein Schleier über dem Bügelbrett.

»Das war nur ein Vorwand, Marma, aber ich muss unbedingt mit dir reden«, sagte ich, sobald sie die Tür geschlossen hatte.

Sie setzte sich aufs Bett und nahm einen Gardinenstapel hoch. »Setz dich und atme tief durch, Lawanda.«

Das tat ich. Das mit dem Durchatmen war schwer. Irgendetwas zog mir unter den Rippen die Luft weg.

»Weißt du, warum Garland im Gefängnis sitzt?«, fragte ich.

»Ich weiß, was sie sagen, warum sie ihn drinhalten.«

»Wegen dem Notizbuch?«

»Ja.«

»Glaubst du das?«

»Ich glaube, dass es ein Notizbuch gibt und dass dein Name darin vorkommt, und dass ein paar Sachen darin stehen, die manche Leute nicht so gerne lesen. Aber ich weiß nicht, ob es so ist, wie Galt sagt. Für mich sieht der Teufel anders aus als für ihn.«

»Du sprichst nicht oft vom Teufel.« Das war mir vorher noch nie aufgefallen.

»Ich versuche immer eher ins Licht zu sehen«, sagte sie.

Am liebsten hätte ich sie umarmt, aber Marma ist nicht der Typ zum Umarmen. Sie ist wie ein Baum.

»Ich habe Angst um ihn.«

»Dazu hast du auch Grund.«

»Was kann ich denn tun, Marma?«

»Beten.«

Das musste ja auf diese Frage kommen, aber dafür war ich nicht hergekommen.

»Aber *du* betest doch auch nicht nur. Du gehst los und tust etwas. Du machst Leute gesund.«

»Wenn sie nach mir fragen.«

»Also, ich glaube, ich bin jetzt auch gefragt.«

Die Wintersonne sah wie eine große Dattelpflaume aus. Ich sah sie durchs Fenster langsam hinter dem Berg verschwinden.

»Moment mal.« Sie legte mir die Hand aufs Knie. Ihre Hände sind so voll und kräftig, wie Moms Hände knochig sind. »Du bist jetzt auch gefragt – um was zu tun?«

»Als du mir von Amos erzählt hast« – ich nannte ihn so, um sie daran zu erinnern, dass sie ihn kannte –, »hast du gesagt, du wüsstest nicht, wo seine Familie ist. Kann man das nicht irgendwie rausfinden?«

»Wozu?«

»Sie sind es, die er braucht, Marma. Nicht mich.«

»Aber brauchen sie ihn auch?«

»Das müssen sie selbst entscheiden.«

»Lawanda, man kann nicht einfach Gott spielen.«

»Aber den Leuten die Hände auflegen und sie heilen, das kann man, oder wie?«

»Dafür kann ich nichts. Das habe ich von IHR.«

»Vielleicht habe ich es auch von ihr. Ich habe etwas *gesehen*, bevor ich Garland das erste Mal traf.«

»In der Kirche?«

»Nein.« Marma vergisst immer, dass wir nicht in die Pentecost-Kirche gehen. Bei den Methodisten ist es nicht üblich, irgendwelche Erscheinungen zu haben.

»Am ersten Morgen, an dem ich mit den Zeitschriften unterwegs war. Ich war müde, fast fertig mit meiner Runde, und da habe ich eine Pause eingelegt. Als ich den Kopf aufstützte und die Augen zumachte, habe ich Garland gesehen.

Er nahm meine Broschüre und verwandelte sie in ein Akkordeon. Und er spielte eine wunderschöne Melodie, wie Bäume und Sterne und Flüsse. Da bin ich zu ihm gegangen, obwohl Dad es verboten hatte. Und so fing das alles an, Marma. Der kleine Traum hat mich geschickt. Keine Ahnung, warum.«

Marma holte tief Luft. Sie hob ihre Schürze an den Zipfeln hoch, fächelte sie vom Kleid weg, das sie darunter trug. Kleine Mehlwölkchen stiegen auf.

»Das ist sehr dünnes Eis, Lawanda. Darüber muss ich erst beten. Bitte unternimm noch nichts, bis wir noch mal darüber reden können.«

»Wann wird das sein?«

»Am Mittwoch muss ich nach Cardin zur Bank. Wir können uns an der Schule treffen.«

»Was ist mit dem Bus?«

»Sag Junie, wir gehen einkaufen und ich bringe dich später nach Hause.«

»Marma –« Eine weitere Lüge legte sich auf meinen Magen. »Bist du sicher, dass du das tun willst?«

Sie sah mich prüfend an. Im Zimmer wurde es dämmrig.

»Ich bin sicher, dass ich dich nichts mehr alleine unternehmen lassen will.«

Dann stand sie auf und wir gingen in die Küche zurück. Dort lag alles in einem warmen, duftenden Licht. »Ich hab's geschafft!«, sagte Mom und zeigte uns fünf knusprige braune Kuchenschichten. »Gib mir den Zucker, Lawanda. Das wird der süßeste von allen.«

Marma: Ich muss nachdenken, Mutter Jesus. Ich muss mich konzentrieren. Ich muss dem Wind lauschen. Wenn wir uns ganz einschließen, bleibt vielleicht nur noch dein großer alter Herzschlag. Hörst du: John liegt friedlich da und schnarcht; die Herduhr tickt. Mehr wird nicht zu hören sein, Grabesstille, bis der Zwei-Uhr-Zug durchrollt. Höchstens dass die Dielen knarren, wenn ich drübergehe, oder das Wasser rauscht, wenn ich es in die Wanne laufen lasse.

Mir fällt zwar keine Bewegung ein, die jetzt die richtige wäre, aber stillhalten kann ich auch nicht. Ich habe es Lawanda versprochen. Ich habe Lawanda versprochen, sie zu beschützen, und kann es nicht. Jetzt bin ich zu weit oben, Heilige Mutter. Ich bin oben in der Luft, mit meinen Federn und ohne Flügel.

Kommt, oh kommt ihr Engel alle,
kommt, oh kommt rings um mich her;
breitet aus die weißen Flügel,
tragt mich in mein ewig Heim.

Nur dass ich gerade jetzt nicht heimgehen kann, wie du wohl weißt. Aber wenn ich dich sehen dürfte, wenn ich emporgehoben würde … Wir brauchen alle die Auferstehung, und nicht erst, wenn wir sterben.

Wie damals in der Kirche, lange her. Die Luft war dick, der Boden schwankte. Der Körper ohne Schwere. Oh Jesus! Oh Mutter, zieh mich in deine Arme!

Aus Garlands Notizbuch

Bin nicht verrückt. Ich bin nicht verrückt. Nicht betrunken. Stinken tu ich auch nicht. Ich bin nicht betrunken. Ich bin nüchtern. Nüchtern. Mein Bus gehört mir selbst. Mein Körper gehört mir selbst. Ich bin ich und bin trotzdem am Leben. Trotz ganzer Länder. Trotz der Felder voller Krater, Grabsteine. Ich habe ein dunkelrotes Herz, aber das könnt ihr nicht sehen. Kinder und Enkelkinder – euer Erzeuger atmet noch! Warum habe ich kein Krabbelkind auf den Knien? Weil ich trete und boxe, weil ich zuschlage, dass euch die Ohren klingen. Ich habe überlebt, aber der Krieg nahm mir die Enkelkinder. Du Hurensohn, das ist ein harter Schlag.

Dieser Bus ist eine größere Kiste als die, in der ich hätte heimkommen können. Und ich kann rausgucken. Yes Sir. Ich sehe die Wipfel der Bäume, nicht ihre Wurzeln. Auf mir kriechen keine Würmer rum, außer ich grabe den Garten um. Aber ich kann diesen Hügel runterschauen und sehe die Bewegungen der Soldaten. Und ich weiß, was es heißt, im Straßengraben zu warten.

Links, rechts, links. In den Fuchsbau. Links, rechts – mach langsam, Freundchen. Bleib hinter dem Großen. Großer Tank, Krieg, Gott. In seinem Schatten. Deine einzige Chance. Jungs, es ist Krieg. Spielt Ball! Knackt sie wie

Erdnüsse und zieht die Sicherung mit den Zähnen raus. Dann müsst ihr damit losrennen – über das ganze Schützenfeld – tut sie ins Loch, jagt diese Scheißer in die Luft! Und jetzt bewegt euch, oder ihr liegt tot am Boden. Los da, lieg nicht so rum wie eine Frau. Großer Junge. Hast doch gar keinen Schlafanzug an. Steh auf! Oh Gott, den Kopf zermanscht wie eine Wassermelone. Kommt weiter. Jeden von euch kann es noch treffen, also kommt, wir ficken ihnen das Hirn raus.

Tolle Party. Wir sind alle eingeladen. Seht ihr das Feuerwerk?

Also Kinder, wenn die netten Jungs sterben, dann war das ein Versehen. Klar, wir haben hier keine Flagge. Auch keinen Trommler. Aber Farben haben wir: blutrot, kackbraun, kotzgrün. Auch Matsch. Öliges Wasser. Zieh ihn an der Kinnschlaufe mit. Tritt rein, Brüderchen. Nicht essen. Könnte jemand sein, den du kennst. Tinte ist so flüssig wie Blut. Draht auf den Zähnen. Er starb mit seiner Spange im Mund. Gib ihm einen Stoß. Pass auf, zieh den Stiefel ab, zieh den Fuß ab, zieh das Bein ab. Wenn er einer von uns ist, sammel alles ein. Wird nach Hause geschippert. Wenn es einer von denen ist, sagen die alten Jungs, dann lass ihn liegen. Oder verstümmle ihn noch ein bisschen. Wie du mir, so ich dir.

Das Blöde ist, ich weiß nicht mehr, wer von uns ist und wer von denen ist. Sieht doch jeder kleine Junge gleich aus, oder? Fleisch, Träume, alles weggepustet. Wir marschieren weiter. Suchen die Toten nach besseren Stiefeln ab.

Marma: Nora Garland war eine geborene Sturgill, also rief ich als Erstes ihre Cousine Marylee an. Ich kann nicht gut lügen, daher sagte ich einfach, ich hätte gehört, dass Garland im Gefängnis sei und dass ich deswegen an Chloe gedacht hätte, was mich wiederum auf Nora brachte, und was wohl aus ihr geworden ist. So was ist hier nichts Besonderes. In der Zeitung gab es früher eine ganze Kolumne, die sich einmal pro Woche nur mit solchem Zeug abgab:

Der Neffe von Mrs. Al Whitley, Rob, kam zu einem Wochenendbesuch aus Troy, Ohio, wo sein Vater Landis Whitley lebt, seit er im Jahr 1948 von zu Hause fortgegangen ist.

Ich hatte keine Ahnung, ob Marylee überhaupt auf dem Laufenden war, aber wenn, dann würde sie mir bestimmt mit Vergnügen alles erzählen.

»Das Letzte, was ich hörte«, sagte Marylee, »war, dass sie irgendwo in Louisville einen K-Markt betreibt – in der Bardstown Road vielleicht? Das könnte sein. Jedenfalls muss man erst durch ein ganzes Straßengewirr durch, wenn man da hin will.«

»Warst du schon mal bei ihr?«, fragte ich.

»Ich nicht, aber B.C.« B.C. ist Marylees Mann. »Vor ein paar Jahren hat er sie besucht, auf dem Weg zu diesem Länderspiel gegen England.«

»Was ist denn aus den Kindern geworden?«

»Die sind natürlich alle erwachsen. Delbert hat irgendwie Ärger gehabt, aber jetzt ist er bei der Air Force, glaube ich. Von Ardith weiß ich nichts. Nancy Catherine hat einen Blumenladen.«

»Aha? Wo denn?«

»Auch dort in der Gegend, wenn ich mich recht entsinne. Sie ist ein hübsches Mädchen, sagt B.C., aber nicht verheiratet.«

»Und Nora?«

»Die lebt ganz für sich. Sie hatte wohl nicht mehr die Nerven, es noch mal mit einem Mann zu versuchen.«

»Meinst du, sie liebt ihn noch?« Das ist die Art von Gesprächen, bei denen sich mir die Zehennägel aufrollen, aber Marylee mochte so etwas, nahm ich an.

»Das glaube ich kaum. Aber das Herz ist eine seltsame Pflanze, Ada. Wenn ich eins gelernt habe, dann das Man-kann-nie-wissen. Nicht wahr?«

»Nein, das kann man nie.«

Dabei blieb es so ungefähr. Noch ein, zwei Sätze hin und her, dann war ich erlöst. Anschließend rief ich die Auskunft von Louisville an. Nichts über Nora, aber es gab eine N.C. Garland in Beechwood Estates, 43 A. Ohne lange nachzudenken, was ich überhaupt sagen würde, wählte ich die Nummer. Niemand nahm ab. Wie auch – bestimmt war sie bei der Arbeit. Wieder rief ich die Vermittlung an und fragte nach einem Garland-Blumenladen. Prompt kam die Automatenstimme: »Die Rufnummer lautet Fünf-null-zwei-fünf-fünf-fünf-zwei-fünf-sechs-eins.« Ich schrieb es mit, dann starrte ich drauf. Wenn ich jetzt anrief, hatte ich sie höchstwahrscheinlich sofort dran. Und dann? Dies war Lawandas Geschichte. Mit feuchten Händen saß ich am Telefon, fächelte mir mit dem Telefonbuch Luft zu. »Vermittlung für Cardin«, stand auf dem Umschlag, »Iona, Calvary Creek.« Nicht Louisville. Nicht Bardstown. »Mossy Creek. Little Luck.« Ich dachte an Jona und an den Tag, an dem Amos fragte, ob ich in Ninive auf den Tisch hauen müsse. Ich dachte an Samuel, der mitten in der Nacht aufwachte und sagte: »Hier bin ich, Herr. Sende mich.«

Lawanda: Marma stand auf der anderen Straßenseite, als ich am Mittwoch aus der Schule kam. Sie lachte nicht und winkte auch nicht, sie wartete nur, bis ich sie gesehen hatte. In ihrem dicken braunen Mantel und mit dem Tuch um den Kopf sah sie wie ein Vogel aus, der seine Federn gegen die Kälte aufplustert. Ich ging die Treppe hinunter und hatte dabei ein ganz komisches Gefühl, so als würde ich hochgehoben und gleich runterfallen. Es ging einfach so durch mich durch, wie das Licht durch einen Kopierer. Dann war ich auf dem Gehsteig und ging über die Straße.

Als ich bei Marma war, nickte sie.

»Gerade hätte ich dich beinahe für eine Ingle gehalten«, sagte sie.

»Und für wen?« Ich wusste, dass ich Dad nicht ähnlich sehe.

»Deine Tante Delma Jean, die in Michigan wohnt.«

»Die habe ich nie gesehen.« Wir gingen los in Richtung Stadt.

»Ist eine richtig hübsche Frau geworden.«

»Wohin gehen wir, Marma?«

»Kommt drauf an. Ich habe herausgefunden, wo Nancy Catherine ist.«

»Wo?«

»Louisville.«

»Wird sie kommen?«

»Ich habe sie nicht angerufen, Lawanda. Ich dachte, das ist deine Sache.«

Wir gingen an Häusern entlang, an der Bücherei und der Eisenwarenhandlung vorbei. Sie erzählte mir von Marylee Sturgill und wie sie alles herausgefunden hatte. Wir kamen zum Gerichtsgebäude. Das Gefängnis befindet sich in einem kantigen Anbau an der Seite.

»Komm, wir machen ein Päuschen«, sagte Marma und deutete auf die niedrige Mauer.

»Willst du nicht lieber einen Kaffee trinken gehen?« Es war kalt, und mir war eingefallen, wie Marma sich neulich meinetwegen auf dem Lorbeerfelsen eine Erkältung geholt hatte.

»Nein.«

»Da ist Garland drin.«

»Ich weiß. Näher kommst du wahrscheinlich nicht ran.«

In meiner Kehle war dieser Schmerz und ich gab einen seltsamen Ton von mir. Meine Augen brannten.

»Ist ja gut«, sagte sie. »Ist ja gut, Lawanda. Wir versuchen ja, ihn da rauszuholen, also schluck deine Tränen runter.«

Ich presste die Zunge gegen die Zähne und nickte. Meine Finger umklammerten das Französischbuch.

»Du kannst Nancy Catherine von hier aus anrufen, du kannst aber auch zu ihr fahren«, fuhr Marma fort. »Ich habe Geld für eine Fahrkarte.«

»Nur eine?«

»Nur eine, aber eine Rückfahrkarte. Ich denke, sie wird dir einen Schlafplatz anbieten, und dann kommst du am nächsten Morgen zurück. Bis dahin werde ich deine Eltern in Schach halten.«

»Wenn ich anrufe, will sie vielleicht nicht mit mir reden«,

sagte ich mit vor Angst trockenem Mund. »Aber wenn ich plötzlich vor ihrer Tür auftauche, muss sie mich reinlassen.«

»Es ist ihr Blumenladen, in dem du auftauchen musst. Du kannst erst morgen früh losfahren, Lawanda. Du musst dort ankommen, bevor sie überhaupt wissen, dass du weg bist.«

»Oh.« Das war zugleich erleichternd und enttäuschend. Ich war bereit zu fahren. Dann fiel es mir auf.

»Wie komisch, dass ich für Garland Bus fahre!«

Marma gab keine Antwort.

»Wo er doch in einem Bus wohnt und so.«

Sie schlang die Finger umeinander und drehte sie dann um wie eine Wurzel.

»Was ist denn los?«

»Ich spüre seine stechenden Augen auf uns. Wir müssen weiter.«

Doch zuvor zog sie ein Taschentuch aus der Manteltasche.

»Das Geld müsste reichen«, sagte sie, »für die Rückfahrkarte und einen Bus zur Bardstown Road. Und zum Telefonieren. Pack dir noch was zum Mittagessen ein.«

Ich nickte. Sie griff in ihre andere Tasche und zog einen Briefumschlag hervor.

»Hier sind die Adressen und Telefonnummern und alles. Du fragst nach Nancy Catherine, sobald du drin bist. Du gehst sonst nirgendwo hin, außer du bist sicher, sie ist dort.«

»Okay.«

»Und wenn sie's nicht ist oder sie ist in Florida oder so, dann rufst du an und ich hole dich vom nächsten Bus ab, der zurückkommt.«

»Ja, Marma.«

»Lawanda –« Ihr Blick kam über mich wie ein Regen. »Da ist auch eine Feder drin mit den Namen. Für dich, weil du hingehst. Für Nancy Catherine, damit sie zurückkommt.«

Marma beugte sich vor und legte ihre Wange an meine. Ich fühlte die Haut.

»Du bist echt, Marma!«, sagte ich und musste lachen, weil es sich so dumm anhörte.

»Dafür bete ich«, sagte sie und kam ächzend auf die Beine. Als auch ich wieder stand, legte sie mir eine Hand auf die Schulter. »Und von dir habe ich nie etwas anderes erwartet.«

Aus Garlands Notizbuch

Wenn ich doch jetzt nur über die Brücke zurückkönnte – ach, Hickock hat die Brücke in die Luft gejagt, weißt du das nicht mehr? Das Letzte, was er tat. Im Gegenlicht, das spritzte nur so. Canaan sagte: »Verdammt, du kannst aber auch alles zu Pulver machen!« Das sagte er, bevor wir Hickock sahen mit seinen quadratischen Händen.

Ich hätte ihn nach Hause geschickt. Zu lange an der Front gewesen. Er hatte seine Portion Dreck gefressen, seinen Teil Blut vergossen und noch mehr. War nicht mehr der Alte. Das konnte ich sehen. Die anderen konnten es auch sehen, aber sie haben nicht hingeguckt. Und ich hatte nicht die Schulterabzeichen, um zu sagen, wer lebt, wer weitermacht. Wenn ich doch weg… Was, wenn ich gesagt hätte, zur Hölle mit alledem; komm, Canaan, diese Bastarde hier gehen ihrem eigenen Tod entgegen; wenn ich einfach losmarschiert wäre, ich und Canaan, weg von diesem Krieg, Mensch, nicht noch eine Runde Schießen; geht ruhig weiter, Jungs, nur entschuldigt uns bitte, wir haben genug gemordet, wir wollen jetzt mal langsam nach Hause.

Und wer hätte dann den Führer aufgehalten? Wenn ich das nur wüsste, verdammt noch mal. Aber keiner hätte Canaan aufgehalten.

Wahrscheinlich auch Elias nicht. Elias, den ich mit

Steinen beworfen habe, als er vor Angst nicht den Hang runterklettern wollte. Dummer Kerl! Wenn ich ihn an der Hand getroffen hätte, hätte er vielleicht losgelassen und wäre runtergefallen. Vielleicht gestorben. Vielleicht hätte er ein 4-F gekriegt.

Ein Sack Kartoffeln, eine Wanne voll Gedärm. Als ob ich Canaan einfach hochnehmen und mit ihm zurückrennen hätte können. Wohin denn zurück? Wer wusste überhaupt, wo wir waren, von irgendeiner Nadel auf die Landkarte gepiekst?

Züge mit runden Dächern fahren vorbei. Abrahams Busen. Also nimm das Gelobte Land und geh nach Hause. Los, Canaan, wir beeilen uns; wir schwimmen heim nach Kentucky. Wir entlassen unser eigenes Ich. Wegen Versehrtheit. Alle anderen auch. Ich schaffe dich aus diesem Schweinestall heraus, bring dich heim, lasse dich von Nora mit Bohnen mästen und bring dich dann dahin zurück, wo du zu jemandem Pa sagst.

Ich habe Lawanda, weißt du. Sie atmet. Sie denkt nicht im Traum an das, was die Welt ihr antun kann. Sie rennt ihr einfach ins Messer. Man kann niemandem von dieser Brücke erzählen. Dass sie in die Luft gehen wird. Dass Hickock den Sprengsatz tief in den Berg gelegt hat. Dass der Krieg überall ist. Er steht in ihren Schulbüchern, er lauert im Springbrunnen – nur ein Knopfdruck und er schießt los. All die Knochen, die dieses Stück Erde erhellen.

Lawanda: Da stelle ich mich hin und sage, ich will ins College, und kaum war ich mal eine Nacht weg, kriegte ich schon Bauchschmerzen. Na gut, das war auch was anderes. Ich wusste nicht, wohin ich fuhr, und niemand sollte wissen, dass ich weg war. Alles, was ich wusste, war, dass ich fünf Stunden brauchte, um hinzukommen, und dass ich genauso viel Zeit hatte, mir auszudenken, was ich sagen wollte.

Mir war klar, dass Garland vielleicht ein rotes Tuch für Nancy Catherine war. Vielleicht erinnerte sie sich nur noch an einen gemeinen, betrunkenen Mann. Warum sollte sie dann zurückkommen wollen, um ihn zu sehen? Was sollte ich ihr sagen? Es war ja nicht so, dass ich ihn als Dad wollte. Außerdem *hatte* ich einen Dad. Und Garland ist nun mal der von Nancy Catherine.

Ständig dachte ich daran, wie er mir gesagt hatte, er hätte mehr verloren, als ich mir je vorstellen könnte. Ich sah angestrengt aus dem Fenster hinaus, als könnte ich in den nackten braunen Bergen, die da draußen vorbeizogen, entdecken, was er verloren hatte. Was meinte er wohl damit, abgesehen von Frau und Kindern? Vermutlich noch seine Schwester. Und alles, was der Krieg geholt hatte. Was für immer verloren und verschwunden war, konnte ich nicht zurückholen, aber Nancy Catherine war nur in Louisville. Sie sollte wenigstens kommen und ihn mal ansehen. Sie sollten sich beide mal sehen, erwachsen und alt, wie sie jetzt waren.

Nach ihr zu suchen war sowieso das Einzige, was mir einfiel. Wenn du Sorgen hast, brauchst du deine Familie. Schlicht und einfach, würde Mom sagen, obwohl hier überhaupt nichts schlicht und einfach war.

Ich hatte dieses Buch dabei, *Prinz und Bettelknabe*. Das sollten wir für Englisch lesen. Mr. Crawford sagte, es sei unheimlich amerikanisch, aber ich verstand nicht, warum. Es kamen doch gar keine Pilgerväter oder Gangster darin vor. Die Geschichte habe ich auch nicht geglaubt, wobei ich nicht ganz sicher war, ob ich sie überhaupt glauben sollte. Es könnte ja auch eine Fabel sein, oder eins von den anderen Sachen, eine Allegorie. Deswegen mag ich Mathe lieber. Trotzdem musste ich es noch lesen, und an Nancy Catherine konnte ich einfach nicht mehr denken, also machte ich es mir bequem.

Auf der anderen Seite des Gangs saß ein Typ, der mich die ganze Zeit ansah. Er war groß und trug einen neuen Overall. Er hatte weiche braune Haare, ein schmales Gesicht, große Hände. Ich las weiter, aber seine Augen kamen mir vor wie die Wärmelampe in Chemie. Ich wünschte, der Platz neben mir sei nicht mehr frei. Ich wünschte, er stiege in Kilday aus.

Leider nein. Stattdessen stieg eine Frau mit einem Baby und einem zweiten Kind ein, das noch Windeln trug. Ich wusste, er würde ihnen seinen Platz anbieten.

»Brauchen Sie diesen Platz hier auch?«, fragte er und beugte sich wie eine Trauerweide über mich.

»Nein.«

»Könnten Sie dann Ihre Tasche wegnehmen?«

»Oh. Klar.«

Er faltete sich sorgfältig zusammen. Eine Minute lang vertrieb der Geruch von Scheune und Holzrauch den normalen Busgeruch.

Er legte die Hände in den Schoß. »Ich wette, Sie können lesen«, sagte er.

»Was?«

»Ich habe Sie da mit dem Buch gesehen und da dachte ich mir, dass Sie lesen können.«

»Ja.« Ich wusste nichts zu sagen. Er schon. Er schien sich unsere Konversation schon vorher zurechtgelegt zu haben.

»Ich wüsste gerne … können Sie mir erzählen, wie es sich anfühlt?«

»Zu lesen?«

»Ja.«

Es war eine Frage, bei der ich mir dumm vorkam, obwohl ich doch eigentlich diejenige war, die lesen konnte.

»Ich weiß nicht. Ich habe nie darüber nachgedacht«, sagte ich. Er sah mich einfach nur an, mit seinen blauen Augen, die freundlich glühten. »Vielleicht ist es so ähnlich wie wenn man singt.«

»Ich kann singen«, sagte er.

»Und den Text auswendig?«

»Jap.«

»Dann könnten Sie vielleicht auch lesen lernen.«

Er nickte. »Ich war nie lange in der Schule. Mein Vater starb, als ich noch in der Grundschule war, da musste ich abgehen und die Farm machen.«

»Das ist ein Jammer«, sagte ich.

»Ich weiß nicht. Ich habe gut für meine Mommy gesorgt und meine Schwestern mit aufgezogen.«

»Das ist bestimmt das Wichtigste«, stimmte ich ihm zu. Plötzlich war ich froh, dass keiner von uns jemals von der Schule abgehen musste.

»Und wir haben die Farm immer noch«, sagte er, nahm seine Hände auseinander und legte eine Hand über den Latz seines Overalls.

»Wie alt sind Sie?« Das kam ein bisschen plötzlich, aber ich wollte es wissen.

»Sechsundzwanzig. Und Sie?«

»Fünfzehn.«

»Bev Combs heiße ich. Mein Vater war Ellis.« Er streckte die Hand aus.

»Ich bin Lawanda Ingle.« Wir schüttelten uns die Hände und lächelten.

»Wohin fahren Sie?«

»Louisville.« Ich beschloss ihm nicht zu sagen, warum. »Und Sie?«

»Nur rüber nach Iona zu dem Mann, der an unserer Pumpe arbeitet.«

Eine Weile fuhren wir, ohne zu reden. Meine rechte Schulter war kalt vom Fenster, die linke war nass geschwitzt von seiner Wärme.

»Meine Mommy ist sehr nett«, sagte er, ohne jeden ersichtlichen Anlass.

»Meine auch«, gab ich zur Antwort. Das stimmte, auch wenn ich nie richtig darüber nachgedacht hatte.

»Auch wenn sie ein bisschen fertig ist«, fuhr er fort. »Sie

macht ihre Arbeit auf der Farm, aber sie ist langsam. Sie würde es verstehen, wenn ich heiraten wollte.«

»Kein Wunder, wo Sie doch schon sechsundzwanzig sind.« So hart hatte das eigentlich nicht herauskommen sollen. Ich fing ja schon an, wie Garland zu reden.

Mr. Combs' Gesichtsausdruck veränderte sich. Es war ein einfaches, weiches, gütiges Gesicht, aber mit einem Mal wurde es hart wie eine geballte Faust.

»Wenn Sie mich heiraten würden«, sagte er und hob eine Hand, als wolle er sie gleich auf mein Knie legen, »dann könnten Sie mir das Lesen beibringen.«

Du wirst verrückt, Lawanda, dachte ich. Das hast du davon, wenn du mit einem Bus aus der Stadt rauswillst.

»Heiraten?« Meine Stimme schlitterte durch den ganzen Bus.

»Wir haben jetzt auch einen Ofen im Haus und in der Küche einen Gasherd. Sie könnten alle Ihre Bücher mitbringen.«

Ich sah ihn prüfend an. Sein Gesicht entspannte sich wieder, nun, da er seine Sache losgeworden war. Im Mundwinkel hatte er eine V-förmige Narbe. Ich dachte daran, sie zu berühren.

Dann sprach ich langsam, damit mir die Stimme nicht ausrutschte.

»Ich kann Sie nicht heiraten, Mr. Combs. Ich muss nach Louisville.«

»Und auf dem Rückweg?«

»Da muss ich die High School fertig machen. Aber es ist sehr nett von Ihnen, mich zu fragen.«

Er senkte den Kopf. »Wahrscheinlich werden Sie das jeden Tag gefragt.«

»Nein«, sagte ich – irgendwie wollte ich ihm noch etwas Gutes tun –, »Sie sind der Allererste.«

»Ich wünschte, mehr bräuchten nicht zu kommen«, sagte er und stand auf. »Weitermachen mit den Büchern da.« Bevor ich etwas sagen konnte, schwankte er schon in den hinteren Teil des Busses.

Kurz darauf sah ich ihn noch einmal, als er in Iona ausstieg. Er tippte an die Mütze. Lawanda Combs. Ich winkte. Mir war zum Heulen zumute. Ich war gerade mal fünfzig Meilen gefahren und schon hätte ich fast ein anderes Leben bekommen.

Als ich an der Bushaltestelle in der Telefonzelle stand und die Münze einwarf, schlug mir plötzlich etwas auf den Magen. Und zwar ein ganzes Bündel Fragen. Was machst du eigentlich hier, Lawanda? Was machst du, wenn jemand abhebt? Und wenn nicht? Wenn es Nancy Catherine ist? Wenn sie sich anhört wie –

»Blumen-Garland«, sagte eine fröhliche Stimme.

»Oh Gott.«

»Verzeihung?«

»Entschuldigung. Ich meine, haben Sie geöffnet?«

»Bis heute Nachmittag um fünf. Kann ich Ihnen irgendwie helfen?«

»Sind Sie Nancy Catherine?«

»Miss Garland ist gerade zum Lunch. Vielleicht möchten Sie nach eins noch mal anrufen –«

»Ich komme direkt hin. Ich will sie treffen. Ich komme mit dem Bus.«

»Woher denn?« Plötzlich war hinter der Stimme ein Mensch.

»Ach, ich bin schon da. Sagen Sie ihr, sie soll sich keine Sorgen machen.« Warum sagte ich das?

»Darf ich ihr sagen, wer angerufen hat?«

»Nein. Sie kennt mich gar nicht.«

»Miss?«

»Ist schon in Ordnung, wirklich. Keine Sorge. Ich habe meinen eigenen Lunch dabei.«

Mit zitternden Händen hängte ich ein, aber ich musste auch lachen. Ich hatte so viel dummes Zeug von mir gegeben, ohne etwas dagegen tun zu können. Ich ging einen Schluck Wasser trinken und der Wasserstrahl spritzte mir ins Gesicht. Das brachte mich zum Weinen, was wiederum so dumm war, dass ich wieder lachen musste, und daher verlor ich fünf Minuten in einer öffentlichen Toilette, um mich wieder zu beruhigen. Wenn man schon reingeht, kann man auch ein Weilchen drinbleiben. Es kostet zehn Cent Eintritt.

Der Toilettenwärter nannte mir den Bus zur Bardstown Road, und als ich ihn ankommen sah, raste ich los zur Bushaltestelle. Ich stieg als Letzte ein, fast hätte die Bustür mir den Pferdeschwanz eingeklemmt. Den hatte ich mir auf der Toilette gemacht, weil ich dachte, dass ich wenigstens mein Haar unter Kontrolle halten könnte.

Die Innenstadt bestand nur aus riesigen Glashochhäusern und Parkplätzen. Vom Fluss her wirbelte der Wind den

Staub auf der Straße auf. Die Fahrt ging schnell, an einem Park vorbei, eine Auffahrt hoch und dann über die Schnellstraße, wo Millionen anderer Autos entlangrasten, dann – *wusch* – an der Ampel runter und im nächsten Moment einen Bordstein hoch.

Gegenüber machte sich eine Frau zum Aussteigen bereit, und ich fragte sie, ob es hier richtig wäre.

»Fürchte ja«, sagte sie und band sich einen Schal um den Kopf.

»Wissen Sie vielleicht, wo der Blumenladen ist?«

»Puh!«, sagte sie. »Das einzige Mal, dass ich Blumen gekauft habe, war, als mein Mann gestorben ist, und da hat sich das Bestattungsinstitut drum gekümmert.«

»Tut mir Leid. Trotzdem danke.«

»Puh!«, sagte sie wieder und drängte hinaus.

Der Fahrer sagte mir dann, dass ich in der Innenstadt näher an der Adresse gewesen war. Jetzt fuhren wir aus der Stadt, mussten dann aber wieder zurück in die Bardstown Road. Ich bin an eine Stadt gewöhnt, die man nicht verfehlen kann. Er sagte, ich solle noch drei Haltestellen abwarten.

Kaum zog der Bus davon, sah ich schon den Blumenladen auf der anderen Straßenseite.

Er war klein: eine Tür und ein Fenster. Aber hübsch sah er aus. Der Schnörkel des G von »Garland« schlängelte sich über die ganze Glastür und im Schaufenster stand ein Christbaum mit Lämpchen in Form von Weihnachtssternen. Es bimmelte, und als ich eintrat, war da dieser unheimliche Geruch nach kalten Blumen.

Eine kleine grauhaarige Frau stand hinter dem Tresen.

»Kann ich dir helfen?«

»Ich bin die vom Telefon vorhin«, platzte ich heraus. »Ich muss Nancy Catherine treffen.«

»Gehörst du zur Verwandtschaft?«

»Nein, aber sie.«

Die Frau sah mich mit hochgezogenen Augenbrauen an.

»Schick sie zu mir nach hinten«, sagte eine Stimme durch die Wand. »Ich habe noch zehn Minuten Zeit.«

»Sie hat gerade Mittagspause«, erklärte mir die Frau. Sie legte ihre Hände auf die Kasse. Ich wusste, dass ich jetzt eigentlich sagen sollte, ich würde warten, aber das konnte ich nicht.

»Wo ist sie?«

»Hier entlang.«

Man hätte meinen können, sie führte mich durch ein Hotel, so wie sie sich benahm, aber hinter dem Tresen war nur eine kleine Diele mit einem Kühlregal voller Blumen auf der linken Seite und einem Arbeitsraum auf der rechten. Auf den ersten Blick sah ich niemanden, nur ein Paar Tennisschuhe, die verkehrt herum an der Wand hingen. Dann ging ich um einen Tisch herum. Nancy Catherine stand auf dem Kopf.

»Hallo«, sagte ich.

Sie lächelte, glaube ich. Es war schwer auszumachen.

»Das ist bestimmt nicht alles, was du zu sagen hast.«

»Du redest genau wie dein Daddy.« Das hatte ich nicht sagen wollen! Sie hat es aus mir herausgelockt mit ihrer Art. Mir brannte die Nase und ich roch Ammoniak, wie immer, wenn ich drauf und dran bin zu weinen. Stop, Lawanda!, sagte ich zu mir selbst. Du bist kein Baby mehr! Sag, warum du hergekommen bist. Nancy Catherines Füße schwankten, als wolle sie sich normal hinstellen, aber das tat sie nicht.

»Wirklich?« Ihre Stimme klang jetzt anders, irgendwie auf hinterhältige Weise süß.

»Ich komme aus Cardin. Ich bin mit dem Bus hierher gekommen, weil ich deinen Daddy kenne. Wir sind befreundet –«

»Na, das muss ja interessant sein!«

Ich versuchte ihr in die Augen zu schauen, um diesen Ton aus ihrer Stimme auszuschalten, aber das war schwierig, mit ihrem Kopf zu meinen Füßen. Außerdem trug sie auch noch einen roten Jogginganzug.

»Ist es auch. Aber es geht ihm nicht gut. Er sitzt im Gefängnis, um genau zu sein. Und ich bin hierher gekommen, weil er dich braucht.«

Schlicht und einfach. Ich war ganz schlicht und einfach.

Nancy Catherine schwang sich nach oben. Sie war groß und stark wie Garland. Ihr Gesicht blieb rot.

»Und wer hat diesen Dad geholt, von dem du sagst, es ist meiner, als alle seine Kinder ihn brauchten?«

»Niemand, glaube ich. Du hättest es versuchen können.«

»Haha, von Narben eine Fahrkarte kaufen? Wer bist du?«

»Lawanda Ingle. So was … wie seine Nachbarin.«

»Was hat er jetzt getan?«

»Na ja, er trinkt und –«

»Mit seiner Trinkerei kenne ich mich zur Genüge aus.«

»Weißt du, wie ähnlich du ihm siehst?« Je länger ich sie

ansah, desto mehr fiel es mir auf: Wenn Garland gesünder leben würde und jünger wäre und eine Frau, sähe er genauso aus wie sie.

»Mir ist es verdammt egal, wie er aussieht.«

»Tot oder lebendig?«

»Wer bist du eigentlich? Wer hat dich geschickt?«

»Niemand. Niemand weiß überhaupt, dass ich hier bin, außer meiner Marma. Sie hat die Fahrkarte bezahlt.«

»Warum?«

Darüber hatte ich selber noch nicht nachgedacht. Jetzt musste ich es laut tun.

»Sie ist eine Heilerin – das ist die eine Sache. Sie weiß, dass er mir nicht egal ist. Und sie hat seine Schwester gekannt, deine Tante Chloe.«

Nancy Catherines Gesicht wurde einen Moment lang weicher.

»Ich kann mich an Chloe erinnern.«

Was konnte ich sagen, damit es so blieb?

»Marma und sie waren Freundinnen, während dein Daddy Soldat war. Marma kennt noch den Laden in Redbird.«

»In diesem Laden habe ich gespielt.«

Bei der Erinnerung wurde Nancy Catherines großes, intelligentes Gesicht hübscher. Sie hatte kurze Haare, die langsam grau wurden und wie Federn um ihren Kopf lagen.

»Marma hat mir von der Party erzählt, die gefeiert wurde, als Garland nach Hause kam«, sagte ich. Ich wusste, dass das die falsche Richtung war, aber ich wusste auch sonst keinen Weg.

Ihr Gesicht wurde hart.

»So nennst du ihn?«

»Er sagt, so heißt er, Vorname und Nachname.«

»Nicht Amos? Nicht Daddy?«

Zur ersten Frage schüttelte ich den Kopf und dabei blieb es auch bei der zweiten. Sie sprach weiter.

»Damals habe ich mich hinter den Fässern vor ihm versteckt, neben dem Pferdegeschirr. Ich rieche heute noch die Angst im Staub und im Leder und in der kleinen Pfütze, die ich auf dem Boden machte.«

»Er war gemein zu dir?«

Ihr Kopf fuhr hoch, als werfe sie eine lange Haarmähne zurück.

»Viola«, sagte sie zu der Tür, »Mittagspause ist vorbei. Bis morgen.«

»Aber Miss –«, sagte die Stimme hinter mir.

»Jetzt geh.«

Die Worte scheuchten Viola durch die Diele und zur Tür hinaus.

Nancy Catherines Augen wanderten durch den Raum, über die Körbe, Vasen und Bänder. »Weißt du, worum es in diesem Beruf geht?«, fragte sie mich. »Es geht um Blumenhassen. Es geht darum, etwas Lebendiges abzumurksen.«

Ich nickte. Sie würde gut in einen Bus passen.

»Und so war mein Daddy. Er liebte uns so, wie das Messer die Kehle liebt.«

»Er hat Kummer wegen euch«, sagte ich.

»Das bezweifle ich!«, fauchte sie, dann fuhr sie sich mit der Hand über das Haar. »Na komm. Ich muss in den Laden.«

Sie ging schnell hinter mir her. Unter ihrer Bewachung ging ich durch die Diele. Dann standen wir hinter dem Tresen. Sie blätterte Kassenzettel durch, die auf einem Spieß neben der Kasse steckten. Wenn das der Umsatz des ganzen Vormittags war, dann war es nicht viel.

»Lavonne heißt du?«, fragte sie.

»Nein, Lawanda.«

»Gut, Lawanda, dann nimm Platz.«

Ich kletterte auf den Korbflechthocker. Gerade schien sie nicht sehr böse zu sein. Ich überlegte, ob ich meinen Mantel ausziehen sollte.

»Zieh den Mantel aus und bleib ein Weilchen.«

Aber vorher wollte ich noch etwas sagen.

»Dein Vater ist ein guter Mensch.«

»Und Säure ist ein gutes Getränk.«

»Ich bin abgehauen, nur um dir das zu sagen!« Das kam lauter heraus als beabsichtigt. Ich fühlte meine Wangen heiß werden. Ihre Augen waren wie Eis. »Er ist alt und er steckt in Schwierigkeiten, und ich stecke auch mit drin.«

»Das musst du genauer erklären.«

Das tat ich, so gut ich konnte. Ich fing mit den Zeitschriften an und hörte da auf, wo ich war. Einmal lachte sie – ich weiß nicht mehr, wann –, aber als ich fertig war, lachte sie nicht.

»Jesus, Maria und Joseph!«, sagte sie. »Wenn das keine Fallstudie ist.«

»Das ist mein Leben.«

»Denk nicht, dass es dir gehört, Süße. Mein Leben ist schon zwischen vielen Aktendeckeln gewesen.«

»Wie meinst du das?«

»Sozialarbeiter, Lawanda. Die Saubermänner, die Onkel Sam losschickt, wenn eine Katastrophe wie mein Vater zuschlägt.«

»Er wurde zuerst geschlagen.«

»Ha!«, sagte sie. »Weißt du, was ich da drin gemacht habe?« Sie zeigte nach hinten in den Arbeitsraum.

»Auf dem Kopf gestanden, so wie es aussah.«

»Meditiert. Versucht, meine eigene Mitte zu finden.«

Ich merkte, wie meine Miene völlig leer wurde.

»Jeden Tag zur Mittagszeit kommt Viola zu mir, damit ich laufen kann, und anschließend meditiere ich. Seit dreißig Jahren versuche ich, mir mein Leben zurückzuholen, Lawanda. Was er mir genommen hat. Und was in diesen Akten steckt.«

»Vielleicht könntest du es von ihm wiederkriegen«, sagte ich.

Sie schnaubte. »Mag sein, dass der Drache den Schatz bewacht, aber ich werde nicht mehr durchs Feuer gehen, um ihn zu holen. Ich bin voller Narben.«

»Marma sagte, das hat deine Mutter gesagt.«

»Was?«

»Über Garland.«

Sie sah mich nur an.

»Als deine Mutter ihn nach dem Krieg gebadet hat, war er über und über mit Narben bedeckt, sagte sie.«

»Na, die hat er alle weitergegeben«, erklärte sie. »Und dir wird er auch noch Schrammen verpassen, bis du aussiehst wie eine Landkarte.«

Ich wollte nicht mehr darüber reden.

»Sein Bus ist voll mit Landkarten und Stadtplänen«, sagte ich. »Vielleicht ist auch einer mit der Bardstown Road dabei.«

»Oh Gott, hoffentlich nicht.«

»Er betreibt Studien.«

»Du weißt, dass er Lehrer war?«, fragte sie.

»Ja. Marma hat es mir gesagt.«

»Als ich noch ganz klein war, besorgte er mir aus der ersten Klasse einen Schultisch und malte ihn gelb an.«

Das konnte ich mir vorstellen.

»Er schenkte mir einen großen Block und dicke Bleistifte.« Sie sah auf den Bleistift in ihrer Hand und legte ihn dann schnell hin, als täte er weh.

»Und du würdest nicht das *kleinste* bisschen für ihn tun? Ihm nicht mal einen Tag deines Lebens schenken?«

»Du hast doch überhaupt keine Ahnung!« Nancy Catherines Gesicht sah hart aus, hart. Was, wenn sie nicht mitkam? Ich war schuld daran, dass Garland eingesperrt war, aber *ich* konnte ihn nicht wieder herausholen.

»Ich habe keine Ahnung von deiner Kindheit«, sagte ich ihr. »Aber ich weiß, wie es jetzt ist. Ich weiß, dass dein Vater alleine ist und dass es ihm schlecht geht, und du siehst ihm so ähnlich. Wenn du ihn sähest, dann wäre es, als schautest du in einen Spiegel, der dir zeigt, was dir später mal passieren könnte –«

»Hör auf!« Nancy Catherine krallte entsetzt meinen Arm, dann ließ sie ihn wieder los. »Es ist mir schon passiert!«, zischte sie.

Darauf hatte ich gewartet. »Dir, ja«, sagte ich, »dir ist es schon passiert. Du brauchst keine Angst mehr zu haben. Aber ich habe Angst. Ich hatte ja keine Ahnung, in was ich da hineingerate, als ich dort hoch ging. Wenn du schon Garland nicht helfen willst, dann hilf mir!«

Ich weinte fast. Nancy Catherine sah weg. Meine Hände zitterten, meine Schultern. Ich holte tief Luft.

»Marma hat dir eine Feder geschickt«, sagte ich. »Wirst du mit mir zurückkommen?«

Nancy Catherine starrte die Kasse an. »Aber Lawanda …«

Ich suchte in meinem Taschenbuch nach dem Umschlag mit der Feder. »Hier«, sagte ich und hielt etwas hoch, was meiner Meinung nach von einer Krähe stammte.

»Schwarz wie die Nacht, die mich umhüllt«, sagte Nancy Catherine und rührte sich nicht.

Ich sagte: »Er ist der einzige Daddy, den du hast.«

»Das weiß ich! Und ich habe ihn mit knapper Not überlebt! Warum sollte ich noch einmal mein Leben riskieren?«

»Um ihn zu retten.«

»Und wer sagt, dass ich das will?«

»Weil er seins für dich riskiert hat.«

»Wovon *sprichst* du überhaupt?«, fragte Nancy Catherine, griff nach Marmas Feder und fuhr mir damit übers Gesicht.

Ich wusste es nicht und blieb still, eine ganze Weile lang. Aber ich spürte, wie mir das Verstehen im Hals saß, ich konnte kaum atmen. Blumen um einen Sarg – danach roch es hier, nach Kränzen und Girlanden – das war es!

»In Deutschland, im Krieg!«, platzte ich heraus. »Er hat sein Leben für uns alle riskiert. Er ging dort rüber für dich und für alle seine Kinder, für seine Familie und sogar für mich, ganz am Ende der Reihe.« Ich sagte Dinge, von denen ich nicht gewusst hatte, dass ich sie wusste. »Und er wurde verwundet –«

»Nicht schwer!«, warf sie ein.

»Nicht *so*. Seine Verwundung hat sein ganzes Leben aufgerissen.«

»Aha?«, sagte sie ein bisschen unsicher.

»Deshalb konnte es nie *heilen*.« Ich sprang vom Hocker herunter und stand weinend da, stieß die Worte mit erstickter Stimme hervor. »Und du musst ihm helfen.« Ich nahm sie bei den Armen. »Du hast dieselben Narben!«

Sie legte beide Hände über das Gesicht.

Ich ließ sie los und suchte auf dem Tresen nach Kleenex. Als sie sprach, klang sie anders, wie im Fernsehen.

»Genau das sagt mein Therapeut«, sagte sie. »Solange ich dem alten Mann nicht begegne, wird er eine Barrikade in meinem Leben bleiben.«

»Also?«

»Also: Wenn Viola ein paar Tage aushelfen kann, komme ich mit«, sagte sie. »Aber ich werde nicht ihn befreien, sondern mich selbst. Von mir aus kann er im Gefängnis verrotten – falls etwas, was schon versteinert ist, überhaupt verrotten kann.« Sie strich sich mit der Feder unter der Nase entlang, dann nieste sie.

»Marma sagt, die Federn kommen von den Engeln«, sagte ich.

»Klar«, sagte sie, »die Sorte Engel, die dir auf den Kopf scheißen.«

Nancy Catherine: Da kommt sie also in mein Leben gefegt mit einer verrückten Geschichte über meinen Daddy und mit einer Haarmähne wie wild gewordene Stahlwolle. Lawanda Ingle – was ist das überhaupt für ein Name? Sie bringt mich aus dem Gleichgewicht, verwickelt mich in Erinnerungen, so dass ich verspreche, mit nach Cardin zu fahren, und dann gibt sie mir eine Feder. Von einem Vogel oder so. Ich weiß nicht, von welchem. Ich habe schon genug mit den Blumen zu tun. Und dann sagt sie, ihre Marma benutzt sie für irgendein primitives Ritual. Die Sache ist interessant, das muss man zugeben. Mein Daddy ist ein Spinner, aber ihre Großmutter ist eine Hexe.

Während ich arbeite, erzählt sie mir von der alten Frau. Und sie isst ihren Lunch. Es ist kaum zu fassen. Ein Sandwich mit einem Belag, den sie Hundeklops nennt – eine Hackfleischpampe, die mit Erdnussbutter und Essig gewürzt ist. Sie hat eine Riesenladung von dem Zeug zwischen zwei großen Weißbrotscheiben. Dazu trinkt sie Cola. Ich muss an meine Joghurts denken, die Reiswaffeln, die Misopaste und die Sojakeimlinge. An den Kräutertee. Und ich denke, dass Lawanda frisch und gesund aussieht, während ich völlig abgewirtschaftet bin. Das liegt natürlich nur daran, dass ich in ihrem Alter auch meine Hundeklopse hatte: Schmalzkuchen und Schweinebauch und dicke Bohnen, mächtige Scheiben Schmelzkäse.

Meine Mutter hat mir vielleicht auch Kool-Aid ins Fläschchen gegeben. Bei Eddie hat sie's jedenfalls getan, das weiß ich. Mehr konnte sie sich nicht leisten und es hat ihn ruhig gestellt.

Die ganze Sache bringt mich aus der Fassung. Ich nehme die Feder und puste sie an. Ein Schauer rieselt mir den Rücken hinunter. Ich schüttle den Kopf. Lawanda schaut mich an.

»Wie heißt denn deine Marma?«

»Ada Smith. Eine geborene Holcomb.«

Ich lache. »Holcomb sagt mir gar nichts.«

Sie runzelt kurz die Augenbrauen, sonst aber sieht sie mich einfach nur an. Dieses Mädchen ist mir zu ruhig.

»Hat Mrs. Smith öfter Visionen?«

»Nein«, sagt Lawanda. »Nur diese eine.«

»Und das hat gereicht?«

»Ich denke ja. Jedenfalls dazu, dass sie eine Heilerin wurde. Das hält sie auf Trab.«

»Es gibt ja auch viel Krankheit in der Welt.«

Lawanda nickt. Sie denkt jetzt an Krebs und Raucherlungen, während ich an den alten Amos denke. AG, wie seine Initialen sagen. *Ag, Gag.* In manchen Wörterbüchern steht, Amos bedeutet »Last«. Wozu nachschlagen? Wozu fünf Stunden fahren, um dieser Last zu begegnen?

Aber genau das tue ich jetzt, erfasst von seinem Ego-Sog. Viola sagt, sie kann den Laden führen. Ich schließe um vier und Lawanda hilft mir auf dem Heimweg bei ein paar Auslieferungen.

»Das habe ich schon öfters mit Dad gemacht«, erklärt sie.

»Mit deinem oder meinem?«

Sie holt tief Luft. Vielleicht ist sie doch nicht so ruhig.

»Sorry«, sage ich. »Was gemacht?«

»Sachen ausgefahren. Er ist Lieferant für die SAUBERMANN-Reinigung.«

»Wenn man Sachen aus der Reinigung ins Haus liefert, kann einem wenigstens niemand vorwerfen, dass alles verwelkt ist.«

»Manche doch«, sagt sie. Unser Gespräch wird unterbrochen, während sie den Haddixes den Kiefernzapfenschmuck bringt. »Eine Frau will nicht, dass ihre Gardinen auf Bügel gehängt werden. Dann muss ich mit den Gardinen über dem Arm hinten im Laderaum stehen.«

Ich lache schallend und ihre grauen Augen weiten sich, als hätte sie nie gedacht, dass das lustig sein könnte. Bis wir nach Hause kommen, mache ich Bauchatmung. Beechwood Estates, und kein Baum weit und breit. Das letzte Apartment oben, 43 A – klein, aber lichtdurchflutet. Und in der Wohnzimmerecke ist ein Erkerfenster, das sich wie der Rücken einer Laute nach außen wölbt. Dort habe ich meine Kakteen und Kristalle. Lawanda geht sofort hin.

»Was für eine tolle Aussicht!«

»Ja. Dieser Ort hat für mich viel Kraft.«

»Ich habe auch so einen Ort«, sagt sie. »Der Lorbeerfelsen auf dem Berg hinter unserem Haus. Da gehe ich oft zum Nachdenken hin.«

»Du bist noch jung«, sage ich ihr. »Warte noch zwanzig Jahre, dann versuchst du gar nicht mehr nachzudenken.«

»Wie bitte?« Sie dreht sich um, umspielt von den letzten Sonnenstrahlen des Wintertages.

»Dann versuchst du nur noch, dich anzupassen.«

Sie schüttelt den Kopf.

»Vergiss es. Möchtest du vor der Fahrt noch ein Glas Saft oder so?«

»Nein, aber ich muss Marma anrufen.«

»Klar. Das Telefon hängt an der Wand neben der Mikrowelle.« Ich zeige in die Küche.

Ich möchte wirklich gerne hören, was sie zu dieser Frau sagt, aber es dringt nichts herüber.

Als ich mit meiner Tasche hereinkomme, sitzt sie in der Sofaecke. Sie sieht nicht gerade glücklich aus.

»Hast du sie erreicht?«

Sie nickt nur.

»Was hat sie gesagt?«

»Dass meine Mom so ausgeflippt ist, dass sogar Dad sie nicht beruhigen konnte.«

»Und?«

»Die beiden sind bis nach Sexton gefahren, bis Dad ihr klargemacht hat, dass ich dann vor ihnen zu Hause bin.«

»Du sitzt ganz schön in der Tinte, was?«

»Sie geht mir bis zum Hals.«

Sie lächelt ein wenig.

»Dann mal los. Je länger du wegbleibst, umso höher steigt sie.«

»Viel höher geht es wohl nicht mehr.«

Wir gehen.

Es ist eigentlich eine ganz schöne Strecke, wenn man erst mal den Verkehr hinter sich gebracht hat. Ich fahre gerne aus Louisville heraus, da können sich die Gedanken mal an etwas anderem festhalten als immer nur am Fluss. Wenn es nur nicht Amos wäre. Ich bitte Lawanda, eine Kassette auszusuchen.

»Ozean«, sagt sie und hält eine hoch. »Was soll das denn heißen?«

»Genau das. Wellen, Brandung, Wind und Vögel. Was man hören würde, wenn man am Strand wäre.«

»Wow! Können wir die hören?«

»Gute Idee.« Ich lege sie ein und bald fahren wir durch kleine Gebirgsausläufer und Hügelwellen, und im Wagen rauscht der Ozean dazu.

Sie lehnt sich mit geschlossenen Augen zurück.

»Du kannst den Sitz zurückstellen, wenn du möchtest. An der rechten Seite ist ein Hebel.«

»Das macht dir nichts aus?«, fragt sie. Ich schüttle den Kopf. »Weck mich, wenn ich dir sagen soll, wo es langgeht.«

»Zu Befehl. Ich will ja das Gefängnis nicht verpassen.«

Das ist gelogen. Aber ich bringe Lawanda sowieso zuerst nach Hause. Ihr Haus liegt direkt an einer schmalen Straße. Grünes Fundament, eine weiße Holzveranda auf einem kleinen weißen Vorbau. »Ein Haus zum Wohnen«, würde meine Mutter sagen, im Unterschied zu einer Räucherkammer, einem Seitenverschlag und so weiter. Die Einfahrt ist sehr eng. Ich will nach Lawanda auch an der Beifahrerseite aussteigen, aber sie hat oben auf den Stufen schon zwei Paar Arme um sich, bevor meine Füße noch den gefrorenen Matschboden berühren. Ich rutsche zurück auf den Fahrersitz, als ich eine mächtige Gestalt die Treppe herunterkommen sehe. Ob das die wilde Marma ist, die Vogelfrau, deren Feder in meiner Tasche liegt? Ich steige aus.

Sie kommt auf mich zu. Mit der linken Hand nimmt sie ihre strohigen Haare zu einem Knoten zusammen, die rechte streckt sie mir entgegen.

»Du bist ein gutes Mädchen, Nancy Catherine«, sagt sie. »Du hast Recht daran getan, herzukommen.«

»Sie müssen Lawandas Großmutter sein.«

»Ja, die Mutter ihrer Mutter. Ada Smith.«

»Sie haben meine Tante gekannt?«

»Ja.«

»Und Sie kennen meinen Vater.«

»Und ich bin stolz darauf.«

»Da sind Sie so ungefähr die Einzige!«, lache ich.

Sie streicht sich nur über die Schürze. Ich überlege, ob sie Federn darin aufbewahrt, kleine Nester mit diesen weichen Eiern drin.

»Er ist ein einsamer, knorriger Baum«, sagt sie. »Aber ich sehe noch Leben im Stamm.« Sie nickt mir ernst zu.

»Dreimal auf Holz klopfen?«, frage ich.

Ein Lächeln legt ihr Gesicht in viele Runzeln.

»Kommt drauf an, ob du an die Tür gehen willst.«

Teil III

Lawanda: Ich hörte Nancy Catherine wieder wegfahren, Marma die Verandastufen hochkommen und Moms Schimpfkanonade. Dann gingen wir, alle die Arme umeinander, ins Haus. Mom und Dad setzten sich auf die Couch, ich setzte mich in den Sperrmüllsessel und Marma nahm den Schaukelstuhl in der Ecke. Mit einem tiefen Atemzug nahm ich das Gummiband aus meinem Haar und ließ es offen herunterfallen. Ich war zu Hause.

»Es tut mir Leid, dass ich euch Sorgen gemacht habe«, sagte ich, »und dass ich dahin gegangen bin, wo ich eigentlich nicht hindurfte. Aber ich finde es nicht falsch. Mit Garland befreundet zu sein, meine ich.«

»Befreundet!« Mom sprach es aus wie ein schmutziges Wort.

»Ich weiß nicht, was er geschrieben hat, aber ich weiß, dass er nichts mit mir *getan* hat, außer mit mir zu reden. Und zuzuhören. Er hat mich ernst genommen!«

Dad zog die Luft ein. »Herrgott noch mal, Lawanda! *Diese* Sache hier ist ernst.«

»Das weiß ich!«

»Warum bist du dann nicht zu mir gekommen? Warum bist du dann noch weiter in die Gefahr hineingerannt?«

»Alles ist gefährlich«, teilte ich ihm mit.

»Ach, Schnuckelchen«, sagte Dad. »Du kennst doch nicht mal die Hälfte davon.«

»Ich kenne *meine* Hälfte, und da kenne ich mehr als du!« Ich stand auf. Auf einmal hatte ich eine Riesenwut. »Du kennst Garland nicht! Du weißt nicht, was er geschrieben hat! Vielleicht ist Galt der kranke, alte Mann. Hast du daran auch mal gedacht? Woher weißt du, dass es nicht dieser fette Gefängniswärter ist, der die dreckige Phantasie hat?«

»Lawanda!« Auch Mom stand auf, mit roten Flecken im Gesicht. »Hüte deine Zunge! Jeden Moment kann Ray mit den anderen Kindern zurückkommen. Außerdem ist es dein Vater, mit dem du gerade sprichst, und nicht irgendjemand im Fernsehen. Dieser Mann hier gibt dir ein Dach über dem Kopf und Kleidung und Essen für deinen undankbaren Mund.«

»Damit kann er von mir aus auch aufhören, ich bin doch kein Baby mehr!«

Moms Gesicht erstarrte und verschloss sich wie eine Tür. »Ich würde mich schämen!«, zischte sie.

»Junie …« Dad kam auf die Füße und legte ihr einen Arm um die Schulter. Ihre Hände fuhren hoch.

»Nein!«, rief sie. Dad zuckte zurück. »Wir setzen uns damit auseinander. Wir biegen das nicht irgendwie zurecht. Lawanda denkt, sie kann weggehen und tun, was ihr gerade einfällt. Sie denkt, sie weiß es besser als wir. Und daran bist du auch schuld, Mommy. Weil du deine eigenen Regeln aufstellst …«

Wir sahen sie an. Ich hatte fast vergessen, dass sie da war.

»Setzt euch«, sagte Marma zu uns.

Wir setzten uns.

»Bis jetzt wissen wir nicht, was hier richtig und was falsch ist. Ich habe gebetet, und ich habe Lawanda weitergeholfen, das ist wahr. Falls das falsch war, werde ich es bereuen, sobald wir es wissen. Aber im Moment können wir einfach nur stillsitzen und abwarten, wie es weitergeht.«

»Okay«, sagte ich. »Aber sag uns nicht, dass wir darüber beten sollen.«

»Lawanda Ingle!« Das war Mom.

»Das muss dein Herz dir sagen, Lawanda. Und du kannst dein Herz nicht hören, weil deine Zunge lauter ist.«

Ich fühlte mich, als hätte sie mir einen Schlag versetzt.

»Garland muss bezahlen«, sagte Dad. »Und *du*, Lawanda, die du mit einem Schlag so erwachsen geworden bist, dass du ohne ein Wort verreisen kannst, du musst uns sagen, wofür er bezahlen muss.«

»Ich habe euch doch schon *gesagt* –«

Marma unterbrach uns. »Man kriegt nicht die Wahrheit aus jemandem heraus, dem man die Zähne ausschlägt«, sagte sie.

Das mussten wir erst mal verdauen.

»Und Hass heilt niemanden.«

Jetzt hat sie ihren Text gefunden, dachte ich. Jetzt kommt die Predigt.

Doch da klingelte das Telefon.

»Geh du dran, Howard«, sagte Mom. »Ich setze Kaffee auf. Ich habe das Gefühl, mir zerspringt gleich der Kopf.«

»Miau-hallo«, sagte Dad. Er geht immer als Katze ans Telefon. »Wer? Oh. Moment mal bitte.« Er wickelte sich das Kabel um seine freie Hand und schlüpfte um die Ecke nach draußen in den Flur.

Marma fing meinen Blick auf. »Vogel auf der Leitung«, sagte sie.

»Wie?«

»Nancy Catherine.«

»Was ist mit ihr?«

»Das ist sie am Telefon.«

Mom kam herein. Sie hatte Cracker und Frischkäse auf einem Teller angerichtet.

»Kaffee ist gleich fertig«, sagte sie und stellte den Teller auf die Couch. »Iss etwas, Mommy. Du siehst angestrengt aus.«

Marma nahm ein Messer voll Frischkäse und machte ein Cracker-Sandwich. »Da, Lawanda«, sagte sie und hielt es mir hin.

Um das Spiel fortzusetzen, hätte ich den Cracker an Mom weiterreichen müssen, aber ich aß ihn in zwei Bissen auf.

»Danke«, sagte ich zu Marma.

Wir saßen still da. Man hörte nur das Knuspern der Cracker und das entfernte Brummen von Dads Stimme. Dann gurgelte die Kaffeemaschine ein letztes Mal. Mom ging in die Küche zurück.

»Alles gut gegangen auf deiner Reise?«, fragte Marma.

»Ich glaube schon. Ich habe Nancy Catherine gefunden und ein Mann hat mir einen Heiratsantrag gemacht.«

»Ich vergaß, wie weit es nach Louisville ist«, sagte sie und nahm ihre Brille ab.

Mom und Dad stießen beinahe zusammen, als sie aus der Küche und er durch die Flurtür kam. Normalerweise sagt Dad dann immer: »Wir sollten mal eine Ampel an dieser Ecke aufstellen.« Aber an diesem Abend sagte er es nicht.

Mom brachte zwei Becher Kaffee herein. Dad bekam den Rest. Wir trinken ihn schwarz.

Als alle saßen, gab Dad bekannt: »Das war Nancy Catherine.«

»Zieh sie bloß nicht auch noch mit rein«, sagte Mom.

»Das habe ich doch schon getan«, erinnerte ich sie.

»Du hast eine ganze Menge schon getan«, schnappte Mom.

»Was wollte sie?«, fragte ich.

»*Ich* will, dass ihr Daddy hinter Schloss und Riegel bleibt«, warf Dad ein.

»Kinder«, sagte Marma. »Hört auf zu streiten und hört zu.«

Aber das wollte Dad nicht. »Ich habe meine Rechte –«

»Und die hat Amos Garland auch«, insistierte sie.

»Und ich habe auch welche«, sagte ich ihnen. »Genau wie jeder andere in dieser Geschichte. Und als Erstes will ich dieses Notizbuch lesen.«

»Oh nein!«, sagte Mom. »Das erlaube ich nicht.«

»Du lässt mich ja auch zur Schule gehen und die Klosprüche lesen!«

»Das ist Gesetz, Lawanda. Ich muss dich zur Schule gehen lassen.«

»Aber es ist auch Gesetz, dass eine Anklage noch lange nicht heißt, dass man es auch getan hat.«

»Im Zweifel für den Angeklagten«, sagte Marma.

»Genau. Wir müssen alle dieses Notizbuch lesen und dann entscheiden, was wir denken.«

»Und dann blüht ihm was …« Dad hielt inne.

»Dann steht mein Wort gegen deines«, sagte ich ihm.

»Ich werde ihnen sagen, sie sollen dir nicht glauben«, gab er zurück. »*Ich* kann es auch nicht.«

Anschließend wurde es so still, als müssten selbst die Möbel diesen Satz erst mal schlucken.

Dann fragte Marma: »Das würdest du *tun*, Howard Ingle?«

»Alte Frau«, sagte er. »Ich weiß nicht, was ich alles tun könnte.«

Nancy Catherine: Es ist schon ganz dunkel und die Sterne stehen hoch am Himmel, als ich zum Gefängnis komme. Auf dem Rasen vor dem Gericht ist ein Leuchtbild mit drei weisen Männern angebracht. Sie sind ganz aus Licht, wie Konstellationen am Boden. Mein Horoskop. Was mache ich nur hier, alter Mann, Säufer und Schläger? Bin ich zurückgekommen, um mir noch mehr abzuholen? Was kannst du mir im Gefängnis antun?

Dies alles geht mir im Kopf herum, während ich Mr. Galt sage, wer ich bin.

»Sie werden schon Ihre Gründe haben«, sagt er, »aber auf so was wie 'ne Versöhnung würde ich nicht hoffen.«

Amos Garland liegt auf der Seite unter einer Decke. Seine Silhouette erinnert an eine Bergkette, aufgeworfen und zerklüftet. Mr. Galt knipst das Licht an.

»Besuch!«, brüllt er. »Bist du salonfähig?« Dann fügt er noch hinzu: »Sie kommt von weit her.«

Der Berg wälzt sich herum. »Sie können einen hier nicht auspeitschen«, sagt er. »Aber erschießen können sie einen – mit Licht.«

Ich möchte mich bemerkbar machen, aber mir fällt kein Name für ihn ein. Mein Magen ist ein kalter Stiefel, der immer nur zutritt.

Er setzt sich auf.

»Na los, sag was, Frau! Oder bist du ein Geist?«

»Ich bin Nancy Catherine«, sage ich.

»Nancy …«

»Deine Tochter. Vielleicht weißt du es nicht mehr.«

»Bei deiner Geburt hattest du eine große Klappe«, sagt er.

Wie ein Blitz durchfährt mich die Wut und reißt mir die Arme hoch.

»Schlag nur feste zu«, sagt er. »Vielleicht kriegen diese Bastarde dann Mitleid mit mir. Oder sie haben wenigstens was zu lachen. Du weißt bestimmt, dass ich vor den Richter komme. Und dass ich mich angeblich an den Ärmsten der Armen vergreife?«

»Lawanda Ingle hat mich hergeholt«, sage ich ihm.

»Oh Gott«, stöhnt er und klappt auf seiner Koje zusammen.

»Sie ist abgehauen und mit dem Bus rübergekommen.«

»Nein, nein, meine Kleine«, singt er leise, wobei er vor und zurück schaukelt, als könnte er seinen Schmerz in den Schlaf wiegen.

»Sprichst du mit Lawanda oder mit mir?«

Er hebt den Kopf. Ich sehe, was aus meinem Gesicht werden könnte.

»Yeah«, sagt er. »Warum hast du dir die Haare abschneiden lassen?«

»Ich bin nicht Lawanda!«

»Ich meine die langen Haare, die du hattest, als du klein warst.«

»Oh.«

»Und schwarz waren sie auch. Wozu hast du sie so mit Farbe bespritzt?«

Seine Worte machen mich heiser. »Ich bin achtunddreißig Jahre alt«, teile ich ihm mit.

»Sie waren so schwarz, dass ich immer gesagt habe, die Bürste ist voller Kohlenstaub davon.«

»Du erinnerst dich an mich.«

Er wirft sich in Positur, streicht sich durch den Bart.

»Erinnert sich Gott, der Herr, an Moses? Hat Moses das Gelobte Land vergessen?«

»Du kannst wohl nicht aus der Bibel zitieren, ohne dich selbst an Gottes Stelle zu setzen, oder?«

»Setz dich, N.C. Nimm den rostigen, bepissten Stuhl da.«

Das mache ich.

»Und was hast du jetzt vor? Kann dir dein alter Daddy irgendwie weiterhelfen?«

Ich lege die Hand über meine Augen, nicht weil ich weine, sondern weil ich ihm nicht ins Gesicht sehen will.

»Ich denke, ich bin hier, um deine Haut zu retten«, sage ich, »auch wenn ich selber nicht weiß, warum.«

Er spuckt aus. »Rette sie, gerb sie, mach dir ein Taschenbuch draus. Oder schneide sie in Streifen und flechte sie zu einem Ochsenziemer. ›Tod, wo ist dein Stachel?‹«

»Hat Ada Smith dir eine Predigt gehalten?«

Er schaut um sich. »Diese Wände predigen. Selbst das Abflussrohr da spricht Ermahnungen aus, aber das ist eigentlich egal. Ich kann die Heilige Schrift auswendig aus dem Unterleib.«

»Ist ja in Ordnung, solange du sie andere Leute nicht lesen lässt.«

Er ist so schnell oben, mir bleibt die Luft weg. Seine Hände fest um meinen Hals, zieht er mich auf die Füße, drückt zu, erstickt meine Stimme.

»Daddy!« Ich mache dieses jämmerliche Geräusch.

Dann stößt sein Kopf auf meine Schulter und seine Hände fallen herunter.

»Um nichts auf der Welt würde ich dir wehtun«, sagt er und tritt zurück.

»Fast hätte ich's geglaubt«, sage ich ihm, dann schreie ich nach Galt, damit er mich freilässt.

Draußen rufe ich die Ingles aus einer Telefonzelle gegenüber des Gefängnisses an. Es überrascht mich nicht, dass ich nicht mit Lawanda sprechen darf – die haben da ihr eigenes Drama –, ich muss nur sicher sein, dass ich sie morgen treffen kann. Ich muss sicher sein, dass sie, die mich hierher gebracht hat, wirklich echt ist. Es ist schon schlimm, wenn die einzige Verbindung zur Realität jemand ist, den man erst kurz nach dem Mittagessen kennen gelernt hat. Aber so ist es jetzt nun mal.

Howard sagt, es ist in Ordnung, wenn ich um vier Uhr komme. Er spricht mit mir so, als sei ich es nicht wert, dass man Worte an mich verschwendet. Er macht sich eben Sorgen um sein kostbares Töchterchen. *Solche* Daddys gibt es also auch.

Garland: Sie verlässt mich, dieser Trumm von einer Frau. Sie verlässt mich mit diesen Händen: Die haben sie gehen lassen, die haben sie gewürgt. Mein Ebenbild. All die Jahre hätte ich sie um mich haben können wie einen Spiegel.

Als Lawanda in meinem Garten auftauchte, dachte ich, ich könnte ganz von vorne anfangen. Ich dachte, ihre Haarmatte hätte den Tisch rein gewischt. Mein Gott, man schaut nie nach vorne, man schaut immer zurück. Das hätte ich wissen müssen. Meine Gedanken sind so langsam geworden wie ein Fluss, der bald zufriert. Nancy Catherine hätte mir ruhig was zu trinken mitbringen können. Das macht man so, wenn man zu Besuch kommt.

Ich habe Manieren. Sie sind irgendwo in diesem Bus – hinter den Konservendosen, glaube ich. Wie soll denn ein Mann so was in einem Bus aufbewahren? Curtis Ballard hat sie einmal mit hochgebracht. Warum, weiß ich nicht mehr. Meine Ma hat mir beigebracht, mir den Hintern abzuputzen und auf meine Ausdrucksweise zu achten, oder war es umgekehrt? Jedenfalls habe ich das all die Jahre hindurch gemacht. Als ich unten an der High School unterrichtete, hatte ich immer einen Notenständer als Katheder und ein Metall-Lineal als Zeigestock. Ich knallte das Ding gerne auf den Notenständer, wenn irgendjemandem die Augen zufielen, oder ließ es auf ihre Tische runtersausen, wenn sie einfach einschliefen.

Manche waren aber auch *dermaßen* müde. Vielleicht

schliefen sie im Hausflur, wenn alle anderen zu Bett gegangen waren. Oder sie hatten den allerersten Bus morgens um halb sieben genommen. Aber ich konnte sie einfach nicht dösen lassen. Wer jung ist, soll nicht schlafen, sonst wird er aufgefressen.

Ich hab so oft im Leben versagt. Deshalb liebe ich es, zu sehen, wie Marma mit den Flügeln schlägt. Die Alte, der Schnabel am Köpfchen des Herrgotts mit seinem Spatzenhirn. Aber sie hat noch Luft in den Knochen. Das kann man sehen. Sie mag nur ein Truthahngeier sein, aber fliegen kann sie.

Ob Lawanda so ist wie sie? Sie ist so frisch, sie hat den Boden noch gar nicht berührt, woher soll sie dann wissen, dass sie abheben könnte? Und mein Mädchen Nancy Catherine? Zu massig – sie trägt diesen Groll wie ein Schlachtschiff. »Lass Gerechtigkeit hinabkommen wie mächtige Wasserfluten.« Und wenn, würden wir dann ertrinken? In diesem Sumpf hat sich kein Wasser der Gerechtigkeit angesammelt.

Brrr, da ist die Frage. Um die müssen wir jetzt vorsichtig herumsteigen wie um das faulige Abflussrohr hier auf dem Fußboden. Oder wir lassen die Brühe auslaufen und sehen zu, wie unsere Fäulnis nach oben blubbert.

Ich bin vollkommen *klar im Kopf* und es ist schrecklich. Wenn man klar im Kopf ist, dann vergisst die Welt einem keinen einzigen Atemzug. Dann ist man nichts als Gras, das am Wassergraben wächst, oder der Himmel, der sich darüber neigt. Ich konnte nicht sehen, wie schlimm es war. Sicher, da war Blut. Das, worin wir unsere Hände wuschen.

Aber ich sagte ihm, er solle sich mal ein bisschen zusammenreißen. Wir hatten anscheinend einen langen Krieg vor uns. Und er war noch so ein Milchgesicht.

Ich wusste Bescheid über seine Mineraliensammlung, seine Heimatstadt, sein Mädchen. Ich wusste, wo die Patrone ihn getroffen hatte und was da drinnen zerrissen war. Aber man kann sich doch nicht einfach hinlegen und in einem Wassergraben sterben. Verstehen Sie, was ich sage? Er hat einfach mehr verdient. Ich hatte ihm von meinen Kindern in der Schule erzählt, wie sie »Sieben und achtzig Jahre her …« aufsagten. Das war auch ein Schlachtfeld. Was ist die Geschichte dieses Landes anderes als ein ewiges Hoffen und Schlachten? »Jede Generation hat ihren Krieg.« Ja, und diese Streifen auf der Flagge, das sind alles nur Gräberreihen; die Sterne sind die Anstecker für die Mütter, damit sie sich erinnern, wen sie an ihren Brüsten gesäugt haben.

Er hatte mir versprochen, nicht auf mir zu sterben. Und jetzt lag er da, aus seinem Mund lief Blut. Ich hielt ihn unter das Wasser. Seine eine Hand war einfach weggepustet.

Er war mein Junge. Ich weiß nicht. Delbert und meine Cardin-Kinder und ich waren irgendwo weit weg. Wenn ich doch nur seine Schreie ersticken könnte – überall Schüsse um uns herum, und trotzdem hörte ich ihn schreien: »Amos, hilf mir!« Er wusste, dass ich eigentlich mein Gewehr heben und andere Jungen kaputtschießen sollte.

»Verdammt noch mal, Canaan! Bist du endlich still!«, schrie ich und sah seine grauen Augen weiß werden. »Du Hurensohn!« Ich rüttelte ihn an der Schulter. »Hör auf! Du wirst nicht sterben!« Ich schüttelte ihn. Seine Schulterknochen fühlten sich kaum stärker an als die von Lawanda. Um das Blut wegzukriegen, drückte ich seinen Kopf unter Wasser, hielt ihn so, bis er sich beruhigt hatte. Das Wasser wurde ganz dunkel davon, und die ganze Nacht durch hielt ich ihn so, während sie ringsum Körper aus dem Graben zogen.

Er war nicht so groß wie Nancy Catherine: Canaan Zeitz aus Indiana, erster Klasse privat. Trotzdem jede Menge Blut in ihm drin. Am nächsten Morgen klebten wir aneinander. Sie sagten, er sei tot. Ich wusste, was sie meinten. Wir hatten eine Nacht zusammen im Grab verbracht und nur einer von uns war wieder rausgekommen.

Nancy Catherine: Wenn ich nicht gerade im Gefängnis gewesen wäre, hätte ich gedacht, dies hier sei der denkbar ekligste Raum: gallengrüne Wände, ein Bettüberwurf aus orangefarbenem Chenille, der Teppich gelb wie ein räudiger Hund. Eine große Nierenschale, von der man sofort Kopfweh kriegt …

Obwohl es nicht nur mein Kopf ist. Mein Herz kommt mir vor wie ein verschlossener Tresor. Ich kann kaum sitzen, so schwer ist es. Amos Garland. Der alte Mann auf meinen Schultern, all die Jahre stand er mir immer im Licht. Dieses Gesicht, vor dem ich fortgerannt bin und das mich überall ansieht. Hier ist es, in dem halb blinden Motelspiegel. Mein Vater.

Vermutlich kommt man so dahinter, dass die Erde eine Kugel ist. Lauf weit genug weg, dann kommst du nach Hause. Das sollte man mal den Yoga-Leuten erzählen.

Jetzt werde ich mich erinnern. Ohne Therapeuten, ohne jemanden, der mir hilft. Ich habe mir unten an der Straße im Drive-in Kaffee geholt. So abgestanden, dass er von der Milch grün wurde. Giftbrühe.

Geboren wurde ich, während er in Übersee war. Schon ganz früh stellte ich mir vor, wie er über dem Wasser schwebte. Über See. »Und Gott schwebte über den Wassern« oder »brütete« oder so was. War es nicht so? Jedenfalls werde ich über dem Kaffee brüten. Da! Ich kann ihn mit meinem Atem kräuseln.

Als ich ihn zum ersten Mal sah, war er neun-mal-dreizehn, eins von diesen Soldatenfotos, die einem zugeschickt wurden. Gut aussehend! Gott und Märchenprinz und Nikolaus. Bei der Army hat man ihm natürlich den Bart abgenommen, aber meine Mutter zeigte mir alte Bilder. »Sobald er wieder nach Hause kommt«, sagte sie, »lässt er ihn wieder wachsen.« Das hätten meine ersten Worte gewesen sein können: »Wenn Daddy nach Hause kommt«. Es war unser Refrain, unser Mantra. Was immer daran anschloss, bedeutete nur eines: Alles wird wieder gut. So jung kann man sein.

Ich habe nicht die Geduld dazu. Doch, ich habe sie. Ich bin schon weit gekommen. Jetzt gehe ich auch weiter: Tante Chloes Laden, dort am Oberlauf des Redbird Creek. Innendrin schien alles dunkelbraun zu sein, bis auf die Bonbons. Und, dieses eine Mal, die Flagge, die Girlanden. Keine Ballons. Gab es im Krieg keine Ballons zu kaufen?

Eine Nachbarin blieb bei uns, während Mutter und Tante Chloe zur Bushaltestelle gingen. Ich zappelte herum wie ein Wassertropfen in einer heißen Bratpfanne. Dann kam das Auto. Und meine Kindheit endete.

He, he, N.C., du hast dich aber schick gemacht.

Ich hatte vergessen, dass er mich N.C. nannte. Das hatte ich verdrängt.

Was da zur Tür hereinkam, war nicht mein Daddy – er konnte es nicht sein. Er heulte und stöhnte, er riss die Flagge runter; er sprang auf die Fässer zu, hinter denen ich mich versteckte.

»Ich hab ein neues Mädchen!«, brüllte er. »Gebt sie her!«

Ich kroch weiter nach hinten, rutschte zwischen groben

Bohnen- und Reissäcken herum. Tante Chloe fand mich. Ich hatte so viele Krinolinelagen an, dass mein Kleid nicht nass wurde, aber es gab eine kleine Pfütze. Sie zog mich einfach hoch.

»Hier ist sie, Amos«, sagte sie zu ihm, dann flüsterte sie: »Keine Angst. Er wird sich schon beruhigen. Du musst doch deinen Daddy kennen lernen.«

Sie übergab mich einem Mann, der mir vorkam wie der Riese im Märchen – nichts als Augen und Zunge und Bartstoppeln. Und er war dreckig. Ich wollte seinen Atem nicht im Gesicht haben. Ich schrie und strampelte. Er hielt mich fest im Griff. Mutter zog mich fort; da brach all meine Angst und mein Kummer aus mir heraus.

»Du bist nicht mein Daddy!«, rief ich.

Sie schleuderte mich zu Boden und gab mir eine Ohrfeige, die ich heute noch spüre.

Er beugte sich hinab und kam mit seinem Gesicht ganz nah heran.

»Und du bist keins von meinen Kindern«, sagte er. »Das hat mir gerade noch gefehlt.«

Mutter zog ihn weg und ging mit ihm fort. Die Nachbarin zog mir ein frisches Höschen an. Ich lag auf der Couch neben dem Herd unter Tante Chloes Kamelhaardecke. Immer wieder an diesem Nachmittag verabreichte Mutter mir Klapse und der falsche Daddy zischte: »Du bist keins von meinen Kindern!«

Das war unsere Begegnung.

Beim Aufwachen wünschte ich, es wäre alles nur ein böser Traum gewesen, aber meine Wange war wund und ich hatte immer noch mein Sonntagskleid an. Nachdem Daddy eine Zeit lang zu Hause war, gewöhnte ich mich an das Gefühl. Die Alpträume kommen beim Aufwachen. Das schönere Leben findet im Schlaf statt. Aber ich bekam nie genug Schlaf. Entweder wurde ich vom Streiten oder vom Weinen wach, oder wenn Daddy mit Sachen um sich warf.

Ein paar Monate später brachte Mutter ein Schloss an der Tür zu dem Zimmer an, das Ardith, Delbert und ich miteinander teilten. Abgesehen von den seltenen Zeiten, in denen Daddy Arbeit hatte, hielt sie uns dort eingesperrt. »Es geht ihm besser, wenn er euch nicht sieht«, sagte sie. Wenn wir mal raus ins Badezimmer mussten, klopften wir an die Tür. Oder sie ließ uns unseren alten Nachttopf benutzen, wenn sie mal fortgehen musste. Dabei waren wir dafür viel zu groß. Sie stellte ihn dann in den Wandschrank, damit wir uns ein bisschen zurückziehen konnten. Außerdem stanken unsere Kleider davon.

Dann wurde Mutter schwanger mit Eddie. Ich weiß nicht, was sonst geworden wäre. Ob sie dann irgendwie zusammengewachsen wären? Keine Ahnung.

Daddy wollte Mutter nicht zum Arzt gehen lassen. Zu diesem Zeitpunkt ließ er sie sowieso fast nirgendwohin gehen. Ardith und Delbert wollte er nicht zur Schule gehen lassen, aber sie waren immer schon weg, wenn er aufstand. »Ich gebe dich keinem Arzt in die Hände«, sagte er zu ihr. »Eh du dich versiehst, schneiden sie dir ein Bein ab. Außerdem – ich hab dir den Balg da reingesetzt, ich werde ihn auch wieder rauskriegen.«

Mutter sah allmählich immer blasser und magerer aus, sogar mit ihrem dicken Bauch. Ich war erst fünf Jahre alt, aber ich merkte es und es machte mir Angst. Ich weiß nicht, ob er sie da noch geschlagen hat. Manchmal hörte ich Stöhnen hinter der Wand.

Eines Morgens, nachdem sie die anderen Kinder zum Bus geschickt hatte, sagte sie mir, ich solle in mein Bett zurückgehen und sie wolle sich in Delberts legen. »Wir wollen Krankenhaus spielen«, sagte sie. Daddy schlief seinen Rausch aus, und ich hatte keine Ahnung, was sie meinte. Trotzdem tat ich, was sie sagte. In diesem Haus stellte man keine langen Fragen.

Der Vormittag verstrich und ich machte mir große Sorgen. Es roch nicht nach Kaffee. Wenn Daddy aufwachte und es gab keinen –

Da hörte ich ihn ächzen: »Nora …«

Ich steckte mir den Daumen in den Mund.

Sprungfedern quietschten. Er stand und brüllte: »Nora!«

Ich umklammerte meine Beine und Zehen. Alleine zu sein hasste er mehr als alles andere. »Daddy«, rief ich, die Army-Decke bis zum Kinn hochgezogen, »hier sind wir.«

Wie ein Klotz tauchte er im Türrahmen auf. Ich hatte meine Kleider an, ich konnte an ihm vorbei aus dem Haus rennen. Aber was war mit Mutter? Ich hatte solche Angst vor ihm, dass ich an sie gar nicht gedacht hatte.

»Wollt ihr Weiber den ganzen Tag lang faul im Bett rumliegen?«, fragte er in leichtem Ton, kam langsam herein und riss dann die Decke von Mutters Bett.

Sie war nur noch ein hechelnder Bauch. Mit einem Ruck zog er sie am Arm hoch.

»Geh in dein eigenes Bett, Schwester! Versau hier nicht die Laken der Kinder!«

Sie versuchte zu gehen, stolperte aber, krümmte sich in die Hocke und fiel dann auf den Boden.

»Es kommt«, konnte sie nur noch sagen.

Er stieß sie mit dem Fuß an, mehr nicht, aber ich sprang ihn vom Bett aus an wie eine Katze. Er schleuderte mich fort und ich krachte in die Garderobe.

»Geh, Nancy!«, keuchte Mutter. »Raus in die Küche.«

Ich setzte mich in Bewegung.

»Nein, zum Teufel!«, sagte Daddy. »Lass sie nur sehen, was im Leben auf sie wartet. Setz dich mal schön hierhin, N.C.«

Er zeigte auf das Bett, in dem sie gelegen hatte. Ich ging hin.

Mutter holte tief Luft. Dann knurrte sie. Mein Herz stieg hoch auf in meiner Brust.

»Handtücher, Amos.« Die Worte kamen zwischen Grunzern. »Im Stuhl.«

Irgendwie muss er es geschafft haben, sie unter ihr auszubreiten. Ich hatte die Augen zugekniffen vor lauter Anstrengung, mein Herz wieder abwärts zu drücken.

»Ruhig, mein Liebes«, hörte ich ihn sagen, so sanft, als sänge er ein Schlaflied. »Gleich.«

Sie machte Geräusche wie jemand, der nicht sterben will. Dann hörte man zwei Schreie, einen kurzen, flachen von dem Baby, und ein Aufheulen von Daddy: »Nein, nein, nein, nein!«

»Amos!«, rief Mutter.

Ich musste hinsehen.

Das Baby lag in Daddys blutigen Händen. Er schüttelte es, dass seine kleinen blauen, wächsernen Ärmchen flogen. »Blut!«, schrie er. »Es ist voller *Blut*!«

Er ließ das Baby auf die Handtücher fallen und rannte aus dem Zimmer, dann aus dem Haus. Ich saß da wie angewurzelt. Eine blaue Schlange ringelte sich vom Bauch des Babys bis zwischen die Beine meiner Mutter zurück.

»Wickel ihn ein, Nancy«, zischte sie. »Gib ihn mir!«

Ich gab ihr das kalte, stille Baby. Dann half ich ihr, sich zu drehen und so weit zu rutschen, dass sie sich an das Bett lehnen konnte. »Schrei!«, flehte sie. Sie nahm das Baby in die Arme und leckte ihm wie eine Katze das Gesicht ab. Immer noch kein Laut. Sie legte ihn sich in den Schoß, nahm mit einer Hand seine Füße und ließ ihn kopfüber in der Luft hängen. Dann stieß sie mit den Fingern in seinen Hals und fischte Schleim heraus.

»Wa-a-a!«, beschwerte sich das Baby. »Wa-a-a!«

Sie besah ihn sich genau von allen Seiten, dann drehte sie ihn wieder auf den Kopf. »Du bist gesund«, sang sie. »Du bist gesund.«

Ich sah ihnen zu. In mir hatte sich irgendetwas losgerissen, das schwirrte jetzt im Zimmer umher.

»Ich brauche deine Hilfe«, sagte Mutter. Ihre Stimme holte mich wieder auf den Boden zurück. »Geh in die Küche und hole die Streichhölzer und ein Messer. Du musst auf einen Stuhl klettern, mach also langsam und sei vorsichtig.«

Wollte sie ihn verbrennen? Oder aufschneiden? Wollte sie

Daddy umbringen? Mir zitterten die Hände von so vielen Fragen.

Als ich zurückkam, stillte sie das Baby. Neben ihr lag ein Haufen blutiger Handtücher. Von dort lief die blaue Schlange bis zu dem Baby.

»Jetzt ist alles geschafft«, sagte sie. Auf ihrer Wange waren Tränen. »Ach, mein Kind.«

Es dauerte eine Weile, bis mir klar war, dass sie mich meinte. Sie streckte den freien Arm nach mir aus. »Komm her.«

Ich legte das Messer und die Streichhölzer hin und ließ mich dicht zu ihr heranziehen. Sie war so groß und feucht und kühl.

»Willst du eine Decke?«, fragte ich.

»Noch nicht«, sagte sie. »Halt ihn mal einen Moment.«

Sie steckte dem Baby einen Finger in den Mund, und er fing an zu weinen, weil die Brust weg war. Dann, während ich ihn hielt, riss sie ein Streichholz an und ließ die Flamme an der Messerklinge entlanggleiten.

»Das tut nicht weh«, sagte sie und schnitt die Schlange ganz oben an seinem Bauch ab. Sie ließ gerade noch genug für einen Knoten übrig.

»Was ist das?« Die Worte entschlüpften mir einfach so. Das Baby schrie heftig.

»Die Nabelschnur«, erklärte sie. »Davon kriegt man einen Bauchnabel.«

Sie beugte sich vor und nahm mir das Baby wieder ab. Ich sah die beiden einfach nur an.

»So«, sagte sie. »Wenn du mir jetzt einen Topf mit warmem Wasser, einen Waschlappen und ein paar Handtücher bringst, dann will ich dieses Mannsbild hier mal sauber machen.«

In mir stieg die Frage auf, wozu wir noch einen Mann nötig hatten. Aber ich ging einfach hinaus in die Küche. Als ich mit dem Wasser zurückkam, bat mich Mutter, in ihrer Wäscheschublade nach einem kleinen Hemd zu suchen. Auch das tat ich. Ich legte es auf den Berg der benutzten Handtücher.

Ich sah zu, wie sie ihn wusch, Stück für Stück, während der Rest eingewickelt blieb. Er sah sie unverwandt an, als wäre ihr Gesicht Wasser und er der durstigste Mensch auf Erden.

»Und jetzt noch eines«, sagte sie und hob die Augen zu mir auf. »Ich brauche den Alkohol.« Ich wusste nicht, was sie meinte. »Das, womit ich dich eingerieben habe, als du Fieber hattest.«

»Was so in der Nase gebrannt hat?«

»Ja. Es ist im Medizinschränkchen.«

Ich zog einen Stuhl ins Badezimmer, aber das war immer noch zu niedrig, deshalb kletterte ich auf das Waschbecken. Die Tür zu öffnen war kein Problem, doch als ich das kleine Glasfläschchen zu fassen bekam, rutschte ich mit dem Fuß aus, und Halt suchend ließ ich den Alkohol los. Er fiel auf den Waschbeckenrand. Überall waren Glassplitter.

»Nancy Catherine?«

»Ich hab es fallen lassen«, sagte ich schluchzend. »Jetzt ist nichts mehr da.«

Draußen war es still. So vorsichtig, wie ich konnte, kletterte ich wieder hinunter. Wenn ich nun in eine Scherbe trat? Wenn ich nun blutete?

Ich kam gerade aus dem Badezimmer, da rief sie mich.

»Sieh nach, ob neben dem Bett deines Vaters noch etwas Whiskey ist.«

Ich wollte nicht so nah rangehen, aus Angst, die Bettdecken könnten sich plötzlich bewegen und er wäre da.

»Na los«, drängte sie.

Ich ging hinüber, als liefe ich auf einem Seil, dann rannte ich mit der Flasche zu Mutter zurück. Sie nahm sie und zuckte zusammen.

»Was für eine Taufe« war alles, was sie sagte, während sie eine Handtuchecke damit befeuchtete, und »Was für ein Vater-und-Sohn-Gespann«, während sie den Stummel der blauen Schlange damit abtupfte.

Lawanda: Da sitze ich nun in Amerikanischer Geschichte. Leute halten Referate, die sie sich aus Nachschlagewerken herauskopiert haben. Ich könnte schreien. Heute Nachmittag treffe ich mich mit Nancy Catherine. Was soll ich ihr sagen? Nicht dass ich ihr etwas zu verbergen hätte. Nur dies: Es ist nicht ganz die Wahrheit, wenn ich sage, dass Garland mich nie angerührt hat. Aber es ist nicht so, wie sie denken! Es war dieses eine Mal, als wir Schule spielten. Der Bus war sein Klassenzimmer und ich war eine seiner Schülerinnen von ganz früher: Miss Florie Adkins, Miss Reba Jarvis. Wir taten so, als wäre ich zum Nachhilfeunterricht erschienen und er müsste mit mir noch ein paar Dinge durchgehen: Grammatik, die Grundrechte, sogar Lyrik. Garland hat zu jedem Thema Bücher.

Mir hat das nichts ausgemacht. Es war komisch, aber es war auch interessant, wie Garland sich in jemand anderen verwandelte oder wieder so wurde, wie er einmal gewesen war. Doch eines Tages, als ich zu ihm kam, merkte ich, dass er getrunken hatte, und ich sagte ihm, ich könne nicht lange bleiben.

»Aber du hast jetzt hier Unterricht.«

»Klar.«

»Heute ist Lyrik dran.«

Das klang für mich so ähnlich, wie wenn Mom sagt, dass es Bohnen zum Abendessen gibt, aber ich nickte nur. Er ging nach hinten, um ein Buch zu holen, und fiel hin. Er schien nicht über irgendwas gestolpert zu sein, er sagte kein

Wort. Ich rief seinen Namen und lief zu ihm, um ihm zu helfen.

Seine Augen waren geschlossen, sein Mund irgendwo im Bart verschwunden.

»Ist alles in Ordnung?«

Keine Antwort. Ich beugte mich hinunter, legte ihm die Hände auf die Schulter und schüttelte ihn. Er blinzelte mit den Augen.

»Du bist Dornröschen und musst mir einen Kuss geben.«

»Das verwechselst du jetzt«, sagte ich und hielt ihm die Hand hin. »Der Prinz küsst *sie*.«

»Nein, so geht es nicht«, sagte er, schob meine Hand weg und zog sich an den Bussitzen hoch. »Du findest mich bestimmt widerlich.«

»Ich finde dich schön«, sagte ich. Die Worte kamen einfach aus meinem Mund.

»Dann hole ich mir jetzt meinen Kuss«, sagte er, beugte sich vor und setzte seine Lippen statt auf meine Wange auf meinen Nacken. Ich fühlte, wie mein Gesicht brannte. Garland zog eine entrüstete Miene.

»He, Lawanda, hast du denn keinen Freund?«

»Klar. Also, ein paar vielleicht.«

»Wieso wirst du dann so rot wie eine Tomate? Na los, marsch nach vorne, setz dich.«

Das tat ich, aber ich konnte ihm keine Antwort geben. Ich war nicht wegen des Kusses errötet. Sondern weil ich ihn liebte und es bis dahin nicht gewusst hatte. Nicht wie einen Jungen, sondern wie einen anderen Menschen. Deshalb konnte ich ihn auch schön finden.

Wir sitzen im Bus niemals nebeneinander. Zum Unterrichten sitzt Garland auf Pater Connors Platz hinter dem Fahrersitz und ich sitze auf dem von Mr. Ballard. So sitzen wir uns gegenüber und können uns das Buch hin- und herreichen.

»Pass auf«, sagte Garland. »Das hier ist ein Sonnett.«

»Was war das noch mal? Ich hab's vergessen.«

»Miss Florie, du hast ein Gedächtnis wie Butter. Ein Sonnett ist ein Gedicht nach einem bestimmten Schema. Hör zu. Das ist Old Willie, Nummer neunundzwanzig:

Wann, von der Welt Aug' und vom Glück verschmäht,
Einsam ich jammr' um mein verworfen Teil,
Zum tauben Himmel schrei unnütz Gebet,
Und mich betracht und fluche meinem Heil,

Wünsch andern gleich mich, so im Hoffen keck,
So wohlgestalt, umringt von Freunden so,
Begehre dieses Kunst und jenes Zweck;
Des ich zumeist genieß, am mindsten froh

In den Gedanken, mich verachtend ganz,
Sieh, denk ich dein mein Leben, wie empor
Die Lerche steigt beim ersten Tagesglanz

Vom düstern Grund, jauchzt laut am Himmelstor.
Der Lieb' Erinnrung macht mich reich und groß,
Dann zu verschmähn den Tausch mit Königslos.

Wenn ein Lehrer in der Schule Gedichte durchnimmt, dann kommt es einem immer so vor, als sei das etwas, was man in hunderttausend Jahren nicht kapiert. Die Worte sind alle dicht zusammengedrängt und lassen einen nicht hinein. Wenn Garland vorliest, dann klingt es wie ein Garten, und seine Stimme öffnet das Tor. Deshalb wurde ich traurig von Old Willies Gedicht – ich dachte an Garlands erbärmliches Leben und wie er sich selbst hasste. Aber das sagte ich nicht. Ich sagte nur: »Das handelt nicht von dir. Da stand ›am Minzen froh‹, aber du trinkst gar keinen Pfefferminztee.«

Beide sahen wir in Richtung Bus zwei, wo er seine Flaschen aufbewahrte.

»Das bedeutet nicht *Pfefferminze*. Das bedeutet *am mindesten froh*, also sozusagen unfroh.«

»Ach so.«

»Verstehst du jetzt, wie das funktioniert?«

Er reichte mir das dicke, grüne Buch. Ich versuchte die Worte nun für mich alleine zu lesen, aber ich hatte die ganze Zeit feuchte Augen. Schließlich tropften ein paar Tränen auf die Seite.

»Du bist ein guter Vorleser«, sagte ich.

»Und du bist mir eine jämmerliche Schülerin, wie du da in mein Buch heulst!« Er schnappte es sich aus meinem Schoß und schlug es zu.

»Aber –«

»Geh, Lawanda. Geh hier weg. Ich will dein dummes Gesicht heute nicht mehr sehen.«

»Aber Garland –«

»Die Stunde ist um. Geh!«

Meine Tränen waren fort und ich war wütend, aber Garland stand über mir wie eine drohende Gewitterwolke und ich wollte den Ausbruch des Sturms nicht abwarten. Ich hielt den Mund und ging. Als ich am Kornfeld vorbei und schon fast auf meinem Pfad war, lehnte er sich aus dem Bus hinaus.

»Noch was von Old Willie«, rief er und schwenkte das Buch. »›Lieber bleibe ich mit Käse und Knoblauch in einer Windmühle!‹«

»Mach's gut, du verrückter alter Mann!«, rief ich und tauchte über den Bergkamm ab ins Tal. Verrückt, aber auch gemein, dachte ich. Keine Ahnung, was ich eigentlich an ihm finde. Und wer ist schuld daran?

Inzwischen ist mir klar, dass das eine unheimliche Frage ist. Ich bin diejenige, die seinen Berg hinaufwanderte.

N**ancy Catherine:** Eigentlich war ich um vier Uhr mit Lawanda verabredet, aber dann klingelte um halb vier das Telefon im Motel.

»Mom meint, du könntest doch auch herkommen und mit mir reden und dann zum Essen bei uns bleiben«, sagte Lawanda.

»Gern«, sagte ich. »Ich esse zwar kein Fleisch, aber – ja, warum nicht.« Murmelnd suchte ich nach Worten. »Hör mal, Lawanda, wie wär's, wenn ich dich abhole und dann fahren wir hierher oder machen eine kleine Tour oder so? Ich glaube, wir müssen ein bisschen für uns alleine sein.«

»Bleib dran.«

Schritte, Stimmen.

»Mom sagt, das wird spät, aber sie wartet dann mit dem Essen bis halb sieben.«

»Ich bin gleich da.«

»Brauchst nur zu hupen« , sagte Lawanda.

Sie stand auf der Veranda, als ich kam, und mit wehenden Haaren lief sie die Treppe hinunter. Sie trug alte Jeans und ein schwarzes Sweatshirt mit abgeschnittenem Bündchen.

»Du siehst krank aus«, sagte sie beim Einsteigen.

»Lebenskrank«, sagte ich. »Deshalb bin ich verspätet.«

Sie schauderte und betrachtete ihre Hände im Schoß. »Du warst bei Garland?«

»Meinem Vater? Ja, war ich.«

»Wie geht es ihm?«

Wir waren jetzt schon wieder auf der Straße, fuhren aber nicht in Richtung des Motels.

»Zeig mir, wie ich zu seinen Bussen komme. Er möchte, dass ich dort nach dem Rechten sehe.«

Die Lüge kam ganz automatisch, wie eine Tür, die sich öffnet, wenn man auf sie zugeht.

»Ich kann's dir zeigen«, bot Lawanda an, »aber ich selbst sollte wohl besser nicht da hingehen.«

»Und wie soll ich dann wissen, ob irgendwas verändert ist, wenn ich alleine gehe?«

»Ich weiß nicht, aber Mom und Dad sind jetzt schon so –«

»Sei kein Frosch, Lawanda! Du bist fünfzehn Jahre alt und er sitzt im Gefängnis. Wenn ich hinkann, kannst du's auch. Für mich ist es viel gefährlicher als für dich.«

Sie starrte mich nur an. Wir fuhren weiter. Alles war grau, grau – der Himmel hatte dieselbe Farbe wie die Fahrbahn und wie die farblosen Gebäude.

Schließlich sagte sie etwas. »Am Slusher's Market geht es nach rechts. In die Hallspoint Road.« Und, nach einer Pause: »Was hat die Rechtsanwältin gesagt?«

»Ich habe sie nicht angerufen.«

»Warum nicht?«

»Ich weiß nicht, ob ich ihn überhaupt rauskriegen will.«

»*Was*?« Sie fuhr auf ihrem Sitz herum. Ich rechnete schon damit, dass sie mir ins Lenkrad griff, aber das tat sie nicht. Ich atmete auf. »Aber dafür bist du doch *hier*. Ich wäre doch nicht zu dir gekommen, wenn –«

Sie machte mich wütend.

»Du kannst nicht alles unter Kontrolle haben. Schon mal

gemerkt? Jetzt beruhige dich und sag mir, wo ich abbiegen soll.«

»Noch um diese Kurve«, sagte sie. »Dann kommt rechts eine Schulbushaltestelle. Daneben ist die Ausfahrt.«

Ich folgte der Beschreibung. Hinter der Bushaltestelle kam ein Bahngleis und dahinter fing der Berg an. Gott sei uns gnädig, dachte ich und war über mich selbst erschrocken – oder über die Stimme meiner Mutter, die immer noch so laut durch meinen Kopf ging.

»Da oben sind sie«, sagte Lawanda und zeigte über die Straße. Ich sah nichts als einen steilen, grasbewachsenen Berg. Wir stiegen aus, überquerten die Straße und kletterten.

Lawanda ist eine regelrechte Bergziege. Sie war schon oben am Horizont, als ich gerade einen gewissen Zickzackkurs entwickelt hatte. Einen Weg gab es nicht.

»Nicht so schnell!«, rief ich, schon völlig außer Atem. Sie rannte oben auf dem Bergkamm hin und her, als wäre das Stillstehen nie erfunden worden. Als ich auf ihrer Höhe angekommen war, wurde der Berg flacher und ich konnte den vertrockneten Garten und die rostigen Busse erkennen. »Die alte Heimstätte«, sagte ich, und mir schoss die Galle so stark in den Mund, dass ich direkt auf die Erde ausspucken musste.

»Komm mit«, sagte Lawanda und marschierte mit den Händen in den Taschen voraus.

Die Busse waren dicht hintereinander geparkt, Front an Heck, mit kaum drei Fuß Zwischenraum.

»Das ist Bus eins«, sagte sie und wies auf das ältere Gefährt, den Schulbus. Er war ringsum mit Betonblöcken abgestützt, während der Stadtbus zwei Räder besaß. Lawanda ging nicht näher heran. Ich ging an ihr vorbei und stieg die Metallstufen hinauf.

Mein Mund wurde so trocken, wie er zuvor feucht gewesen war; mein Herz raste. »Ich glaube es nicht«, hörte ich mich sagen. Nur hinten war es unordentlich, wo die Einbrecher ihr Feuerchen gemacht hatten. »Hast du das hier für ihn zurechtgemacht?«

»Was?«

»Hast du hier für ihn aufgeräumt?« Ich konnte es nicht fassen. Die Bücherreihen auf den Sitzen, die Landkarten, die sich über die Wände spannten, die Mühe, die in allem steckte.

»Natürlich nicht!« Lawanda zog mich am Arm herum, so dass ich sie ansehen musste. »Du glaubst, Garland würde zulassen, dass ich an seine Sachen gehe? Du denkst, ich hätte hier Hausfrau gespielt?«

Der Wind wirbelte ihr Haar in alle Richtungen und auf ihren Wangen waren rote Flecken.

»Ich weiß es nicht, Lawanda. Ich weiß nicht, was du gemacht hast. Darüber wollten wir ja sprechen.« Ich folgte ihr die Stufen hinab und hinüber zu Bus zwei. Das trockene Gras wisperte und raschelte.

»Aha!« Ich hörte die Befriedigung in meiner Stimme, als ich den gewohnten Saustall entdeckte. Die Umgebung war eine andere, aber der Anblick, der sich hier bot, zeigte das, was mein Vater immer zustande brachte: Chaos, Ödnis, Dreck.

»Fest verschlossen«, vermeldete ich, in der Hand das schwere, kalte Vorhängeschloss. »Hier gibt es nichts mehr für uns zu tun. Lass uns ein warmes Plätzchen zum Reden suchen.« Ich zitterte, ich war durch und durch erschüttert. Lawandas Gesicht war ebenfalls fest verschlossen.

»Okay«, sagte sie und marschierte sofort los in Richtung Tal.

Ich sah noch einmal kurz zurück, bevor ich mich auch in Bewegung setzte. Die Busse standen im Gegenlicht vor einem Himmel, der langsam rot wurde.

Lawanda: Beim Absteigen dachte ich an das Gespräch, das vor uns lag. Nancy Catherine wollte von mir etwas über Sex hören. Es war so blöde. Seit meiner Aufklärung habe ich kaum was über Sex dazugelernt.

Mom hat mir gar nichts erzählt. Ich meine nicht, als ich richtig anfing erwachsen zu werden; ich meine vorher, als ich zum allerersten Mal merkte, dass Noonie dieses kleine Ding außen hängen hatte, wo bei mir eine kleine Falte nach innen ging. »Warum?«, wollte ich wissen.

»Pscht, Lawanda«, war alles, was Mom sagte, und dabei blieb es. Ich erhielt alle Informationen von Abby Trosper. Es war dieselbe Frage, aber inzwischen waren wir acht und ich ging anders an sie heran.

»Warum können Jungs im Stehen pinkeln?«

»Weil sie so eitel sind, dass sie auf alles stolz sind, sogar auf ihr Pinkeln.«

»Aber warum sind sie anders als wir?«

»Mensch, Lawanda, das weißt du doch.«

»Nein, weiß ich nicht.«

»Klar weißt du das. Das weiß jeder.«

»Na gut, dann sag es mir.«

»Weil sie arbeiten gehen und an komischen Orten pinkeln müssen, wo sie sich lieber nicht hinsetzen wollen.«

Kichernd fielen wir uns in die Arme, draußen hinter der Nissenhütte von Peggy Parsees dritter Klasse.

Aber ich wusste, dass Abby noch mehr wusste.

»Wieso steht es bei den Jungs ab und bei uns geht es rein?«

»Lawanda, du sagst aber schweinische Sachen. Meine Mama würde dir den Mund mit Seife auswaschen.«

»Das ist mir egal. Sag's mir.«

»So was weiß ich doch nicht.«

»Doch, tust du. Ich weiß es von Janie. Sie sagte, ich soll dich fragen, weil deine Mutter mal Krankenschwester war.«

»Janie findet sich wohl sehr schlau«, sagte Abby und rührte mit ihrem Pferdeschwanz-Haargummi im braunen Pfützenwasser herum.

»Das ist sie auch«, sagte ich.

»Schlau ist, wer sich schlau benimmt.«

»Du meinst wohl *hübsch*. Hübsch ist, wer sich hübsch benimmt.«

»Mit schlau ist es aber genauso«, beharrte Abby, deren gelbes Haargummi nun bernsteinfarben war. Ihre Sommersprossen leuchteten wie Sonnenpunkte. »Janie findet sich so schlau, dass sie schon wieder dumm ist.«

»Los, Abby. Sag schon.« Ich wusste, dass sie Zeit schinden wollte und darauf wartete, dass Miss Parsee die Glocke läutete.

»Du weißt nicht, wo die Babys herkommen?«, fragte Abby entrüstet.

»Von Gott?«, fragte ich. Das sagte Marma immer.

Abby hielt sich vor Lachen den Bauch, sie johlte und sagte wieder und wieder: »Von Gott«, kichernd und prustend, als sei das der beste Witz des Jahrhunderts. Schließlich griff ich sie an den sonnenverbrannten Schultern und schüttelte sie heftig.

»Das ist nicht witzig. Du sagst es mir jetzt!«

Und das tat sie.

Ihr erhitztes Gesicht wurde grau und ihre blauen Augen wurden kalt, dann spuckte sie es aus: »Er muss es in dich reinstecken – sein Ding. Da rein, wo bei dir das Loch ist. Und davon kommen die Babys.«

Ich starrte sie an.

Es läutete. Entweder sie irrte sich oder ich musste sterben.

Abby sah aus, als sei ihr übel. Ihre kleine Nase und ihr Mund zogen sich in ihrem Gesicht zusammen.

»Du stinkst, Lawanda Ingle!«, schrie sie. »Ich hasse dich!«

»Nimm beim Slusher's Market die andere Abzweigung«, sagte ich Nancy Catherine. »Direkt hinter der Brücke ist ein Café.«

Für jemanden, der so groß ist – oder vielleicht auch, weil sie so groß ist – kann Nancy Catherine manchmal irgendwie geschrumpft aussehen. Sie fuhr sich mit der Hand durch ihren Haarschopf, wohl um sich etwas aufzuplustern, aber sie sagte nichts.

Sie trank Kaffee, ich eine Cola. Wir saßen in einer Nische neben den Toiletten.

»Meine Verdauung hat dichtgemacht«, sagte Nancy Catherine.

Zugedreht? Fragte ich mich, so, wie sie uns manchmal das Wasser abstellen? Ich rührte in meiner Cola. Ich liebe es, wenn das Eis ganz oben schwimmt.

Ich wartete. Erst dachte ich, ich würde einfach immer weiter warten, aber das Gewicht dieser Schultern mir gegenüber zog dann doch die Frage aus mir heraus: »Was ist passiert?«

»Ich bin im Sumpf meiner Kindheit versunken.«

»Wie bitte?«

»Du kannst einen Menschen nicht in die Gegenwart zurückholen, Lawanda. Als du mich holen kamst und als ich einwilligte mitzukommen, war ich nur auf die Vergangenheit gepolt. Und das macht keinen Spaß.«

»Oh.«

Sie rührte Zucker in ihren Kaffee, nahm einen Schluck und verzog das Gesicht. Dann stützte sie die Stirn auf den Handrücken und fing an, ein verschüttetes Häuflein Zucker auf dem Tisch hin und her zu schieben. Mit einem neuen Ton in der Stimme sagte sie: »Ich wüsste gerne, warum er zu dir so gut war und zu mir so gemein.«

»Aus Einsamkeit?«, schlug ich vor.

»Er hat es immer gehasst, allein zu sein.«

»Aber genau das hat er sich ausgesucht.«

»Hat er dich jemals geschlagen?«

Das fühlte sich an, als hätte *sie* mich geschlagen. »Natürlich nicht! Glaubst du, dann wäre ich noch mal hingegangen?«

»Haben wir immer gemacht.«

Mir war kalt, auch wenn es im Café stickig war. Mein Daddy würde uns niemals schlagen. Wenn ich eine Tracht Prügel bekommen hatte, dann von Mom.

»Das tut mir Leid«, sagte ich.

»Hat er dich je geküsst oder herumgestoßen oder berührt?«

Das hatte ich erwartet. Ich hatte die Sache gut durchdacht und beschlossen, dass ich meinen Kuss nicht hergeben wollte. Irgendwie würde er sich in etwas anderes verwandeln, wenn ich laut darüber sprach, wenn Nancy Catherine es hörte. Aber ich schwieg zu lange.

»Na los, Lawanda. Was ist passiert?«

»Ein einziges Mal hat er mich geküsst, das war alles und es war nicht so, wie du denkst. Wir haben nur gespielt.«

»Klar.«

Der Unterton in ihrer Stimme machte mich wahnsinnig.

»Hör auf! Du hast ja keine Ahnung, wovon du sprichst.« Und ich erzählte ihr vom Schulespielen. Sogar das Weinen in sein Buch ließ ich nicht aus.

»Und er hat dich fortgejagt?«

»Ja.«

»Das wundert mich. Hör zu, Lawanda, du hast da oben neben einem Pulverfass mit Streichhölzern gespielt. Es ist ein Riesenwunder, dass du hier sitzt und noch heile bist.«

»Du doch auch«, sagte ich.

»Yeah, aber mich wieder zusammenzuflicken, das ist ein harter Job.«

»Marma sagt, es kommt vom Beten.«

»Was?«

»Dass nicht alles in die Luft geflogen ist.«

»*Ihr* Gebet?«

»Nein, Garlands.«

»Daddy? Beten?« Sie lachte künstlich.

»Nicht so, dass man was davon sieht. Marma sagt, Beten ist alles, was in Gottes Richtung geht.«

»Ich glaube nicht, dass Amos überhaupt in Gottes Richtung *geboren* wurde.«

»Wie abartig, so etwas zu sagen!«, schnauzte ich sie an, aber ihr Gesicht war so schmerzerfüllt, dass ich es wieder zurücknahm. »Hast du deine Großeltern gekannt?«

»Nicht die Garlands. Sein Vater kam im Bergwerk um und seine Mutter legte sich mit gebrochenem Herzen nieder. Sie starb ungefähr sechs Monate nach ihm. Aber ich kannte meine Großmutter Sturgill. Sie lebte bei Onkel Wick: eine große Frau, hatte acht Kinder. Ziemlich urig.«

»Und Mr. Sturgill?«

»Ich glaube, er lief weg. Genau habe ich das nie gewusst. Du weißt ja, wie das hier ist. Er hätte auch auf dem Acker tot umfallen können.«

»Jeder stirbt einmal«, teilte ich ihr mit. »Nicht nur hier.«

Nancy Catherine betrachtete ihren Kaffee. Immer noch überliefen mich Kälteschauer.

»Es geht mir um alles, was stirbt und kein Begräbnis bekommt.«

»Wie?«

Plötzlich waren eine Menge Leute hereingekommen. Der Grill lief auf Hochtouren, die Heizlüftungen rauschten. Ich konnte fast nichts verstehen.

»Wenn ein ganzer Mensch stirbt«, fing Nancy Catherine an, »dann merken wir das und machen eine Beerdigung. Auch, wenn ein Mensch einen anderen Menschen komplett umbringt. Das nennen wir Mord. Aber wenn du allmählich stirbst, merkt das niemand. Bring einen Menschen einfach in Raten um, und keiner schert sich einen Dreck darum.«

»Wie alt warst du, als du von deinem Vater fortgegangen bist?«

»Acht«, sagte sie. »Und fünfzig.«

»Und hast du dich seitdem verändert?«

»Das hoffe ich.«

»Meinst du nicht, er hat sich auch verändert?« Meine Augen begannen zu brennen. Ich biss mir auf die Lippe. »Ich kenne den Menschen nicht, den du eine Art Mörder nennst. Der Garland, den ich kenne, ist verletzt und manchmal wütend, aber er zieht sich so schnell zurück, dass er niemandem wehtut.«

»Schwer zu glauben«, sagte sie. »Mein Vater zog sich immer erst zurück, wenn er mich bluten sah.«

»Er ist ein alter Mann«, erinnerte ich sie. Die Tränen lauerten in meinem Hals wie eine Faust. »Er ist nicht mehr so. Vielleicht hat er genug gesehen.«

Nancy Catherine leerte ihre Tasse. Mein Glas war noch immer voll.

»Was willst du denn?«, fragte sie.

»Ich will, dass er rauskommt«, sagte ich. Von den Tränen fühlte ich mich ganz dumm. »Ich will, dass du ihn liebst. Ich will, dass er nach Hause kommt.«

Marma: Mit Howard Ingle ist nicht zu reden. Er hat nur Sex im Kopf und hört kein einziges Wort, wenn ich mit ihm rede. Manche Männer sind so: Ganz egal, ob sie auf Sex aus sind oder ob sie ihn verteufeln – für sie besteht die Welt nur aus dem Loch zwischen den Beinen.

Ich ging zur Reinigung, um mit Howard zu reden. Wegen June wollte ich lieber nicht zu ihnen nach Hause kommen. Sie regt sich über ihren Mann auf, weil er sich genau wie sie über Lawanda aufregt. Das macht mir Sorgen.

Mr. Ballard schickte mich nach hinten in den Heizungskeller, weil Howard dort gerade nicht wegkonnte. »Wer hat *dich* denn hier reingelassen?«, war seine ganze Begrüßung.

»Du solltest dich langsam abregen, Howard Ingle«, sagte ich. »Komm mal wieder zu dir.«

»Marma«, sagte er mit zusammengebissenen Zähnen, so als hielte er mühsam seine Wut dahinter zurück, »du hast absolut keine Ahnung, worum es hier geht.«

»Ach so, du meinst, ich habe meine Kinder nur durch Händchenhalten bekommen?«

»Herrgott noch mal!« Er wischte sich das Gesicht ab. Wo kein Rußstaub auf ihm lag, war er schweißgebadet. »Hau einfach ab mit deinen Federn und deiner dreckigen Phantasie.«

»Sie ist nicht dreckig! Ich bin gekommen, um dir das zu sagen. Mann und Frau – das ist so rein wie die Erde.«

Er drehte sich um und spuckte mir ausgiebig vor die Füße. »Du denkst, Lawanda und der alte Mann –«

»Nein, das denke ich nicht, Söhnchen, und genau das versuche ich die ganze Zeit zu sagen. Er hat nie die Hand an sie gelegt. Ich war da oben –«

»Einmal!« Er sah mich kurz an. Er kontrollierte gerade die Messgeräte.

»Und ich weiß, was ich gesehen habe und wie es war.«

»Warum redest du dann über Sex?«

»Weil du an nichts anderes denkst! Und für dich ist alles schmutzig, was damit zu tun hat –«

»Verdammt noch mal!« Er geriet allmählich in stärkere Wallung als der Heizungskessel.

»Ja, das tust du. Für dich und June findest du es schön, aber sobald es außer Haus stattfindet, ist es schmutzig für dich. Deshalb kannst du den Gedanken nicht ertragen –«

»Marma!« Er stieß eine Schaufel in den Kohlenberg. »Geh hier raus!«

»Ich geh ja schon, aber –«

»Jetzt!« Er hob die Schaufel und richtete sie auf mich. Ich nahm den Hinterausgang.

Was also blieb mir übrig, als es mit Garland zu versuchen? Da ist zwar mehr Morast, aber vielleicht ist sein Tümpel etwas tiefer. Bei meinem Anblick schüttelte Galt den Kopf.

»Der will sich keine Predigt anhören.«

»Heute ist kein Sonntag«, sagte ich.

»Weiberpfaffen machen da keinen Unterschied, hab ich gehört.«

Ich sehe ihm ins Gesicht, ein Sandsack, der geradezu nach der Faust schreit. »Zeig mir den Weg«, sagte ich.

Garland sah von seinem Feldbett zu mir auf. Er war beängstigend blass und erschöpft.

»Na, was hat die Katze uns da angeschleppt«, begrüßte er mich. »Ada – Lawandas Marma – Smith.«

»Wenigstens bin ich keine tote Ratte«, gab ich zur Antwort.

»Ich auch nicht. *Noch* nicht.«

»Dann lass uns eins und eins zusammenzählen, solange wir noch am Leben sind.«

»Hey, hey, Feder. Wird nicht erst abgerechnet, wenn man kalt und steif ist?«

»Ich habe nicht von Abrechnung gesprochen.«

Er wies auf einen Stuhl. Ich zog ihn näher an sein Feldbett heran und setzte mich.

»Wenn du hierher kommen kannst, kann ich wohl auch zuhören. Aber pass auf. Die Wände haben Ohren.«

»Lass sie zuhören. Bis jetzt hat keiner die Wahrheit gehört.«

»Worüber?«

»Über dich und mein Enkelkind. Hat dich irgendjemand gefragt?«

Er lehnte sich an die Wand zurück, schloss die Augen und seufzte.

»Keine Seele«, sagte er.

»Ist das nicht verrückt?«

Er machte die Augen nur einen Spaltbreit auf. »Ich weiß es nicht, Marma. Wenn man eine Weile hier ist, kann man schwarz und weiß nicht mehr auseinander halten.«

»Weißt du, wer Howard Ingle ist?«

»Ja.«

»Also, wegen deinem Schrieb, von dem Galt erzählt hat, rast der herum wie von der Tarantel gestochen.«

»Es ist ein Notizbuch. So was wie ein Tagebuch.«

»Was auch immer darin über Lawanda steht – Howard Ingle hält das für die Wahrheit.«

»Ich wünschte, ich hätte einen richtig spitzen Federhalter, dann würde ich Galt damit die Kehle aufschlitzen.«

»Aber er wird keine Tinte bluten«, erinnerte ich ihn.

Amos setzte sich auf. »Was soll das denn heißen?«

»Ich denke mir, du bist jemand, der nicht gerne Blut sieht.« Das war etwas, was ich einfach wusste.

Er stand auf und ballte die Fäuste. Dann ging er an die Gitterstäbe. »Mach weiter.«

»Was ist geschehen, Amos?«

»Ich war gut zu Lawanda, respektvoll, wie zu meiner eigenen Tochter.« Er lachte. Das Geräusch tat weh. »Nein, mein Gott. Ich war besser. Frag Nancy Catherine. Ich habe Lawanda nie etwas getan. Ein paar Mal hab ich sie weggeschickt. Das war alles.«

»Und was du geschrieben hast –«

»Das ist meine eigene Sache! Das bin ich, *innendrin*, nichts von der Welt draußen. Wie fändest du es denn, Marma –« er beugte sich vor und griff mich am Kragen –, »wenn jemand dir die Gebete aus dem Mund nähme und sie in der Zeitung abdruckte?« Er zog mich näher heran, so dass wir fast mit der Stirn zusammenstießen. »Und wenn er dich dann anklagte, weil du das Falsche willst, oder zu viel, und weil du eine jämmerliche alte Frau bist?«

Ich hob eine Hand zu seiner Schulter und er ließ mich los.

Mein Kleid war vorne völlig verknittert. Ich kramte nach meinem Mitbringsel.

»Du müsstest dich mal sehen«, sagte er.

Ich gab ihm die gesprenkelte Feder.

»Wenn sie mir heute die Gebete aus dem Mund nehmen, werden sie auf deinen Namen stoßen.«

N**ancy Catherine:** »Okay, Lawanda«, sagte ich, »ich höre. Was der alte Mann seinen Kindern auch angetan hat, es war nie was Sexuelles. Keine Ahnung, ob das irgendwas für dich beweist, aber …«

Sie nickte und putzte sich mit ihrer Serviette die Nase. Ich wechselte das Thema.

»Wir sollten langsam mal zu diesem Abendessen fahren. Was meinst du, was deine Mutter gekocht hat?«

»Fleischkäse«, sagte Lawanda, als wir zur Tür hinausgingen. »Steckrüben«, als sie um das Auto herumging. »Kartoffelbrei«, als sie einstieg. »Gemischter Salat«, als sie sich setzte. »Gestürzte Ananastörtchen«, als sie sich nach vorne beugte, das Haar hob und es über die Rücklehne fallen ließ.

»Das hört sich an, als hättest du es von einem Speiseplan abgelesen«, sagte ich.

»Hab ich auch. Er hängt am Kühlschrank.«

»Jeden Tag?« Das war erstaunlich.

»Immer für eine Woche. Mom sagt, wenn er nicht da hängt, denkt sie den ganzen Tag drüber nach, was sie uns kochen soll.«

»Und er ändert sich nicht, wenn ihr Besuch habt?« Ich war neugierig.

»Die Törtchen sind noch dazugekommen.«

»Aha.«

Anschließend waren wir still, bis wir zu Lawandas Haus kamen. Ihr Dad machte uns die Tür auf.

»Rein mit dir, mein Mädchen«, sagte er und gab ihr einen

Klaps auf die Schulter. Dann sah er mich an. »Kommen Sie nur. Fühlen Sie sich wie zu Hause.«

»Bitte nennen Sie mich Nancy Catherine«, sagte ich.

»Gerne. Ich heiße Howard, und June ist –«

»Kommt doch rein«, rief June aus der Küche. »Essen steht schon auf dem Tisch.«

Auf einmal war das Zimmer voller Leute und alles war furchtbar adrett und ordentlich. Lawanda setzte Jeff an seinen Platz, während ihre Mutter den Fleischkäse aufschnitt. Sie hielt gerade lange genug im Schneiden inne, um »hallo« zu mir zu sagen und mit dem Messer auf meinen Stuhl zu deuten.

Der Fleischkäse sah ganz gut aus, falls man gerne tote Kühe isst.

»Ich esse leider kein Fleisch«, sagte ich.

»Ach du liebe Zeit –«, fing June an.

»Kein Problem, wirklich. Ich wollte nur nicht, dass du denkst, dass ich dein Essen nicht mag.«

»Und, magst du es?«, fragte Dessie. Sie hatte glattes, rabenschwarzes Haar und sah aus wie eine kleine Besserwisserin.

»Dessie!« Howard Ingle klang enttäuscht. »Benimm dich!«

»Ich weiß es nicht«, sagte ich. »Ich habe schon so lange keinen Fleischkäse mehr gegessen.«

An diesem Punkt wurde die Unterhaltung unterbrochen. Die Hintertür ging auf und ein großer schlaksiger Junge stürmte herein. »Wasch dich, Ray. Du bist spät dran«, sagte June zu ihm.

»Training«, sagte er.

»Junior Basketball«, sagte Lawanda zu mir.

Kurz darauf war er wieder da und wir saßen alle am Tisch, während Howard ein belangloses Tischgebet sprach. Dann wurden die Teller herumgereicht und es gab höfliche Konversation. June bemühte sich angestrengt um meine Aufmerksamkeit, und Howard bemühte sich angestrengt darum, nicht die Nerven zu verlieren. Lawanda schien das alles nicht zu berühren. Mich dafür umso mehr. Schließlich wagte ich den Sprung ins kalte Wasser.

»Ich weiß nicht, wie wir wieder aus dem Schlamassel rauskommen sollen, in das mein Vater uns reingezogen hat«, sagte ich.

»Lawanda hat *dich* reingezogen«, betonte Howard.

»Da ist was dran, aber ich bereue es nicht.« Log ich? »Ich musste zurückkommen«, sagte ich, »und von alleine hätte ich es nie gemacht.«

June nickte. Lawanda schob den Kartoffelbrei noch zwei Zentimeter weiter von ihrem unberührten Fleischkäse fort. Vielleicht drang nun doch etwas zu ihr durch.

»Wir sollten Garland da rausholen«, sagte Lawanda, »und dann kannst du nach Hause fahren.«

»Still!«, befahl Howard.

Das erschreckte Jeff und er stieß sein Milchglas um. Lawanda sprang auf.

»Warte, bis die Kinder fertig sind, Howard«, riet June. »Ich schicke sie gleich mit dem Kuchen auf die Veranda.«

Ray schlürfte langsam sein Essen in sich hinein, Dessie schmollte und Jeff trödelte, aber irgendwann waren sie fort.

»Gott sei uns gnädig«, sagte June.

»Was soll das denn?«, wollte Howard wissen.

»Du hast den Segen über das Essen gesprochen, da kann ich doch wohl unser Gespräch segnen.«

Sie sahen einander an.

»Ja, das ist nur fair«, stimmte er zu.

»Soweit ich Mr. Galt verstanden habe«, begann ich, »wurde mein Vater offiziell wegen Erregung öffentlichen Ärgernisses und Widerstand gegen die Staatsgewalt festgenommen. Das wird aber am Montag, wenn sich das Gericht trifft, wieder aufgehoben. In Wirklichkeit halten sie ihn fest, um dir die Gelegenheit zu geben, ihn wegen Lawanda anzuklagen.«

»Was?« Lawandas Körper hob sich zusammen mit ihrer Stimme; beide vom Staunen hochgerissen.

»Das stimmt und das wusstest du auch«, sagte ihr Daddy. »Ich habe es dir selbst erzählt. Jetzt setz dich wieder hin.«

»Hast du dir einen Anwalt genommen?«, fragte ich.

Alle starrten mich an.

Endlich sagte Howard etwas. »Ich dachte, das wäre die Sache des Sheriffs.«

»Nicht bevor du Anzeige erstattest. Und dazu brauchst du eine Zeugenaussage –«

»Wir haben dieses Notizbuch!« Howard schlug mit der Faust auf den Tisch.

»Ich bin mir nicht sicher«, sagte ich ihm, »aber ich glaube, das reicht als Beweis nicht aus.«

»Hat dir das dein Anwalt gesagt?«

»Ich habe keinen gefragt.«

»Warum nicht?«

»Weil sie nicht weiß, ob sie Garland wirklich frei haben will«, warf Lawanda ein.

»Zum Teil«, gab ich zu. »Aber ich muss auch erst einmal einen Anwalt *finden.*«

»Ich dachte, in Louisville gäbe es niemanden ohne einen Anwalt«, sagte June.

»Na ja, ein paar schon.«

»Moment mal«, sagte Howard und wandte sich mir zu. »Warum willst du ihn nicht frei haben? Er ist dein eigener Daddy.«

»Genau darum«, sagte ich. »Ich habe Angst vor ihm.«

»Seht ihr!« Sein Arm schoss vor, der Finger stieß zu, als wolle er meinen Satz aufspießen. »Sein eigenes Fleisch und Blut, eine erwachsene Frau, die noch nicht einmal hier lebt, hat Angst vor ihm. Deshalb müssen wir ihn eingesperrt halten.«

»Sie hat Angst vor der *Vergangenheit*«, fuhr Lawanda ihn an. »Etwas, was schon passiert ist! Und ich weiß nicht, wovor du Angst hast. Ich habe Angst, dass Garland stirbt, eingesperrt an einem Ort, wo man noch nicht mal einen Hund halten würde!« Und sie stand auf und ging zur Hintertür hinaus.

Ich wollte ihr nach.

»Lass sie«, sagte June. »Sie muss sich abkühlen.«

Ich wandte mich wieder um und mitten in dieser Drehung auf dem sauber geschrubbten Linoleum spürte ich eine größere Wendung.

»Sie hat Recht«, sagte ich den beiden. »Ich *habe* Angst vor der Vergangenheit, die schon vorbei ist. Der Mann, den ich gestern Abend gesehen habe, war nicht mein Daddy, der mich verletzt hat –«

»Er ist dein Daddy, der Lawanda verletzt hat!« Howard griff mich am Arm.

»Er ist das, was aus meinem Daddy geworden ist«, beendete ich meinen Satz und drehte mein Handgelenk, bis er mich losließ.

»Lawanda *benimmt* sich nicht wie jemand, der verletzt ist«, warf June ein. »Es gibt keinen Hinweis auf irgendetwas Schlimmes, außer dieser ganzen Aufregung.« Sie wandte sich an Howard. »Ich verstehe nicht, warum du die Sache nicht einfach sein lässt. Mommy sagte, du hättest heute Morgen noch nicht mal mit ihr reden wollen.« Howard hob die Hand, um sie zu unterbrechen, aber sie beachtete es nicht. »Und weißt du, was sie danach gemacht hat? Garland besucht. Sie sagte, er sieht schlecht aus.«

»Deine Mommy hat auch nicht mehr Sinn und Verstand als Lawanda!«, fuhr Howard sie an. »Denkst du etwa, ich mache mir Gedanken darum, wie der alte Mann aussieht?«

»Also, ich schon.« Wie? Was sagte ich da?

»Ich auch«, sagte Lawanda. Keiner von uns hatte sie wieder hereinkommen hören. »Und wenn der Haftbefehl am Montag aufgehoben wird, zahlt Mr. Ballard bestimmt die Kaution und holt ihn raus. Außer du redest es ihm aus.« Sie starrte ihren Vater an.

»Ich glaube kaum, dass ich das könnte«, sagte Howard. »Er ist genauso blind wie du.«

»Oder er kann genauso weit sehen«, sagte ich zu ihm.

»Heißt das, du hilfst mir nicht?«, fragte er

»Wobei?«

»Deinen Daddy dort zu lassen, wo er hingehört.«

Ich holte tief Luft, sah von Howard zu Lawanda, dachte an den Abstand zwischen Amos und mir. *Du bist nicht mein Daddy!* – der allererste Satz, den ich zu ihm gesagt hatte. Aber er war es. Jetzt und in alle Ewigkeit.

»Wenn du damit das Gefängnis meinst«, sagte ich, »nein, ich glaube nicht.«

Er erhob sich vom Tisch und ging.

Lawanda: Ich stürmte zur Hintertür hinaus und starrte auf unseren steil ansteigenden kleinen Hinterhof. So ist mein Leben, dachte ich. Ich mache eine Tür auf und laufe direkt in einen Berg rein.

Es war kalt und ich hatte keinen Mantel, aber darüber war ich froh. Ich wollte gefühllos werden. Ich wollte alle Fragen erfrieren lassen: die von Nancy Catherine, von Daddy, von mir. War ich in Garland verliebt? Dumme Idee. Aber woher wollte ich das wissen? Ich war ja noch nie in jemand anderen verliebt gewesen. Schlug mein Herz nicht schneller, wenn ich auf dem Weg zu ihm war? Schon, aber es ging ja auch steil bergauf. Wollte ich von ihm umarmt werden? Nicht dass ich wüsste. Ich meine, ich hatte noch nie darüber nachgedacht. Jetzt aber, da ich daran dachte … vielleicht. Ich glaube schon. Ich weiß nicht.

Aber er hat es nicht getan. Das ist doch der Punkt. Da ist es doch egal, was er für mich fühlt. Fühlen kann man doch alles Mögliche. Ist das etwa böse?

Sie reden über Taten, sagte ich mir, während ich um den Kohlenschuppen herumging und ein hübsch geformtes Kohlestück aufhob. *Unschuldig in seinen Taten*, genau das werde ich sagen. Dieses Stück Kohle hätte ein Diamant werden können, unter genug Druck und mit genug Zeit. Oder es hätte auf dem Rost zu Asche werden können. Aber nichts davon ist passiert. Sie haben *Taten* gelesen, wo Garland *Gefühle* geschrieben hat. Aber es gab gar keine Taten! Also wussten sie überhaupt nicht, um was es ging.

Was war wirklich zwischen Garland und mir? Ich ging noch mal alles durch. Wir waren Freunde. Ich brauchte jemanden zum Reden und mit ihm konnte ich reden. Was ist daran falsch? Nichts. Gut, aber warum hatte ich dann Angst? Das Trinken. War es das? Nein, irgendetwas war *da*, wenn er trank, irgendetwas, das aus ihm herauswollte –

Aber es kam nicht heraus. Sonst würde ich das doch sagen, wenn ich müsste.

Ich ging zurück in das überheizte Haus – noch wütend, aber klarer. Die konnten ihm vorwerfen, was sie wollten, aber ich wusste, was ich wusste.

Howard: Mein Gott, die lassen den Kerl einfach wieder laufen. Lawanda wird nicht sagen, was er getan hat, und was er geschrieben hat, wird ihn nicht festhalten. Ich habe versucht mit Curtis Ballard zu reden, ich wollte ihm das Versprechen abnehmen, dass er die Kaution nicht zahlt, aber es ist, als hätte ihm jemand die Augen zugeklebt und die Ohren zugenäht. »Ein gutes Herz«, sagt Mr. Ballard. »Was auch immer Garland geschrieben hat, er hat ein gutes Herz.« Ich dachte, ein Mann beweist sich durch seine Taten. »An ihren Früchten sollt ihr sie erkennen.« Ein gutes Herz ist nicht genug! Selbst wenn er es hat, was ich bezweifle.

Und noch etwas: Ich glaube, Mr. Ballard will sich einfach nicht geirrt haben. Garland ist für ihn wie ein Feld, das er bebaut hat. Und jetzt? Jetzt wachsen da Tollkirschen, Gift-Efeu, Stinkmorcheln, und alles ist voller Blattläuse. Er will nicht zugeben, dass man den Wert einer Pflanze an ihren Früchten ermisst. Saurer Boden, sage ich. Da hat jemand Salz ausgesät.

Lawanda ist sowieso ein wildes Früchtchen. Sie ist ihrer Marma viel zu ähnlich. Sie denkt, sie kann tun, was ihr gerade einfällt, und gehen, wohin sie will. Wenn sie ein Junge wäre, ja dann … Was ich nicht kapiere, ist, wie Marma jemanden wie Junie großziehen konnte, eine ganz normale Frau mit gesundem Menschenverstand. Irgendwie muss dieses Marma-Erbe einfach durch sie durch und direkt auf Lawanda übergegangen sein. Ich hätte damit rechnen müssen. Ich weiß noch, wie Lawanda auf das Schuppendach geklettert ist. Ich kam gerade von der Kohlenmine nach Hause und sah sie da oben herumtappen, und sie hätte niemals zugegeben, dass sie Angst hatte. Bevor ich ein Wort sagen konnte, brüllte sie: »Noonie darf auch hier oben spielen!«

»Er ist auch älter. Jetzt komm da runter.«

»Er ist ein Junge, wolltest du wohl sagen.«

»Lawanda, wenn –«

»›Aus kleinen Jungen werden kleine Jungen‹, sagt Mom immer. Was wird aus Mädchen?«

»Kleine Mädchen kriegen die Rute, wenn sie nicht auf ihren Daddy hören«, sagte ich.

Sie kletterte herunter.

»Ich habe dir verboten, diese Leiter anzurühren.«

»Gott hat es mir erlaubt«, sagte sie spöttisch.

»Du lässt Gott da raus!« Auf der Stelle riss ich einen Forsythienzweig ab und schlug ihr Striemen auf die Beine.

Als ob das besonders viel gebracht hätte. Sie brauchte kein »Na los« von Gott, um diesen Berg da raufzuwandern. Alles, was sie brauchte, war die Idee dazu. Alles, was ein Samenkorn braucht, ist ein bisschen Wind, von dem es sich forttragen lassen kann, und dann landet es in einem Garten oder in einer Teergrube. Die Pflanze habe ich nun ausgegraben. Sie ist verwelkt, aber sie lebt noch. Jetzt muss ich mich nur noch um diesen Teer kümmern.

Nancy Catherine: Ich verabschiedete mich von den Ingles und fuhr wieder in mein Motel, in der Absicht, bald ins Bett zu gehen. Aber ich konnte nicht. Ich hatte zu viel gesehen: die Busse, Howards Blindheit, als er nicht merkte, dass ich auf Lawandas Seite war. Ich hatte nur einen quietschorangenen Teppich und *das*, und so konnte ich einfach nicht schlafen gehen.

Da kam ich auf die Idee, noch einmal zu Cade's Hill hinaufzufahren. Ich dachte, wenn ich mir Bus eins gut einprägte – seine Ordnung, die Mühe, die Amos in ihn gesteckt hatte –, dann hätte ich etwas, das ich allem, was ich von ihm wusste, entgegensetzen konnte, etwas, das ich Lawandas Seite hinzurechnen konnte. Sie hat ihn in seinem Garten kennen gelernt, nicht in seiner Wildnis; und in seiner Bibliothek haben sie sich immer getroffen.

Ich nahm meine Jacke und überprüfte die Scheinwerfer des Autos, dann fuhr ich los. Im Dunkeln schien es viel weiter zur Hallspoint Road zu sein, ohne Lawanda. An jeder Ampel war ich nahe dran umzukehren. Ich tat etwas, das keinen Sinn machte. Ich war an einem Ort, der keinen Sinn machte. Wie konnte jemand, den ich nie zuvor gesehen hatte, mich einfach so in das Leben meines Vaters zurückholen? Zurück, obwohl ich geschworen hatte, niemals wiederzukommen?

Trotz der Umgehungsstraße, die die Stadt zur Seite hin öffnet, ist Cardin selbst ein Gefängnis, von den Bergen eingemauert, vom Fluss eingezwängt, vom Stacheldraht der Eisenbahn eingezäunt. Ich betrachtete die Bergkette, ein Grün-Schwarz, das schlimmer war als die Dunkelheit. Ich betrachtete den Himmel darüber, mit Sternenlöchern wie ein Muster in Gottes Brotkasten.

Marma, dachte ich. Jetzt kommt der Marma-Sender durch. Lawanda hat mich mit all diesen Leuten in Verbindung gebracht. Sie ist eine Leitung. Und wie ein Schlag traf es mich: Sie könnte meine Tochter sein. Ich bin alt genug. Sie könnte Daddys Enkeltochter sein. Aber er hat keine. Vier Kinder und kein einziges Enkelkind.

Er hat sie im Krieg verloren.

Es war mehr wie ein Schild im Vorbeifahren als ein Gedanke. Welcher Sender das wohl war?

Die Bus-Haltestelle war im Dunkeln kaum zu sehen, ich wäre fast daran vorbeigefahren und fuhr zu schnell von der Straße ab. Ich schlitterte im Kies und war nahe daran, die Kontrolle über den Wagen zu verlieren. Mit hämmerndem Herzklopfen überquerte ich die Straße und ging los.

Komisch, in Louisville würde ich bei Nacht niemals über einen verlassenen Parkplatz gehen oder im Cherokee Park joggen oder auch nur nach dem Kino alleine zu meinem Auto zurücklaufen. Aber hier zögerte ich nicht. Vielleicht gab mir mein Vorhaben ein sicheres Gefühl. Durch die Gräser ging ich bergauf, vor mir immer das Zickzack-Licht der Taschenlampe. Ich war froh, überhaupt etwas zu tun.

Doch als ich oben am Bergkamm ankam, wo die Busse standen, schauderte ich. Irgendetwas lag in der Luft, wie ein Geruch, nur dass ich es nicht roch, sondern spürte.

Mein erster Gedanke war, dass die Einbrecher zurückgekommen waren, und ich rannte zu Bus eins, um sie zu verscheuchen. Ich stieg die Stufen hinauf und spähte hinein, konnte aber weder Licht noch eine Bewegung erkennen.

Ich ging zur Tür von Bus zwei. Dort war auch nichts. Aber das Gefühl blieb. Ungute Schwingungen. Ich setzte mich auf die Stufen und dachte nach. War es nur die Erinnerung, die mich warnen wollte? Oder die kleine Nancy Catherine, die mir aus ihrem Versteck zusah und sagte: Du kannst dich retten! Vergiss mich! Geh!

Ich versuchte ihr zu lauschen, stattdessen hörte ich Schritte. Ohne nachzudenken knipste ich die Taschenlampe aus. Dann sah ich ihn, sein Mantel und die Dunkelheit machten ihn größer – wie ein Schatten, der auf eine Wand fällt. Er trug einen Benzinkanister. Sein Gesicht war noch nicht einmal bedeckt. Er kam näher, senkte den Kanister und fing an, das Benzin auszugießen. Er sah mich nicht und schien auch niemands Gegenwart zu spüren.

Ich konnte ihn nicht weitermachen lassen und richtete den Lichtstrahl auf sein Gesicht.

»Howard Ingle«, sagte ich, »das willst du nicht tun.«

Er zuckte zusammen, dann erstarrte er. Aus dem Kanister kam Benzingeruch. Ich konnte sein Gesicht nicht erkennen, also sprach ich weiter. »Du hast kein Recht, das Eigentum meines Vaters zu zerstören, und du wirst länger ins Gefängnis kommen als er, wenn du das tust.«

»Und was ist mit *meinem* Eigentum, das er zerstört hat?«, fragte Howard.

»Deine Tochter ist kein Eigentum«, teilte ich ihm mit, »und du hast keinen Beweis für irgendeinen Schaden.«

»Aber ich habe einen Benzinkanister«, sagte er. »Manchmal muss man ein Feld abflämmen.«

Mir lief es kalt den Rücken hinunter vor Angst. Ich musste ihn zurückhalten. »Dies ist das Zuhause eines Menschen«, teilte ich ihm mit, »und kein Feld.«

»Was für ein Zuhause!«, sagte er verächtlich. »Was für ein Mensch.« Und er ging mit dem schrägen Kanister weiter um den Bus. Aber ich hörte noch etwas. Ich schwang die Taschenlampe herum. Es war Lawanda! Mein Gott! Sie rannte an mir vorbei und schrie: »Daddy! Hör auf damit! Hör auf!«

Bevor sie ihn erreichte, sprühte etwas in seiner Hand Funken. Sie sprang ihm auf den Rücken und beide fielen zu Boden, während eine Feuerspur um den Bus herumlief.

»Gottverdammter Howard!«, schrie ich und zog Lawanda von seinem Rücken herunter. Dann zog ich meine Jacke aus und fing an, auf die Flammen zu schlagen. Howard stand einfach nur da. Ich arbeitete mich um den Bus herum, wohl wissend, dass es sinnlos war, da sah ich, wie Lawanda auf den Benzinkanister zuging. Ich brüllte: »Nein! Nein!«, aber sie hob den Fuß, um den Kanister in den Garten zu schießen. Doch das Feuer war schneller, und dann kam dieses *Wumm*, und es sah aus wie ein Stern, der explodiert. Einen Moment lang konnte ich Lawanda nicht sehen, dann tauchte sie auf, in einem Kleid aus Flammen, hinter sich das Maisfeld.

»Howard!«, meine Stimme überschlug sich. Ich rannte zu Lawanda und er war da.

Howard: Ich konnte zusehen, wie sich die Karten an der Busdecke krümmten. Doch dann ging irgendetwas hoch wie der Teufel und ich rannte hin und es war Lawanda, die brennende Lawanda, das konnte doch nicht sein, und ich riss mir die Jacke vom Leib und sie wälzte sich schon am Boden. Ich warf die Jacke auf sie, auf ihr Haar. Ich schlug auf sie ein, legte mich auf sie, erstickte das Feuer. Ihr Gesicht war schwarz, ihre Augen ruhig wie der Mond. Ich trug sie den Berg hinunter und Nancy Catherine schrie die ganze Zeit.

Sie fuhr uns ins Krankenhaus. Lawanda ist groß, sie ins Auto zu kriegen, war nicht einfach. Ich konnte nicht mit ihr zusammen auf die Rückbank. Nancy Catherine sagte, ihr Atem wäre in Ordnung, damit ich aufhörte zu stöhnen, und ich fragte, ob sie mich nach dem Krankenhaus zum Gefängnis fahren könnte. Sie sagte, ich hätte mich auch verbrannt, das hatten wir alle, und ich fing mit dieser verrückten Heulerei an. »Hör auf deine Tochter!«, sagte sie. »Halt den Mund und hör ihr zu!«

Teil IV

Marma: Mutter Jesus, gib mir deine Augen als Scheinwerfer, zieh mich mit ihnen über diesen Berg. Ich bin schon durch manche Nacht gefahren, aber keine war so schwarz wie diese. »Nicht Lawanda« ist das einzige Gebet in mir und das ist nicht gut. Es *ist* Lawanda. Es ist schon passiert. Ich behaupte ja immer, dass du kein Opfer verlangst, und jetzt ist es mein eigenes Enkelkind … Sie muss leben, hörst du mich? So viel Schmerz haben wir nicht übrig, dass wir Lawanda verlieren können.

Was hat *sie* denn getan? Sie wäre als Allerletzte dran. Amos, Howard, ich, selbst Nancy Catherine, aber *Lawanda*? Passt du denn gar nicht auf? Das ist verkehrt, das ist verkehrt herum –

Jesses, ich muss langsamer fahren. Fast hätte ich die Kurve nicht gekriegt. Der Sprung in der Windschutzscheibe macht die Sache nicht besser. Letzte Woche hat ein Kohlelaster einen Stein dagegen geschleudert. Mit runtergedrehtem Fenster hätte ich blind sein können oder tot über dem Pine Mountain.

Der Ruf der Tiefe zieht nach unten
beim Donner deiner Wasserfälle;
all deine Wellen, all deine Wogen
schlagen über mir zusammen
Wellen und Wogen aus Feuer.

Jetzt bin ich gerade an der Abzweigung nach Stony Fork vorbei. Hier haben wir oft Picknick gemacht. Apfelringe über dem Holzfeuer, Bienengesumm. Und Lawanda, die mit irgendwelchen dahergelaufenen Kindern spielt. Dessie mit einem Wespenstich. Wo sollen wir hin, Mutter Jesus, wenn wir Lawanda verlieren? Wirst du kommen und sie erwecken wie Lazarus? Wirst du ihr eine neue Haut geben?

June am Telefon brach mir das Herz. Zu allem Überfluss sagte Ray, er will seinen Daddy nie wieder sehen. Sie steht zwischen ihrem Mann, den anderen Kindern und Lawanda – wo soll sie jetzt hin? Es ist wie in jenem alten Lied:

Wohin soll ich mich wenden
In meiner Seelennot,
Wenn alles scheint zu enden,
Wenn ich nichts seh als Tod;
Wohin soll ich mich wenden,
Wenn nicht zu dir, mein Gott?

Deine Liebe ist unser einziger Weg, Mutter Jesus. Ohne dich haben wir nur die Bergwand auf der einen Seite und den Abgrund auf der anderen. Manchmal ist der Nebel so dicht, dass wir den Rand nicht sehen können. So wie jetzt. Du musst uns führen. Führe uns zusammen und heile Lawanda. Gib uns Vergebung, vor allem Howard. Gib uns Heilung. Du, die das ganze Feuer unseres Hasses auf sich genommen hat. Amen.

Nancy Catherine: Ich brachte Lawanda und Howard ins Krankenhaus, rief June an, fuhr hin und holte sie ab, dann fuhr ich zum Gefängnis. Ich hatte ein paar Brandwunden, aber nichts Ernstes, und außerdem war es mein Herz, das wehtat. Ich wollte an dieses Notizbuch kommen, es lesen und mir ein eigenes Urteil bilden, und dann wollte ich meinen Daddy aus diesem Gefängnis heraushaben. Ich wollte alle in diesem Krankenhaus zusammenhaben, wo wir bei Lawanda sein konnten und merkten, dass es uns allen nur um eines ging.

Ich hatte schon darüber nachgedacht, wie ich an das Notizbuch kommen könnte; dieser Horror spielte mir jetzt die Trumpfkarte in die Hand. Als ich am Gefängnis ankam, war es ungefähr ein Uhr morgens und ich musste Galt über die Sprechanlage herklingeln. Er hat ein Apartment auf dem Gelände.

»Ich bin sofort unten«, sagte er. Seine Stimme klang nicht besonders erfreut.

Mir war das egal. »Mr. Galt«, begann ich, bevor er sich noch in seinem Büro hingesetzt hatte, »wissen Sie, was heute Nacht passiert ist?«

Er sah mich verständnislos an.

»Das mit dem Feuer?«

Er schüttelte den Kopf. Also erzählte ich es ihm, frei heraus und voller Bitterkeit. »Mein Gott!«, war alles, was er sagte.

Ich legte los. »Weil Sie meinen Vater hier festgehalten haben, in der Hoffnung, dass noch eine ernsthafte Anzeige kommt –«

Er stotterte protestierend, aber ich ging in die Vollen. »Ich weiß Bescheid über das Notizbuch, und dass Sie meinen Vater aufgrund von Beweisen verleumden, die Sie illegal beschlagnahmt haben.«

Er hob die Hände. Ich machte noch mehr Druck: »Und wenn Sie ihn hier nicht festgehalten hätten, hätte Howard Ingle weder die Busse in Brand gesetzt, noch wäre Lawanda ein Opfer des Feuers geworden. Ich schlage daher vor, Sie geben mir das Notizbuch meines Vaters und wir schweigen über beide Angelegenheiten – über das, was mein Vater geschrieben hat, und über Ihre Manipulationen. Außerdem lassen Sie ihn gegen Zahlung der Kaution frei, sobald ich einen Platz für ihn gefunden habe.«

»Nun, also, Miss –«

»Mistress.«

»Ms. Garland, ich weiß gar nicht, ob ich mir das alles behalten –«

»Das brauchen Sie auch nicht. Ich schreibe es auf. Sie können eine Kopie machen und wir beide unterschreiben sie.«

»Aber ich finde nicht, dass ich etwas falsch gemacht habe.«

»Und ich finde nicht, dass mein Vater etwas falsch gemacht hat.«

Er schob Zettel auf dem Schreibtisch herum und pfiff dabei leise durch die Zähne.

Ich spielte meine letzte Karte aus.

»Im Krankenhaus liegt ein Mädchen und kämpft um ihr Leben, weil Sie versucht haben, Gott zu spielen.«

Sein Kopf ruckte hoch.

»Also, ich denke, Miss –«

»Mistress.«

»Garland, Ihnen zuliebe …«

Ich war nahe daran zu sagen, wenn Sie Ihre Haut retten, tun Sie das ja wohl nicht mir zuliebe, aber ich riss mich zusammen. Es ging hier nicht darum, das letzte Wort zu haben, sondern darum, das Notizbuch zu kriegen und dann schnell hier rauszukommen.

Er schob mir einen Gerichtsblock über den Tisch und ich schrieb unsere Übereinkunft auf. Die Farbe des Papiers war kotzgrün. Genau wie ich mich fühlte. Doch als ich fertig war, machte er mit dem Bürokopierer einen Abzug und wir setzten beide unsere Namen darunter.

Auf meinem Weg zum Auto zitterte ich. Ich versuchte darauf zu achten, dass ich auf dem Gehsteig nicht in Vogelkacke und Tabakspucke trat. Ich dachte, der Platz vor dem Gerichtsgebäude sei ganz verlassen, aber dann kam ich um die Ecke und sah einen einbeinigen Mann am Fuß des Kriegerdenkmals sitzen. Sein zerknautschtes Gesicht verfolgte mich den ganzen Weg bis zu Druther's. Hatte derselbe Krieg ihn so zugerichtet, der meine Familie auseinander gerissen hatte? Wartete in dem Notizbuch ein noch erbärmlicheres Gesicht als seines?

Lawanda: Eine Schwester jagt mir eine Nadel unter das Schlüsselbein. Eine andere Schwester schneidet mir die Kleider vom Leib und ich schäme mich. Verbrannte Haut geht mit dem T-Shirt und mit den langen Jeansstreifen ab. Ich sehe mir die rosaweiße Oberfläche an, die einmal ich war. Jetzt ist davon nur noch das nach innen gefaltete Stück Haut zwischen meinen Beinen übrig; es pocht, wenn sie mich bewegen.

Ich fühle auch nach, ob ich Schmerzen habe, aber ich habe keine. Mom sieht aus, als würde sie gleich sterben, und der Polizist, der das Protokoll schreiben wollte, konnte sein Entsetzen nicht verbergen. Wenn Sie das nicht besser können, haben Sie den falschen Beruf, wollte ich sagen. Aber ich bin zu höflich und außerdem ist meine Stimme weg. Da ist nur ein seltsames Quieksen.

Alle reden über Flüssigkeiten und dass sie mich aufhängen und überwachen wollen, aber sie müssen auch alles von mir abziehen, was irgendwie von mir abgeht. Niemand würde meine Hände als Hände wieder erkennen. Ich denke an das Tubaspielen und daran, Tippen zu lernen. Ich frage mich, wo Tränen herkommen.

Eine Schwester bittet Mom zu gehen. Sie müssen schneiden. Mom fragt, ob sie mich irgendwo anfassen darf. Nur mit gewaschenen Händen. Dann kann sie meinen Kopf berühren, der nicht verbrannt ist. Das ist gut. Ich fühle mich wie jemand, der einen Spaziergang im All macht und gerade angebunden wurde. Halt gut fest, Mom. Ruf Marma.

Ich versuche das hervorzuquietschen. Sie sagt, sie macht es, glaube ich, dann verabschiedet sie sich, weiß wie der Mond ist ihr Gesicht. Bleib in meiner Umlaufbahn. Lass mich nicht allein.

Sie wollen wissen, ob ich in meinem Fuß etwas spüre, oder im Unterleib. Ich schüttle den Kopf. Sie wollen wissen, warum ich überhaupt wach bin.

Ich wünschte, ich könnte schlafen. Ich wünschte, sie machten das Licht aus und gingen weg, rührten mich nicht an, außer Mom und Marma, wenn sie kommt. Ich möchte selber weggehen. Ich kann ja später wiederkommen, wenn es sein muss, nachdem ich ein bisschen geschlafen habe.

Doch die ganze Zeit werden es immer mehr Gesichter über mir – nun sind sie maskiert, mit sorgenvollen Augen, und ihre Worte blähen den Stoff auf.

Vielleicht bin ich dabei zu sterben, denke ich. Dieser Gedanke kommt wie ein Vogel. Er landet und er fliegt wieder auf. Aber das will ich nicht. Ich bin doch gerade erst angekommen.

Dann denke ich, wenn ich heute sterbe, dann muss ich morgen etwas anderes tun. Was könnte das sein? Und wo ist mein Dad?

Es gibt einen Ruck und die Decke bewegt sich. Jemand sagt mir, wo ich hinkomme. Plastikbeutel mit Flüssigkeiten schaukeln über mir. Ich sehe das Handgelenk des Mannes, der mich zieht, blütenweiße Haut wie Papier. Schreib mir doch einer, wenn schon keiner mit mir spricht. Mein Name ist Lawanda.

»Wir haben hier einen schlimmen Fall«, sagt jemand. Ich höre einen leisen Pfiff. »Jede Menge drittgradig.«

»Jesus Christus!«, ist die Antwort.

Es heißt Mutter Jesus, möchte ich sagen. Lass dir das von Marma erklären.

Und gerade als wir halten, erscheint ihr Gesicht, genau über meinem. Ich kann ihren Atem riechen. Sie legt mir die Hand auf den Kopf, das beruhigt. Jemand zieht sie fort.

»Lawanda«, sagt sie, »kostbares Kind Gottes.«

Es ist das erste Mal, dass ich sie weinen sehe.

Nancy Catherine: Bei Druther's scheute ich mich, das Corpus Delicti zu öffnen. »Honigmet-Blätter« stand vorne drauf, und ich dachte an Honigwein, während ich Kaffee aus einem Styroporbecher trank und auf die Zweige eines Plastik-Apfelsinenbäumchens starrte. Ich dachte auch an die Büchse der Pandora. Wer weiß, was hier herauskam, wenn ich es öffnete? Vielleicht war ich dann einer Meinung mit Galt. Was dann? Aber ich musste es tun. Man kann sich seine Eltern nicht aussuchen. Das sagt mein Therapeut. Man kann sich seine Narben nicht aussuchen oder die Stellen, an denen einem das Herz bricht. Lawanda hat sich das Feuer auch nicht ausgesucht. Daddy auch nicht, wurde mir klar, und plötzlich wurden meine Gedanken orangefarben und meine Ohren brannten. Daddy konnte es sich nicht aussuchen.

Ich schlug die Seiten auf, die Galt mit einem Streichholzbriefchen markiert hatte. Da ging es um Gräser und um die Army, einen Graben und um Mutter und um einen Jungen. Auch um Sex; um Blut – Blut aus dem Krieg, Menstruationsblut –, aber es hatte alles mit diesem Ort zu tun, mit diesem Jungen: »Ich konnte ihn nicht heben … Man könnte dorthin zurück, aber finden würde man ihn nicht.« Es war wild und besessen, aber es ging nicht um Sex mit Lawanda: Galt war verrückt.

Ich las es noch einmal, erkannte immer wieder, wo Daddy die Kontrolle verloren hatte. Selbst seine Sprache – sie schlitterte und schleuderte und drehte durch – ein Auto, das aus der Kurve fliegt. Aber diesen Jungen hatte er in sich. Wer war er. Ich schlug eine andere Seite auf.

Immer fern von dem, was Lawanda sich wünschen würde. Bevor sie kam, genügten die Busse: Bücher in Reih und Glied wie gottverdammte Soldaten. Manche mit kaputtem Rücken, nicht einer von einer Kugel getroffen. Die Karten an der Decke wie Haut, die man ausspannt, um Lampenschirme daraus zu machen. Weiches Licht durch das Gemetzel.

Mein Land, du schickst einen Mann los, um im Namen der Familie zu töten. Und dann merkt er, dass er abknallen kann, wen er will, es kommt immer das gleiche Zeugs herausgespritzt. Es ist überall derselbe Tod, dasselbe Leben, das sag ich euch. Als Lawanda das erste Mal hier war, war das wie eine Rückkehr. Sie war zu ahnungslos, um Angst zu haben, sie dachte, ich sei ein Mensch.

Sie wusste nicht, dass ich ihr Geschlecht sehen konnte, ihre Knochen. Die Worte tanzten in ihrem Mund. Er starb, bevor sie geboren wurde. Mit meiner Hand hat jemand die Schlinge zugezogen. Fünf-Sterne-Gott-General.

Ein Schrillen in der Luft, Erde spritzt auf und sie wird zurück ins Wasser geworfen. Und ich kann mir die Seele aus dem Leib schreien nach Hilfe, aber die Hilfe ist unter irgendeinem Panzer zermalmt, die Hilfe versickert in einem Tank. Also geht sie zur Schule. Aus diesem Bus hinaus geht sie, stirbt jeden Morgen neu, mit dunklen Sumpfwassersträhnen im Haar.

An diesem Punkt fing ich an zu zittern – von Krämpfen geschüttelt, spuckte ich meinen Kaffee aus, das Notizbuch fiel mir fast aus den Händen. Ich konnte hier nicht weinen, aber meine Kehle fühlte sich an, als wollte sie gleich zerspringen. Dann verschloss sie sich, und ich japste kurz, und dann ging ich in einer großen Welle des Weinens unter. Es war, als hätte ich an den Berg des Schmerzes geschlagen, und nun kam er herausgeschossen wie ein Wasserfall: Daddys Schmerz, Lawandas und meiner.

Er konnte uns nicht lieben, weil er uns getötet hatte. Oder getötet hätte. Deshalb jagte er uns fort, um uns zu retten. Und um in diesen Bussen allein zu sein, in diesem Sumpfgraben. Bis Lawanda – oh Gott, wenn er das mit Lawanda erfährt … ich muss es ihm sagen, bevor Galt –

Ich kramte nach Geldbörse und Schlüssel, da bemerkte ich plötzlich zwei Leute vor meinem Tisch, einen Jungen, der den Boden gefegt hatte, und die grauhaarige Frau, die mir den Kaffee verkauft hatte.

»Alles in Ordnung, Schätzchen?«, fragte sie.

Ich nickte. Meine Stimme war verschwunden, aber ich deutete zur Tür, um zu sagen, dass ich gehen wollte. Der Junge sah auf seine Arme und Beine, dann bewegte er sich langsam fort, als wäre gerade ein Bann von ihm genommen worden.

Die Frau setzte sich auf den harten Stuhl mir gegenüber. »Es ist sehr spät, um noch unterwegs zu sein«, sagte sie. »Sind Sie sicher, dass sie wissen, wo Sie hingehen können?«

»Ja.« Und ich war sicher.

Im Auto saß ich eine Weile und atmete durch, bevor ich

den Parkplatz verließ. Das Auto hatte einen heimatlichen Geruch – nach gekühlten Blumen von meinen Lieferfahrten und nach Räucherstäbchen aus meinem Apartment. Das tat gut. Irgendwo hatte ich ein Leben, das vor all dem hier lag, ein Leben, in das ich zurückkehren konnte.

Aber jetzt musste ich erst mal zum Gefängnis zurück. Ich ließ den Motor an und fuhr auf die Straße hinaus, bog nach rechts ab zur Innenstadt von Cardin. Eigentlich wollte ich direkt ins Krankenhaus und sehen, wie es Lawanda ging, aber ich war wegen Daddy in großer Unruhe. Vielleicht würde ich ihn sogar ins Krankenhaus mitnehmen. Er gehörte dort ebenso hin wie alle anderen. Mit Sicherheit gehörte er nicht ins Gefängnis.

»Sie sind ja schrecklich munter heute Nacht«, sagte Galts Stimme durch die Sprechanlage. Er trug einen grauen Schlafanzug und einen Morgenmantel, der aussah wie ein Bettbezug.

»Dies ist keine Nacht zum Schlafen«, teilte ich ihm mit.

»Ja, das habe ich gemerkt«, sagte er. »Was wollen Sie denn jetzt schon wieder?«

»Haben Sie Daddy von dem Feuer erzählt?«, fragte ich und folgte ihm durch den Flur in sein Büro.

»Scheiße, nein«, gab er zur Antwort. »Liegende Hunde soll man nicht aufscheuchen. Und lügende Hunde soll man nicht wecken«, fügte er selbstgefällig grinsend hinzu.

Er drehte das Neonlicht an, und mir ging ein Blitz durch den Kopf, als könnte ich nicht sehen, als hätte ich niemals sehen können, wäre nun aber bereit dazu.

»Nehmen Sie Platz«, sagte er und wies auf den Holzstuhl,

auf dem ich kurz zuvor schon einmal gesessen hatte. Er setzte sich an den Schreibtisch.

»Haben Sie das Zeugs gelesen, das ich Ihnen gegeben habe?«, fragte er. Sein Gesicht war gerötet und seine Augen blickten wachsam.

»Ja. Die Stellen, die Sie markiert haben, und noch ein paar mehr.«

»Und?« Er lehnte sich vor.

Seine Frage ließ mich die Antwort leicht finden. »In diesem Buch ist nichts als Leid, *persönliches* Leid, und Sie hatten kein Recht dazu, Ihre Augen darauf zu legen. Wenn hier ein Verbrechen geschehen ist, Mr. Galt« – ich erhob mich und er rollte seinen Stuhl ein Stück zurück –, »dann durch Sie: Eindringen in die Privatsphäre und ungerechtfertigte Festnahme. Und sehen Sie, was Sie damit angerichtet haben!«

Jetzt stand er auch. »Sie können mich nicht dafür beschuldigen –«

»Oh doch, das kann ich, aber das ist jetzt egal. Ich muss mit meinem Vater sprechen und vielleicht muss ich ihn auch mitnehmen.«

»Herzlich willkommen beim Hurensohn«, sagte er und zog an einer Kette an seinem Gürtel, die eine Faust voll Schlüssel aus seiner Tasche beförderte.

Den ganzen Weg durch den Flur konnte ich Daddys Schnarchen hören. »Baumstämme zersägen«, hatte er das immer genannt. Als ich ihn durch die Gitterstäbe sah, wie er da unter einer dünnen hellbraunen Decke zusammengerollt lag, dachte ich: Warum ihn dafür wecken? Warum nehme ich ihm die letzten Stunden der Ahnungslosigkeit? Aber nun war ich schon so weit gekommen.

Galt knipste das Licht an. Die Zelle schien noch mieser zu sein als vorher: das Bettgestell aus Metall, das an Ketten befestigt war, die Stahltoilette, der eine rostige Stuhl.

»He, Amos!«, rief Galt laut. »Besuch für dich.« Er schloss die Tür auf und schwang sie weit auf. »Tut mir Leid, dass ich dein Nickerchen unterbrechen muss, aber sie ist über irgendetwas völlig aus dem Häuschen.« Er zwinkerte mir zu. Ich hätte ihm das Gesicht zu Brei schlagen können. Er ging hinüber und rüttelte Daddy an der Schulter. »Dein Ebenbild!«, sagte er.

Daddy wälzte sich auf die andere Seite, stützte sich auf einen Ellbogen und sah mich an, ohne mich wieder zu erkennen.

»Rufen Sie, wenn Sie fertig sind«, befahl Galt und ging.

Ich nahm den Stuhl. »Wach auf, Amos«, sagte ich. »Ich bin's, Nancy Catherine.«

»Bist du ein Traum?«, fragte er.

»Nein, aber du wirst dir noch früh genug wünschen, ich wäre einer.«

Er setzte sich ganz auf. Er trug einen abgetragenen Jogginganzug mit einem rotgelben diagonalen Muster. Er war ihm zu klein, seine behaarten Handgelenke und Knöchel guckten hervor.

»Nora ist was passiert«, sagte er, als wäre dies die schlimmste Nachricht, die er sich vorstellen konnte.

»Nein, Mutter geht es gut. Sie würde … sie würde sich freuen, dass du an sie denkst –«

»Ich habe fürs ganze Leben geheiratet«, sagte er. »Also. Sag, was los ist.«

»Howard Ingle hat deine Busse in Brand gesetzt und Lawanda hat versucht ihn daran zu hindern.«

»Er hat was?« Daddy sprang auf die Beine.

Ich stand ebenfalls auf und nahm ihn bei der Hand. Er sah mich nicht einmal an, schien meine Berührung gar nicht zu bemerken.

»Er hat einen Benzinkanister genommen, eine Spur ausgegossen –«

Plötzlich kam er zu sich, ließ meine Hand fallen und packte mich am Arm. »Hat er sie abgebrannt?« Er schüttelte mich heftig. »Sind sie zerstört?«

»Ja, ja. Hör auf. Das ist noch nicht alles.«

Er erstarrte. Mit seinem Bart und dem länger gewordenen weißen Haar, das er im Gefängnis nicht gekämmt hatte, sah er aus wie ein Prophet. Nur dass ich diejenige war, die sprach. Doch dann sagte er es, leise und erstickt. »Lawanda!«

Ich nickte.

»Nein!«, brüllte er. Und er nahm den Stuhl in einem einzigen Schwung hoch und schmetterte ihn gegen das Bett. Wieder und wieder tat er es, bis sich die Metallbeine bogen. »Nicht Lawanda!« Er zerriss die Bettdecke und versuchte, das Bett von der Wand zu reißen. Doch mittendrin ließ er sich darauf fallen, kniete sich hin und schlug rhythmisch den Kopf gegen die Wand. Ich spürte Galts Blick hinter den Gitterstäben. Ich nahm Daddy an den Schultern, konnte ihn aber nicht beruhigen. Ich legte ihm den Arm um den Hals.

»Sie lebt«, sagte ich. »Sie braucht dich!«

Er wirbelte herum, schleuderte mich nach hinten. Blut rann an seiner Stirn herunter.

»Sie *braucht* mich?«, sagte er leise. Dann wurde seine Stimme lauter. »Um noch ein Streichholz anzuzünden, noch eine Frau zu schlagen, noch einen Jungen zu ertränken?«

Ich umfasste ihn wieder und hielt ihn fest, mein Gesicht an seiner Brust. Ich bin zwar groß, aber er ist noch viel größer, und unter seinem Gefängnisgestank roch ich den altbekannten Duft seiner Haut, seiner Brust, an die ich mich gelehnt hatte, wenn er mich ausnahmsweise einmal auf dem Schoß hatte. Und zum ersten Mal hatte ich keine Angst vor ihm. Zum ersten Mal war seine Trauer größer als meine Furcht. Und da fing er an zu weinen. Erst wimmerte er nur, aber dann war es ein so schweres Schluchzen, als ginge etwas in ihm zu Bruch und käme nach außen.

»Du hast keine Schuld«, sagte ich ihm. »Nicht an Lawanda. Ich habe dein Tagebuch gelesen. Ich weiß, du hast ihr nie etwas getan. Und Canaan, der Krieg – daran haben alle Schuld. Was mit uns geschehen ist. Du kannst das nicht alles auf dich nehmen.«

Ich hatte angefangen zu zittern und wir hielten uns aneinander fest. Schließlich sagte ich: »Ich muss ins Krankenhaus. Kommst du mit?«

Er wandte sich um und sah Galt an der Tür.

»Du bist jederzeit entlassen«, sagte der Gefängniswärter. »Leute wie ihr stören hier nur. Aber den Stuhl und die Decke musst du bezahlen, Amos. Das ist Regierungseigentum.«

»Er hat kein Zuhause!«, zischte ich und Galt ging weg. Er kam mit einer Plastiktüte voller Sachen zurück, die sie bei Daddys Festnahme beschlagnahmt hatten. In der Zelle war kaum etwas, das wir noch dazutun konnten. So gingen wir fort, mit leichtem Gepäck und schweren Herzen, Vater und Tochter.

Marma: Wir durften nicht bei Lawanda bleiben. Man müsse erst abwarten, wie kritisch ihre Lage sei, sagten sie, sie müsse sich erst stabilisieren. Sie rollten sie in ein Krankenzimmer und schickten mich raus. Ich bebte am ganzen Körper. June, die bis zu dieser Nacht keinen Qualm ertragen konnte, paffte das Wartezimmer voll.

»Ich weiß nicht, worüber ich zuerst weinen soll«, sagte sie, als ihr die ersten Tränen die Wangen herunterliefen. June hat nie viel geweint. Wenn sie als Kind einmal weinen musste, rannte sie immer weg, so dass man die Tränen nicht sehen konnte. Bis jetzt hätte ich nicht von ihr gedacht, dass sie zusammenklappen könnte.

Wir waren still. Ich atmete gerade ein Gebet, als Junes Pastor auftauchte. Kaum älter als Lawanda, hatte er sein Gesicht für Krisenzeiten aufgesetzt. Er sagte, in dieser Stunde unserer Not sollten wir uns zum Herrn hinwenden. Ja, was hat er denn gedacht, wo wir unsere Gesichter hinwandten? Er sagte auch, Gott würde uns nicht mehr aufladen, als wir ertragen könnten.

»Sie nicht«, teilte ich ihm mit, »aber wir.«

»Verzeihung?«

»Das hier ist nicht Gottes Werk«, sagte ich. »Dies ist ein Sündensumpf, den wir uns selbst zusammengebraut haben.«

Er rutschte tiefer in seinen Stuhl.

»Mutter Jesus« – einatmen. »Heile Lawanda« – ausatmen. Gerade hatte ich einen Rhythmus gefunden, da trat der Doktor ein, lang und mager, mit einem netten Gesicht.

»Sind Sie die Familie Ingle?«, fragte er.

Wir standen alle auf. June griff nach meiner Hand.

»Ich bin Dr. Graboe. Bitte, setzen Sie sich doch«, und faltete sich selbst in einem dieser Schuhlöffel zusammen, die sie dort als Stühle haben.

»Sie wird es schaffen, oder?«, fragte June.

Sie lehnte sich vor, ihr Griff um meine Hand war wie der einer Klaue.

»Ich wünschte, ich könnte Ihnen das mit Sicherheit sagen«, sagte der Doktor.

»Gott allein weiß es«, warf der Priester ein.

»Dem Prozentsatz und dem Grad ihrer Verbrennungen nach zu urteilen, kann es so oder so kommen.«

»Was heißt das?«, fragte June.

Er setzte sich kerzengerade auf. »Wir können die Aussicht auf Heilung daran ermessen, wie viel vom Körper verbrannt wurde und wie schwer. Alles, was über zwanzig Prozent hinausgeht, bezeichnen wir als kritisch. Mit annähernd sechzig Prozent, und zum Teil drittgradig, da –«

»Das sind Lawandas Werte?« Ich musste es wissen.

Er nickte. Sagte dann: »So ungefähr. Die Schwere der Verbrennung kann man von außen oft nicht erkennen.«

»Was ist mit Howard?« Das kam von June.

»Schwere Verbrennungen an beiden Armen«, teilte uns Dr. Graboe mit, »aber er ist nicht ernsthaft in Gefahr. Je nachdem, wie die Narben verlaufen, könnte er auf der linken Seite in der Bewegung eingeschränkt sein. Falls das so kommt, werden wir tun, was wir können, um das wieder zu ändern.«

»Lawandas Gesicht?«, fragte June, und ihr eigenes Gesicht war weiß und kantig geworden vor Schmerz.

Der Doktor sackte ein wenig zusammen und sah auf seine Hände hinunter. »Sehen Sie, es waren die Benzin*dämpfe*, die sich entzündet haben. Sie sind in der Luft gewesen. Und die Patientin hatte nichts an, was ihr Gesicht geschützt hat.«

June stöhnte. Dr. Graboe machte eine kleine Bewegung, als wollte er ihr die Schulter tätscheln, aber er tat es nicht. »Mrs. Ingle, wir müssen jetzt erst einmal alles tun, damit Ihre Tochter durchkommt. Bei so viel Hautverlust ist es schwer, genug Flüssigkeit in ihrem Körper zu halten. Der Blutdruck fällt …« Er räusperte sich. »Um zu überleben, braucht sie so schnell wie möglich eine Hauttransplantation. Aber vorher braucht sie eine Versorgung, die wir hier nicht leisten können.«

»Wo bringen Sie sie hin?«, fragte ich.

»Ins Medical Center nach Lexington. Der Hubschrauber ist schon unterwegs zu uns.«

»Hubschrauber?« June klang wie eine Fünfjährige.

»Ihr Zustand ist zu kritisch für eine dreistündige Autofahrt.«

»Sie ist noch nie geflogen«, sagte June. »Letzte Woche hat sie gerade ihre erste Busreise gemacht.«

»Können wir mitkommen?«, fragte ich.

Dr. Graboe blätterte in den Zetteln auf seinem Klemmbrett, als wäre dort die Antwort zu lesen.

»Nicht im Hubschrauber«, sagte er. »Da ist nur Platz für das medizinische Personal. Und sie werden zu tun haben. Aber wir geben Ihnen die Adresse der Klinik, und bis Sie dort eingetroffen sind, hat sie sich etwas erholt und Sie können sie sehen.«

Mir zitterten die Lippen. »Wir müssen sie aber vorher noch sehen«, sagte ich.

»Das können Sie«, sagte er. »Aber nur eine Minute, und immer nur einer. Mrs. Ingle, wollen Sie –«

June rannte ihn fast um auf dem Weg zur Tür.

June: Die Krankenschwester behandelte mich wie eine Patientin oder wie eine Frau in Mommys Alter. Sie stützte mich am Ellbogen, sprach mit beruhigendem Ton. Sie wusste nicht, dass ich nicht umkippe. Sie führte mich zurück durch die blaue Tür und bereitete mich schonend auf die Apparate und Schläuche vor. Sie wusste nicht, dass ich schon bei meinem Mädchen gewesen war, bevor sie mit all dem angefangen hatten.

Die Schwester sagte, ich müsse mich waschen und »umziehen«. Sie führte mich in eine Art Campingplatzküche. Ich schrubbte mich ab bis zu den Ellbogen, zog ein Hemd über, einen Haarschutz aus Papier, Papierschuhe. Dann noch Gummihandschuhe, als hätte ich vor, den Herd sauber zu machen.

»Aber ich habe sie doch eben noch gesehen und da brauchte ich diese ganzen Sachen nicht!«, sagte ich. »Ich habe ihr die bloße Hand auf den Kopf gelegt.«

»Oh, das wird eine Weile dauern, bis Sie das wieder machen können«, sagte sie. »Ihre Tochter ist nun im sterilen Bereich – zumindest soweit uns das möglich ist. Ziehen Sie bitte auch diese Maske an.« Sie hielt mir eine hin. »Außer dem Flüssigkeitsverlust ist die Infektionsgefahr das Schlimmste.«

Ich tat, was sie mir sagte, und zog mich an wie ein Imker. Für Lawanda musste ich mich zusammenreißen. Für Howard. Ich setzte einen Fuß vor den anderen, als ginge ich nur zu Hause durch die Küche. Ich ging in ihr Zimmer. Ich trat an ihr Bett. In was für eine Krippe hatten sie da mein Baby gelegt? Hoch und umgittert, schräg gestellt. Ich sah mir die Apparaturen an, die Lampen, hörte das Surren und Piepsen. Ich sah auf meine Hände. Auf einem Handrücken hatte ich einen glänzenden roten Fleck. Dort war heißes Fett hingespritzt. Ich erinnerte mich daran, wie weh es getan hatte und wie eine Brandblase entstanden war. So viel Schmerz auf so einem armseligen Stückchen Haut. »Oh, Lawanda!«, sagte ich. Mein Bauch krampfte sich zusammen, als wollte er sie zurückhaben.

Ich habe in meinem ganzen Leben nicht so viel Verbände gesehen. Sie sah aus wie eine Mumie, aus der nur die Augen hervorlugten und ein paar Haarstoppel.

»Sie haben ihr die Haare abgeschnitten!«, sagte ich.

»Ja, was noch übrig war«, sagte sie.

»Gestern Abend, als sie zur Hintertür hinausrannte, trug sie es zurückgebunden, und es flog hinter ihr her, völlig verwuschelt, und ich dachte: Diese Lawanda, sie ist wie der Wind, und ich dankte Gott oder wem auch immer, dass sie durch mein Haus wehte. Und –«

»Mrs. Ingle …« Die Schwester hatte mir inzwischen den Arm um den Rücken gelegt, schwer wie eine Schlange, wie ein Feuerwehrschlauch. »Wir müssen hier weitermachen, damit Ihre Tochter transportfähig ist. Wollen Sie ihr nicht kurz etwas sagen?«

»Kann sie mich hören?«

Lawanda schlug blitzartig die Augen auf. Sie hielten sich an mir fest, genau wie ihr kleiner Mund sich damals an meiner Brust festsaugte.

»Ich bin bei dir, mein Liebling«, sagte ich. »Siehst du? Sie haben dich eingepackt, deshalb kann ich dich nicht anfassen. Und mich haben sie in diesen Anzug gesteckt –« Nicht weinen, June, nicht weinen, redete ich mir zu. Lass es jetzt nicht raus.

Ich holte tief Luft. Am liebsten hätte ich Lawanda meinen Körper gegeben, all meine Haut, aber ich hatte nichts als Worte.

»Jedenfalls hast du es urgemütlich, Lawanda, wie kurz nach deinem ersten Bad, als Mommy dich gewickelt hat. Da warst du auch so ein Windelpaket. Konntest nicht laufen und nicht sprechen, konntest noch nicht selber essen. Da, wo du jetzt hinkommst, Liebling, gibt es Leute, die das für dich tun. Du kommst nur nach Lexington. Wir kommen auch dahin. Mach dir keine Sorgen. Deine Marma hält ihre Gebete, draußen im Gang. Nancy Catherine hat Garland Bescheid gesagt. Und dein Daddy –«

»Daddy?« Lawandas Stimme war dünn und hoch, sie quiekste.

Ich sah mich nach der Schwester um. Eine andere stand auf der anderen Seite des Bettes.

»Das ist eine Verbrennungsstimme«, sagte sie, sah mich an und sah dann schnell wieder weg. »Das kommt von dem Trauma, das die Stimmbänder und die Lungen erlitten haben.«

»Trauma?«

»Rauch. Chemikalien«, erklärte sie mir, während sie einen weiteren Beutel mit Flüssigkeit oben befestigte.

»Daddy?«, fragte Lawanda wieder.

»Er ist auch im Krankenhaus«, sagte ich, »aber er ist nicht sehr schwer verletzt.« Nicht vom Feuer, dachte ich.

Lawandas Augen schlossen sich.

Ich konnte nur die Luft um sie herum streicheln, sie einfach streicheln und dabei innig denken: Liebes Kind. Liebes Kind. Dann ergriff die Schwester meinen Arm und zog mich fort.

Marma: June kam zurück und sah aus wie eine zerzauste Vogelscheuche. *Tu etwas*, sagten ihre Augen.

Sie sagte zu der Krankenschwester: »Bringen Sie Mommy jetzt nach hinten. Ich will nach Howard sehen.«

Die Krankenschwester führte mich nun in die eine Richtung und schickte June in die andere.

Ich musste mich waschen und von oben bis unten anziehen, dann brachte sie mich zu Lawanda.

Windeln, war mein erster Gedanke bei ihrem Anblick. Sie war völlig eingewickelt. Und überall steckten Schläuche in ihr drin. Eine andere Schwester und ein Junge standen bei ihr, kontrollierten die Apparate und notierten etwas auf Karteikarten.

»Wir müssen alles für die Abfahrt fertig machen«, sagte die Schwester. »Machen Sie schnell.«

»Lawanda, ich bin's, Marma. Hast du große Schmerzen?« Sie sagte nichts und ihr Gesicht blieb still. »Ich weiß, dass du mich hören kannst, Liebes, irgendwo tief in deinem Herzen. Du wirst gleich mit dem Hubschrauber fliegen! Mutter Jesus kommt wie ein großer Vogel, sie nimmt dich auf und bringt dich dahin, wo du bekommst, was du brauchst.«

Hinter mir hörte ich ein Klappern. Ein weiterer Junge schob noch mehr Sanitätszeug herein.

»Hier sind eure Ersatzkatheder«, sagte der Junge zu der Krankenschwester.

»Ich fürchte, Sie müssen jetzt gehen«, sagte sie zu mir.

Ich beugte mich hinunter und flüsterte Lawanda ins Ohr: »Weißt du, was Hiob sagte, als er in großer Not war?

Ich weiß, dass mein Erlöser lebt
und als der Letzte wird er über dem Staub sich erheben.
Und ist meine Haut noch so zerschlagen
und mein Fleisch dahingeschwunden,
so werde ich doch Gott sehen.

Was du jetzt durchmachst, ist furchtbar, aber Mutter Jesus ist bei dir, Lawanda, sie kennt deine Schmerzen –«

»Zeit ist um«, sagte die Krankenschwester.

»Und ich liebe dich, mein Liebes. Ich kann dich nicht mit einer Feder berühren, aber ich brüte über dir. Ich werde dich abfliegen sehen und den ganzen Weg nach Lexington genau hinter dir herfahren.«

Der Junge griff nach meinem Arm.

»Hier entlang, Grandma«, sagte er und lenkte mich hinaus, als wäre ich blind oder schwachsinnig, oder beides.

Nancy Catherine: Im gleichen Maß, wie mein Adrenalinspiegel sank, verschwand auch meine Selbstsicherheit wieder. Ich zitterte wie Espenlaub, während ich Daddy zum Wagen führte. Wie bin ich nur hier reingeraten? Bin ich nicht letzte Nacht erst mit dem festen Vorsatz von diesem Gefängnis weggefahren, meinem Vater niemals mehr in die Nähe zu kommen? Und nun hatte ich ihn rausgeholt, mehr oder weniger auf eigene Verantwortung. Ich, die ich kaum meine monatliche Blumenrechnung bezahlen konnte. Ich musste verrückt gewesen sein. Das kam von der Bergluft, oder vom Kohlenstaub, oder vom Wasser … Aber ich wusste, dass das nicht stimmte. Es war etwas in der Tiefe, tiefer als Kohle.

»Die Luft ist gut«, sagte er, als ich die Beifahrertür aufschloss. »Im Gefängnis kommt es einem so vor, als stinke die ganze Welt.«

Ich holte tief Luft.

Im Auto fragte ich: »Hast du dich jemals um die Veteranenfürsorge gekümmert?«

»Was denkst du, wovon ich lebe?«

»Also kriegst du jeden Monat einen Scheck?«

Er nickte. Ich lenkte hinaus auf die dunkle, enge Straße. Fuhr am Drugstore vorbei, an der Eisenhandlung, dem Blumenladen. Ziemlich ungeschickte Schaufenstergestaltung – das hatte ich schon vorher bemerkt.

»Das ist gut«, fuhr ich fort. »Denn wenn sie deinen Anspruch auf Unterhalt schon mal festgestellt haben, werden sie vielleicht auch schnell kapieren, dass du nun eine Unterkunft brauchst.«

»Worüber zerbrichst du dir den Kopf?«

Ich zerbrach mir den Kopf darüber, wie ich durch das Einbahnstraßengewirr aus der Stadt herausfinden sollte.

»Ein Wohnwagen«, sagte ich.

»Zwei«, schoss er zurück. »Ich muss zwei haben.«

Fast musste ich lachen. »Im Moment wäre einer für dich schon Gold wert.«

Er gab keine Antwort. Nach ein paar Minuten fand ich die Umgehungsstraße und wir ließen die kleine Stadt hinter uns. Vor uns schimmerte die schwarze Straße. Auf jeder Seite funkelten Lichter wie Sterne in den Bergen.

»Wird sie leben?«, fragte er.

»Ich weiß es nicht. Ehrlich gesagt habe ich sie nur schnell abgeliefert und bin sofort weiter.«

»Wie sah sie aus? Was haben sie gesagt?« Seine Stimme klang ärgerlich.

»In einer Notfallaufnahme sagen sie immer nur ›Abwarten‹. Sie sah schrecklich aus. Sie nahmen sie mit. Dann nahmen sie Howard mit. Haben gesagt, sie kämen gleich wieder, um mit mir zu reden, aber sie kamen nicht. Da rief ich ihre Mutter an, brachte sie hin und fuhr dann los, dich holen.«

Wir fuhren um eine Kurve und da leuchteten die Lichter des Krankenhauses. Daddy senkte den Kopf, bedeckte mit der Hand sein Gesicht. Es war so seltsam, dass er da saß, dass er tatsächlich körperlich anwesend war in seiner dreckigen Jacke – mit seinen breiten Schultern, seiner breiten Brust.

Nicht als Bedrohung, nicht als ein Abwesender. Ich berührte ihn am Ärmel. Er sah hinüber.

»Lawanda würde das gefallen, wie ich all diese Hürden nehme«, sagte er. »Gefängnis, Krankenhaus …«

Ich bog in den zweispurigen Weg ein. Abgesehen von dem Personalbereich lag der ganze Parkplatz verlassen da. Ich hielt dicht neben der Notfalleinfahrt.

»Da wären wir«, sagte ich, stellte den Motor ab und zog die Handbremse. Daddy war sehr ruhig.

Dann schlug er plötzlich mit der Faust auf das Armaturenbrett. »Verdammter Howard Ingle!«, sagte er. »Verbrennt sein eigenes Kind!«

»Du weißt, dass er das niemals gewollt hat.«

Seine Stimme wurde hart. »Oh ja«, sagte er. »Mich wollte er ausbrennen. Seine Tochter ist nur ein so genannter Kollateralschaden.«

Mir wurde es eng im Hals.

Er machte weiter. »Das, was man neben dem Ziel auch noch trifft.«

»Ist es das, was mit uns passiert ist?«, fragte ich ihn.

Er zwängte sich aus dem Auto heraus, richtete sich auf und spuckte auf den Asphalt. »Komm jetzt«, sagte er.

Ich rührte mich nicht. »Ist es das?«, fragte ich wieder und sah auf. Er ging weg. Ich schlug die Autotür zu und jagte hinter ihm her. Wütend packte ich ihn am Arm, wollte ihn zu mir herumreißen, aber er wandte sich mir schon zu. Ich verlor das Gleichgewicht und wäre fast auf den Gehweg gefallen, aber er fing mich auf.

»Yeah, N.C.«, sagte er. »So könnte man es nennen.«

G**arland:** Von mir aus konnte sie es nennen, wie sie wollte; ich dachte nur an Lawanda, nicht an Nancy Catherine als Baby. Aber sie machte ein so jämmerliches Gesicht, dass sie sich noch vor der zweiten Glastür die Nase schnäuzen musste.

»Spar dir noch ein paar Tränen für später auf«, sagte ich.

Unvermittelt nahm sie meinen Arm, sie wollte, dass ich still war, und sagte: »Da hinten ist der Stationsarzt.« Ich tat ihre Hand weg.

»Lass das, Frau«, sagte ich warnend. »Noch habe ich keinen Schlafanzug an.«

Sie seufzte kurz und klang dabei so nach ihrer Mutter, dass ich Nora neben mir spüren konnte. Es machte mir eine Gänsehaut.

»Ich muss mit Howard Ingle reden, das sag ich dir.«

N.C. zuckte die Schultern. Nicht gerade höflich von ihr, mir dermaßen ähnlich zu sehen und sich dann wie ihre Mutter zu benehmen. Sie schob mich durch eine Tür in ein Wartezimmer. Zusammengesunkene Gestalten. Marma in Lebensgröße.

Sie stand auf, als wir hereinkamen, und streckte mir ihre Hand entgegen.

»Ein freier Mann«, sagte sie, als ich ihre Hand nahm.

Ich pfiff durch die Zähne. Die dünne Frau, die ich für Lawandas Mutter hielt, sah ängstlich aus. Marma umarmte Nancy Catherine.

»Ich bin Amos Garland«, sagte ich zu Howard Ingles

Frau. »Es tut mir alles ... furchtbar Leid. Wird Lawanda leben?«

»Sie können es noch nicht sagen. Aber sie bringen sie nach Lexington.«

»In einem Hubschrauber«, fügte Marma hinzu. Und dann: »Das ist June.«

Wir nickten einander zu.

»Wer fliegt mit?«, wollte N.C. wissen.

»Niemand!« Junes Gesicht zog sich wie zum Weinen zusammen. »Sie muss ganz alleine fliegen.«

»Das wird sie gar nicht merken –«, fing Nancy Catherine an.

»Oh doch, das wird sie«, unterbrach June sie. »Sie hat mit mir gesprochen. Sie kriegt alles mit.«

»Das ist gut«, sagte Marma. »Dann hat sie gehört, wie ich gesagt habe, dass wir auch hinkommen.«

»Sie fahren?«, fragte ich June. Da brach ihr Gesicht auf und sie weinte wirklich.

»Ich will ja, aber ich will auch Howard nicht alleine lassen. Ihm geht es so schlecht ...«

»Ich habe ihm etwas zu sagen«, sagte ich.

»Er kann jetzt keine Vorwürfe mehr ertragen«, teilte sie mir mit. »Er ist schon ganz krank davon.«

»Amos ist derjenige, dem Howard in die Augen sehen muss«, sagte Marma. »Neben Lawanda. Setz dich«, sagte sie zu mir. »Du kannst ihn sowieso erst morgen sehen. June hat es gerade versucht, aber er schläft.«

»Werden sie Bescheid sagen, wenn Lawanda losfliegt?«, fragte N.C.

»Das müssen sie«, sagte Marma. »Sie gehört zu uns.«

Alle setzten sich wieder. Ich konnte das nicht. Es war ein kleines Wartezimmer und ich war gerade aus dem Gefängnis gekommen.

»Ich gehe ein bisschen raus«, sagte ich zu N.C. »Halt du die Stellung hier.«

Ich sah, wie sie zu irgendeiner fürsorglichen Bemerkung ansetzte, aber sie war lieb – sie sagte nichts. Schnell ging ich raus.

Die Nachtluft war kühl und feucht. Es roch nach Moos auf den Steinen, typisch für Berggegenden. Das fühlte sich gut an auf der Haut. Ich versuchte nicht an Lawanda zu denken. Ich versuchte an einen Wohnwagen zu denken, den die Stadtverwaltung mir geben würde, einen mit Heizung, vielleicht sogar Wasseranschluss. Aber dauernd sah ich ihr Gesicht wie die Sonne über meinem Bergkamm aufgehen, dauernd hörte ich ihre frische, junge Stimme meinen Namen rufen.

Keine Ahnung, wie oft ich um das Krankenhaus herumgelaufen bin, bevor ich den Hubschrauber kommen hörte. Nach dem Knattern zu urteilen, das zwischen den Bergen hallte, hätte es eine ganze Schwadron sein können, nicht nur ein Einzelner, der vom Grenzschutz ausgeliehen war. Ich sah bei der Landung zu und ging dann zur Landestelle, die auf der Wiese war, nicht auf dem Dach.

Die Sanis waren schon draußen, als ich kam. Ihre Haare und Kleider flatterten im Wind der Propeller. Sie gingen zum Krankenhaus. Bevor sie ankamen, öffnete sich die Tür und ein großer, dünner Mann schob Lawanda heraus. Ein ganzer Schwarm Leute war um sie herum und kam ihr nach, wie Hunde hinter dem Lieferwagen vom Metzger. Ich sah N.C. auf mich zukommen.

Sie schoben eine Liege aus dem Hubschrauber, legten Lawanda darauf, mit all den Schläuchen und Beuteln. Ich konnte nicht viel sehen, wollte es auch gar nicht – Junge, ich habe genug gesehen. Ich weiß, was Feuer anrichten kann. Ich dachte, selbst wenn sie das hier überlebt – dieses Mädchen ist hinüber.

Und dann hörte ich Lawanda von weit her, aus Bus eins heraus, »ich finde dich schön« zu mir sagen, zu mir, faltig und grau, wie ich bin. Bei Gott, das war Vergebung. Ich ging direkt zu ihr hin.

Sie kämpfte mit all den Haken und Bandagen, versuchte sich zu bewegen und ihre Augen wanderten überall hin. »Lawanda!«, sagte ich und da sah sie mich an. »Danke!«

Dann hob die Mannschaft sie an und das Kopfteil der Liege wurde hochgeklappt, um sie in den Hubschrauber zu bekommen. Plötzlich waren auch Marma und June da.

»Ich muss hier bei deinem Daddy bleiben, Lawanda, aber morgen oder übermorgen komme ich nach«, sagte June.

»Wir starten jetzt!«, verkündete die Krankenschwester. »Alle zurück!«

»Mutter Jesus fliegt mit dir«, brüllte Marma, »und ich fahre unter dir her.«

Dann waren die Liege und die Mannschaft drin, die Türen wurden geschlossen und ein Doktor winkte uns zurück ins Krankenhaus. Hinter den Fenstern sahen wir zu, wie die Propeller immer schneller wurden und Lawanda forttrugen.

Lawanda: Ich glaube, mir ginge es ganz gut, wenn ich nur all diese Sachen los wäre, wenn ich einfach aufstehen und mich bewegen könnte. Aber ich bin festgebunden und angekettet – irgendwas steckt mir sogar in der Brust – und diese Maschine schießt mich wer weiß wo in den Himmel hinaus. Ich will runter! Ich will raus! Es ist so laut, sie würden mich auch dann nicht hören, wenn sie es versuchten. Was sie nicht tun. Sie sind viel zu sehr damit beschäftigt, mich zu retten, als dass sie danach fragen könnten, wie es mir geht.

Marma hat gesagt, Mutter Jesus schickt einen großen Vogel, der mich mitnimmt – ja ja, genau wie ein Adler mit einer Maus in den Fängen.

Meine Kehle brennt. Meine anderen Körperteile sind sonst wo, aber in meiner Kehle steckt ein Messer, das sich dreht wie beim Apfelschälen.

»Danke!«, hat er gesagt. Wofür?

Wenn ich schon hier oben bin, würde ich ja gerne rausgucken, aber ich kann gar keine Fenster sehen. Es holpert so. Wenn ich mich nun übergeben muss?

Die Schwester hält eine Schale in der Hand. Sie sagt, mein Blutdruck ist besser und sie könnten mir etwas zum Einschlafen geben. »Nur ein bis zwei Tropfen«, sagt sie und träufelt sie in einen Schlauch. Auf ihrem Namensschild steht Barbara.

»Barbara«, rufe ich an einem neuen Ort, wo die Decke über mir entlangsaust. Sie kommt nicht. Hell – vielleicht ist jetzt

Morgen. »Dies ist die Verbrennungsstation«, sagt jemand. »Dein Bett wartet schon auf dich.«

Das ist neu. Ich habe mein Bett immer mit Dessie geteilt. Und mit Jeff, sobald er aus der Wiege herausgewachsen war. Dad sagte, Noonie und Ray würden sich auf ihn wälzen.

Jetzt ist Noonie weg. Ich bin weg. Jeff schläft bei Ray. Dessie hat ein Bett für sich.

Eine Schwester sagt, sie heißt Treasure. Schatz. Vielleicht ist mein Name »Alles verloren«. Wie Lawanda, wissen Sie? Sie lächelt, glaube ich. Ihr Mund ist hinter einer Maske versteckt, aber ihre Augen hüpfen. Alle hier tragen Masken und Haarkappen und Handschuhe. Der ideale Ort für einen Überfall.

Ein Doktor taucht auf – Dr. Hostage, Geisel –, das darf doch nicht wahr sein. Er sagt, sie müssen mich untersuchen und umbetten und umziehen, und das wollen sie dann gleich alles auf einmal machen. Ich nicke. Ich weiß ja nicht, was kommt.

Zum Beispiel ein scheußlicher Geruch, sobald sie mich ausgezogen haben – unangenehm süß. Zuerst weiß ich nicht, wo er herkommt. Verbranntes Hühnchen, denke ich. Werft es weg, friert es ein. Dann verstehe ich: Oh Gott, das bin ich! Dann kommt die erste Schmerzwelle. Die Schwestern müssen abziehen, was hängen geblieben ist, und danach müssen sie mich waschen und abtrocknen.

»Schrei ruhig«, sagt Treasure und das würde ich ja auch tun, wenn meine Kehle schreien könnte. Ich mache eher Geräusche wie eine Katze, auf die jemand getreten ist. Treasure sagt, es tut ihr Leid, dass sie mich nicht in den Whirlpool stecken können. Ich stelle mir vor, wie ich mich drehe und drehe. »In ein paar Tagen«, sagt sie. Ich soll tagelang hier bleiben?

Bis sie all ihre Medizin verteilt und mich wieder eingewickelt haben, ist es die reine Tortur. Sie stecken mich in ein großes Gitterbett. Der Schmerz schreit nicht mehr, er singt nur noch. Ich frage, ob Marma schon da ist.

»Marma?«, sagen sie und ziehen die Augenbrauen hoch bis an die Haarkappen.

Ich versuche es mit etwas anderem. »Könnte ich vielleicht einen Bohneneintopf kriegen?«

»Was für Menschen«, seufzt Treasure. »Was für Menschen, die da in den Bergen leben.«

Garland: Auf dem Rückweg zum Wartezimmer hatte ich immer noch das Gefühl, mit Howard Ingle reden zu müssen, aber jetzt war meine Botschaft eine andere. Ich wollte nicht schimpfen. Konnte ich sagen: »Sie hat mir vergeben, sie wird auch dir vergeben«? Das würde für ihn keinen Sinn ergeben. Konnte ich sagen, dass ich meiner Tochter dasselbe angetan habe, nur mit einem halben Leben Vorsprung? Kollateralschaden? Konnte ich sagen: Canaan starb, aber Lawanda stirbt vielleicht nicht? Nein, das konnte ich alles nicht sagen. Dazu müsste ich ihm mein ganzes Leben erklären.

Und trotzdem musste ich mit ihm reden. Das sagte ich zu seiner Familie, als wir alle wieder saßen.

Marma war dafür. June war sich nicht sicher. Ich sagte ihr, ich hätte ihm keine Vorwürfe zu machen. Nancy Catherine zog die Augenbrauen hoch. »Es hat sich geändert, seit ich Lawanda gesehen habe«, sagte ich. June schlug die Hände vors Gesicht.

Marma tätschelte ihr die Schulter. »Geh du zuerst«, sagte sie zu June. »Sag Howard, wo Lawanda ist. Danach geht es dir besser.«

June ließ die Hände sinken. Sie sah aus wie ein Häuflein Elend. »Es wird schon hell«, sagte sie. »Bestimmt wacht er gleich auf.« Und sie ging.

Sie blieb nicht lange. Als sie zurückkam, sah sie ein bisschen entspannter aus.

»Er sagte, er hat so heftig geweint, dass er sich übergeben

musste«, erzählte sie uns. »Da haben sie ihm eine starke Beruhigungsspritze gegeben. Deshalb schlief er beim letzten Mal.«

Irgendwie schien ihr diese Tatsache weiterzuhelfen.

»Weiß er, dass Amos kommt?«, fragte Marma.

June nickte.

»Bring's hinter dich«, sagte Nancy Catherine.

»Man bringt nie etwas hinter sich«, sagte ich zu ihr. »Das ist es, was ich ihm sagen will.«

Ich nahm den Aufzug in den dritten Stock und eine Schwester führte mich den Korridor entlang zu Howards Zimmer. »Bitte regen Sie ihn nicht auf«, ermahnte sie mich die ganze Zeit, als hätte er keinen Grund, sich aufzuregen. »Lassen Sie ihn in Ruhe sein Frühstück essen«, sagte sie, als wir an einem Wagen mit Tabletts vorbeigingen. Ich hielt den Mund.

Am Zimmer Nummer 307 drückte die Schwester die Tür auf. Grüne und braune Wände, wie überall hier.

»Mr. Ingle, Mr. Garland möchte Sie besuchen«, verkündete sie, dann bedeutete sie mir mit lautlosen Lippenbewegungen: fünf Minuten.

Ich ging rein. Howard Ingle ist ein kleiner Mann, aber jetzt sah er aufgerichtet aus, als hätte ihn der Schlag getroffen. Seine Arme, dick eingewickelt, standen weit vom Körper ab. Sein Gesicht war dem Fenster zugewandt.

»Sie wissen, wer ich bin«, sagte ich und er sah mich an. Er nickte. »Ich habe Ihnen was zu sagen. Ich habe dasselbe getan wie Sie.«

Mit bleichem Gesicht und eingesunkenen Augen starrte Howard mich an.

»Ich habe einmal einen Brand gelegt, weit hinter dem Ozean. Die Army gab mir den Benzinkanister und die Streichhölzer. So viel Wasser dazwischen und trotzdem ist meine Familie dabei verbrannt.«

»Da war Krieg«, sagte Howard Ingle.

»Und wie nennen Sie das hier?«, fragte ich ihn.

Er schloss die Augen.

»Ich wollte die Jungen beschützen, die mir zugeteilt waren. Ich dachte auch, ich könnte das, so wie ich daheim auf meine High-School-Kinder aufgepasst hatte. Aber diese Jungen waren Menschen, die andere *töteten*. Das war ihr Job. Ich hatte es ihnen befohlen. Das war ja der Zweck unserer Reise und unserer Ausrüstung. Und so kam der Tod zu uns zurück. Wie wenn ein Kind einen Silvesterknaller aus einem geschlossenen Fenster hinauswerfen will. Der kommt zurück und explodiert ihm im Gesicht. Und das Fenster ist immer zu, mein Freund. Vielleicht ist es weit weg, so dass der Rückschlag Jahre braucht, um anzukommen. Aber er kommt … er kommt. Sie standen direkt am Fenster, Howard Ingle. Sie mussten nicht warten.«

Mit seinen bandagierten Armen konnte er sich die Tränen nicht selber vom Gesicht wischen. Ich fuhr mit einem Kleenextuch darüber.

»Was erzählen Sie mir da?«

»Dass Sie das, was Sie mir angetan haben, sich selbst angetan haben. Und dass ich dasselbe gemacht habe.«

Howard Ingle zuckte zurück, als hätte ich ihn geschlagen.

»Aber es ist *Lawanda* –«, fing er an und seine Stimme wurde lauter.

»Lawanda hat einfach geglaubt, dass ich ein Mensch war«, sagte ich. »Sie hat mir vergeben. Ihnen kann sie auch vergeben.«

»Aber ich habe Ihre Busse abgebrannt«, sagte er.

»Und ich habe Städte zertrümmert«, gab ich zurück. »Und meinen Kindern die Träume verbrüht. Glauben Sie, ich könnte Sie ins Gefängnis schicken?«

»Ich hab mich in Ihnen geirrt«, sagte er.

»Und ich mich in Ihnen«, war meine Antwort.

Howard: Es war wahrhaftig nicht einfach. Niemand kann ahnen, was Lawanda durchgemacht hat. Ich vielleicht noch am ehesten, weil ich auch Verbrennungen hatte, aber die waren mit Lawandas nicht zu vergleichen. Und die Narben sind mir egal, solange ich mit meinen Händen arbeiten kann, solange ich meine Arme heben und beugen kann. Aber Lawanda ist ein *Mädchen*, gerade drauf und dran, eine Frau zu werden. Und sie war schön wie der klare Himmel, ohne viel dafür tun zu müssen. Jetzt muss sie. Alle müssen das.

Sie lag vier Monate lang im Krankenhaus. Vier Monate lang einhundertfünfzig Meilen von zu Hause entfernt. June und Marma waren immer abwechselnd dort. Ich bin manchmal zu Besuch gekommen. Nancy Catherine brachte Garland auf ihrem Heimweg nach Louisville dort vorbei. Er fuhr dann mit Marma zurück und übernahm meinen Job, bis es mir besser ging. Dazu brauchte er erst mal einen Führerschein. Garland war seit dem Krieg nicht mehr Auto gefahren. Und als Fahrer war er keine große Hilfe. Immer wenn er an einer Straße vorbeikam, die er von früher kannte, musste er erst mal wenden und einen kleinen Abstecher machen.

Immerhin blieb er trocken, jedenfalls bei der Arbeit. Curtis Ballard stellte ihm ein Feldbett in den Heizungsraum. Sorgte dafür, dass er eine warme Mahlzeit bekam. In der Reinigung gibt es ein Badezimmer. Alles viel feiner als im Bus. Jetzt ist er wieder oben auf seinem Bergkamm, hat einen Wohnwagen von der Gemeindeverwaltung. Und einen Lastwagen, aber dazu komme ich später.

Lawanda ist nicht mehr die Alte, mehr kann ich dazu nicht sagen. Sie behauptet, sie sei es doch.

»Ein Teil von mir, der vorher versteckt war, ist jetzt zum Vorschein gekommen«, erklärte sie mir. Aber genau solche Sachen hätte sie vorher niemals gesagt.

Sie hat so viel durchgemacht. Alles, was sie dann mit einem anstellen – baden und abreiben, einen Hautfetzen abreißen, um ihn anderswo einzusetzen, das ganze Gesicht zusammensetzen wie ein Schindeldach. Als ob man sich nicht leisten könnte, alles in einem Rutsch zu machen, sondern nur Stückchen für Stückchen. Nimm etwas Teer und Schindeln und sieh zu, wie weit du kommst.

Ach Lawanda.

June ist auch nicht mehr die Alte. Man kann es ja ruhig sagen: Jeder von uns ist verängstigt. Ray ist abgehauen. Noonie fand ihn. Er war auf dem Weg nach Norden. Immer wenn ihm das Geld ausging, ist er Blut spenden gegangen.

»Wenn man bedenkt«, sagte Garland, »man könnte seinen eigenen Red River bis nach Kanada fließen lassen.«

Lawanda sagt, es ist nicht rot, sondern nur Plasma.

Welche Farbe auch immer – Gott sei Dank hat er es nicht geschafft. Gott sei Dank sitzt er wieder im Schulbus und fährt zur Schule. Ich gehe ihm immer noch genauso auf die Nerven wie er mir. Wir ertragen einander nur.

Dessie hat uns nicht verlassen, indem sie weggegangen ist. Sie tut nur so, als wären wir nicht verwandt. Sie spricht von gewissen Lebensumständen, als wäre damit alles gesagt. Ich wusste gar nicht, dass sie solche erwachsenen Ausdrücke kennt. Und Jeff, mein Jüngster, hat Angst vor mir. Das merke ich, wenn ich ihn hochnehme. Er macht sich ganz steif. Ich dachte erst, es wäre wegen der Narben auf meinen Armen, aber auf Lawanda ist er direkt zugegangen. Er setzte sich neben sie und streckte die Hand nach ihrem Gesicht aus. »Tut es weh?«, fragte er. Sie schüttelte den Kopf und lächelte und ging aus dem Zimmer.

Und dann ist da noch June. Sie ist einen Schritt weitergekommen, scheint mir. Sie will nun alles aus erster Hand, sie ist fertig damit, »die Doofe vom Dienst zu spielen«, sagte sie. Wie sie zum Beispiel mit Lawandas Ärzten umgesprungen ist! Sie hat alles Mögliche nachgelesen und hat sie dann ausgefragt, als wären es Leute wie du und ich. Sie hat sie in die Ecke gedrängt, sie hat Marma und mir alles aus der Hand genommen. Und als ich wieder arbeiten ging und ihr Pa anfing, durch die Gegend zu wandern, ging sie sofort zu Garland. Sie stellte ihn als Hilfe auf der Farm an und ließ ihn auf John aufpassen, wenn Marma in Lexington war. Er hat Johns alten Lastwagen abschleppen und reparieren lassen. So bekam Garland wieder Räder unter den Hintern. Wenn mir vor einem Jahr jemand erzählt hätte, wir würden den alten Mann um Hilfe bitten, dann hätte ich ihn für verrückt erklärt. Aber die Welt hat sich gedreht.

Jedenfalls konnte man sich auf Garland verlassen, soweit ich gehört habe. Klar, einmal ist er mit Nancy Catherine aneinander geraten, als sie hier war. Sie sagt, er hat mit Sachen um sich geworfen. Das überrascht mich nicht. Ich möchte wetten, sie auch. Die beiden sind sich so ähnlich.

Das Wunder ist, dass sie sich vertragen haben. Jede Menge Dornen und manchmal eine Rose.

So würde Lawanda es ausdrücken, genau so. Solche Dinge schreibt sie wahrscheinlich in ihr Tagebuch. Sie hat damit angefangen, Tagebücher zu führen, genau wie Garland. Ich hätte ja gedacht, wenn einem durch irgendwas das Schreiben vergeht, dann durch all dies, aber so scheint es nicht zu sein.

Vielleicht, weil Lawanda im Krankenhaus so viel gelesen hat. Erst hat sie Vorlese-Kassetten gehört, als sie noch kein Buch in der Hand halten konnte. Und sie hat sich richtig in Musik hineingestürzt. Gesang. Das Singen gehörte zu ihrer Behandlung, um ihre Stimme aufzubauen. Garland kam mit seiner Harmonika dazu; Nancy Catherine brachte einen Freund mit Gitarre an. Jetzt singt Lawanda die ganze Zeit. Sie macht auch selber Songs. Die schreibt sie in ihr Tagebuch.

Sie hat viel Kraft, unsere Lawanda. Will immer noch aufs College gehen. Und das wird sie auch tun. Diesen Sommer holt sie die Mathestunden nach, die sie im Krankenhaus verpasst hat. Garland half ihr den Anschluss zu halten.

Und ich? Ich sehe mich dauernd angestrengt um und versuche herauszukriegen, was das Leben bedeutet, ohne dass ich ihm einen Namen geben will. Sogar mein eigenes Leben. Da ist es am schwersten. Manchmal fühle ich mich so schrecklich und habe mich selber so satt, dann könnte ich mich nur noch zum Sterben in den Wald verkriechen. Aber das würde June nur noch mehr Schmerz zufügen und sie hätte kein Geld. Marma sagte: »Wenn Lawanda leben kann, kannst du's auch.«

Da haben wir's.

L**awanda:** Nun, da Garland in die Welt zurückgekehrt ist, kann ich nicht mehr einfach zu Cade's Hill hochwandern und damit rechnen, dass er da ist. Die Wahrheit ist: Ich kann gar nicht wandern. Ich kann nur sehr langsam die Zugangsstraße entlanggehen, um von dort auf einem Umweg zum Wohnwagen zu kommen. Aber ich rufe vorher an. Garland wollte erst kein Telefon haben, aber Mom sagte, wenn er für sie arbeiten will, dann braucht er eines. Ist das nicht seltsam?

Jedenfalls rief ich ihn neulich an und er sagte, ich könne kommen. Er wollte mich sogar abholen. Aber ich erklärte ihm, der Weg sei meine Krankengymnastik, und falls ich mich verausgaben würde, könnte er mich ja nach Hause fahren.

Es ist komisch, dort hinaufzugehen. So fremd und so vertraut. Der Boden ist verbrannt, die Busse sind fort und Garland hat ein Zuhause mit einer richtigen Tür! Es gibt einen *Teppich*, eine Couch, eine Küche mit fließendem Wasser – seltsam. Zwischendurch wirkt es gestellt, so als hätte jemand eine neue Kulisse hinter Garlands Leben geschoben, wie man es in Filmen macht. Aber es ist so echt wie ein Hubschrauber.

Und überall sind Bücher. Mehr Bücher als alles andere, sogar in den Küchenschränken. »Die Abteilung für Nachschlagewerke«, sagt Garland. In einem Schlafraum sind die Karten. Allerdings neue Karten. Darunter eine Sternenkarte und eine von den Vereinigten Staaten, auf der man sehen kann, wo seine Kinder leben. Garland ist aus dem Krieg heimgekehrt.

Diesmal, am Dienstag, begrüßte er mich, gab mir einen Orangensaft und fragte, wie es mir ging.

»Algebra ist nicht gerade sehr aufregend, aber ich bringe es hinter mich.«

»Ich dachte, du magst Mathe«, sagte er.

»Tu ich auch. Aber ich mochte es lieber, als ich noch dachte, dass es für alles nur eine Lösung gibt.«

»Klingt einleuchtend.«

Ich musste lächeln. Es ist schön, mit jemandem zusammen zu sein, für den man einleuchtend klingt.

Daran dachte ich noch, als er sagte: »Darf ich dir etwas vorlesen?«

Das ist anders geworden. Vor dem Feuer hätte er gesagt: »Hör mal zu.« Ich war das Kind. Er war der Erwachsene. Nun sind wir beide Veteranen.

»Klar«, sagte ich. »Lies vor.«

Er wühlte in einem Stapel Papieren und Notizbüchern auf der Küchenanrichte. »Ah«, sagte er, »hier ist es.« Er hielt eine Zeitschrift in die Höhe. »Hab ich in Lexington gefunden. Nur ein kleiner Artikel. Was man so einen Lückenfüller nennt. Hör zu:

Im Sommer des Jahres nach dem Ende des Zweiten Weltkrieges entdeckte man in London fremdartige Pflanzen, die in den Bombenkratern wuchsen und seltene Blüten trieben. Die herbeigerufenen Botaniker machten nach eingehender Untersuchung folgende Entdeckung:

Obwohl ursprünglich in London beheimatet, waren diese Pflanzen dort seit 1666 nicht mehr gewachsen. Das Große Feuer hatten sie verbrannt und ihren Samen unter Schutt und Asche begraben. Fast dreihundert Jahre später hatten die Glut und die Wucht der Bomben sie wieder zum Leben erweckt.«

Er sah zu mir auf. Ich starrte ihn nur an. Was er gelesen hatte, gefiel mir nicht.

»Kapierst du das nicht?«

»Weiß ich nicht.« Ich war wütend, aber ich versuchte es zu übergehen. »Was war das Große Feuer?«

»Jemand hat seinen Herd angelassen und damit die ganze City in Brand gesetzt. Es war die schlimmste Katastrophe in London bis zu den Bombennächten.«

»Okay«, sagte ich mit zusammengebissenen Zähnen.

»Aber sieh mal, merkst du denn nicht –«

»Nein. Tu ich nicht.«

Ich schloss die Augen, um ihn auszuschalten, aber er sprach weiter.

»Es ist wie …«

»Hör auf damit!«, befahl ich und stand auf. Langsam. Nur mein Kopf war schnell in diesem Moment. Nur meine Zunge. »Ich hab's kapiert, alles klar. Wie passend. Erst hatten sie Feuer, dann Bomben. Aber wir hatten zuerst die Bomben.« Ich fing an in seinem niedlichen kleinen Zuhause umherzugehen. »Und als das Feuer kam, hat es nur das Unkraut vom Berg abgebrannt. Und die Haut von mir. Oder soll ich etwa die Blume sein, nur verkohlt?«

»Lawanda –« Garland war nun auch auf den Beinen, mit erhobenen Händen, als wäre dies ein Überfall.

»Oder soll ich der Samen sein, den die Glut befreit hat?« Meine Stimme überschlug sich. »Sag's mir, du Bücherkenner. Wo komme ich vor in diesem großen Epos, gezeichnet fürs Leben?«

In einer Küche, dachte ich, neben dem Kühlschrank, da ist mein Seil zu Ende. Ein Stück Himmel durch das Wohnwagenfenster, und vorher war es ein Stück Himmel durch die Windschutzscheibe eines Busses.

Garland kam zu mir und legte mir die Hände auf die Schultern. Sein Gesicht hatte einen neuen Ausdruck.

»Es *ist* fürs Leben, Lawanda. Mehr will ich doch nicht sagen. Es wird Leben daraus entstehen.« Und auf seiner Wange waren Tränen, Garland-Tränen.

»Ach Garland«, sagte ich und nahm ihn in die Arme.

Danksagung

Ich möchte gerne den folgenden Personen danken, deren großzügige Unterstützung, technische Ratschläge, Freundschaft und/oder Kritik dazu beigetragen haben, dass dieses Buch möglich wurde – Sandy Ballard, Carol Bastian, Sallie Bingham, Louise Borden, Marie Bradby, Joy Button, Jo Carson, Marguerite Casparian, Paul Centrell, Jan Cook, Jenny Davis, Priscilla Denby, David Fresh, Martha Gehringer, Vicky Hayes, Mary Hodges, Gladys Hoskins, Robert und Betty Hoskins, Pat Hudson, Karen Jones, Jane Wilson Joyce, Leatha Kendrick, the Kentucky Foundation for Women, Ann Kilkelly, Barbara Mabry, Jeff Daniel Marion, Lou Martin, Sue McFarlan, Gurney Norman, Ann und Frank Olson, Karen Orchard, Barbara Presnell, Marilyn Sewell, Anne und Graham Shelby, Lee Smith, Kathleen Sterling, Laura Sutton, Mary Ann Taylor-Hall, Jane Gentry Vance, Roberta White und Diana Wildsmith. Außerdem danke ich Dick Jackson, meinem Lektor, Barbara Kouts, meiner Agentin, und Steve Lyon, meinem Mann – Lob und Dank für das Vertrauen in dieses Projekt und die Zusammenarbeit bei der Durchsicht.

Romane für Jugendliche

Charlotte Kerner

Blueprint

Roman. Mit einem Nachwort der Autorin
Gebunden, 192 Seiten (80837)

Irgendwann in der nahen Zukunft, wenn das Klonen von Menschen möglich sein wird: Die hoch begabte Komponistin Iris Sellin ist unheilbar krank und kinderlos. Damit ihr Talent nicht mit ihr aus der Welt verschwindet, lässt sie sich klonen. Iris und ihre Tochter Siri sind damit eineiige Zwillinge und zugleich Mutter und Kind. Siri wächst in einer Beziehung auf, die es so zwischen zwei Menschen noch nie gegeben hat. Als Kopie, als Blueprint ihrer Mutter, lebt sie mit einem vorgegebenen Leben und dem Auftrag, Iris und ihr Talent unsterblich zu machen. – Was aber bedeutet ein solches Leben für das Original und die Kopie? Beide sind Menschen aus Fleisch und Blut, aber wo verläuft die Grenze zwischen ihren Persönlichkeiten? Wer ist hier Ich und wer Du, wer frei und wer Sklave des anderen?

»Fesselnd bis zur letzten Seite ist dieses Buch einer der aufregendsten Beiträge zur Diskussion um die Gen-Technologie und nebenbei das faszinierende Porträt einer Mutter-Tochter-Beziehung.«
Saarbrücker Zeitung

»Charlotte Kerner liefert einen packenden Beitrag zur Debatte, was ›Fortschritt‹ mit dem Menschen anrichten kann.« *Main-Echo*

Klaus Kordon

Hundert Jahre und ein Sommer

Roman. Gebunden, 392 Seiten (808057)

Kurz bevor das 20. Jahrhundert zu Ende geht, schreibt die Studentin Eva Seemann einen langen Brief an ihre Ururgroßmutter. Eva weiß von dieser Hermine kaum mehr, als dass sie seit über fünfzig Jahren tot ist; es gibt nicht einmal mehr ein Grab. Aber Eva besitzt ein Foto von ihr, und der jungen Frau darauf fühlt sie sich merkwürdig nahe. »Liebes Minchen«, beginnt Eva ihren Brief und erzählt vom letzten Sommer: wie sie und Grigorij sich ineinander verliebt haben, wie sie zum ersten Mal ihren Großvater Robert, Minchens Enkel, in Berlin besuchte und was sie in der wiedervereinigten Stadt über ihre Familiengeschichte herausgefunden hat.
Klaus Kordons neuer Roman schlägt einen Bogen vom Kaiserreich bis ins wiedervereinigte Deutschland. Aus der Geschichte einer Familie und eines Hauses entsteht ein ebenso anschauliches wie ergreifendes Bild unseres bewegenden Jahrhunderts.

»Geschichtsschreibung in Romanform – keiner kann das besser als Klaus Kordon.« *Focus*
»Hundert Jahre und ein Sommer ist viel mehr als nur Geschichte: lebendige, menschliche, große Literatur. Ganz sicher nicht nur für Jugendliche.« *Schwäbische Zeitung*

Beltz & Gelberg
Beltz Verlag, Postfach 10 01 54, 69441 Weinheim

Romane für Jugendliche

Uri Orlev

Die Bleisoldaten

Roman. Aus dem Hebräischen von Mirjam Pressler

Gebunden, 336 Seiten (79799)

Jurek ist elf, als er mit seiner Mutter und dem jüngeren Bruder Kazik ins Warschauer Ghetto kommt. Der Vater, Arzt von Beruf, ist als polnischer Offizier in russische Gefangenschaft geraten. Jurek und Kazik sind noch arglos: Sie wissen, dass Krieg ist, und spielen ihn – ihr Lieblingsspiel – mit Bleisoldaten nach. Was es in diesen Zeiten bedeutet, Jude zu sein, begreifen sie erst allmählich. Ihre Eltern haben ihr Jüdischsein nicht wichtig genommen. Hätten die Großväter nicht darauf bestanden, wären Jurek und Kazik wohl nicht einmal beschnitten worden – und man könnte sie jetzt leichter verstecken. Jurek und Kazik überleben; ihre Schulen aber werden das Ghetto, wechselnde Verstecke und schließlich das Konzentrationslager Bergen-Belsen.

»Orlevs Roman zeugt auf wunderbare Weise von der Unzerstörbarkeit der menschlichen Seele; seine Überzeugungskraft rührt von der Behutsamkeit des Erzählens her, von einem leisen Humor und von der Meisterschaft, mit der Orlev Menschen charakterisiert.« *London Daily Telegraph*

»Man zögert, ein weiteres Buch über den Holocaust aufzuschlagen, aber *Die Bleisoldaten* ist anders. Das Buch hält genau die richtige Balance zwischen Abstand und Nähe. Und dass es aus der Sicht eines Kindes geschrieben ist, macht das, was beschrieben wird, erträglicher.« *Jewish Chronicle*

Sigurd Pruetz

Cornelius oder

Weil man dann etwas anderes findet

Roman. Gebunden, 248 Seiten (79794)

Er heißt Cornelius, ist zwölf und wird Conny genannt. Er wohnt in Berlin-Ost, aber fast schon in Kreuzberg, und er spielt Klavier. Ob daraus mal mehr wird, er vielleicht sogar Musiker werden kann, steht noch in den Sternen. Das Schicksal will es offensichtlich so. Denn auf einem heimlichen nächtlichen Streifzug durch's Viertel lernt er die schräge alte Henriette kennen, durch Henriette die Musikkneipe »Grüne Geige« und in der »Grünen Geige« den Bluesgitarristen Dave aus Texas – mit dem Conny Musik machen darf. Von da an steht für Conny fest: Das ist sein Leben. Und er wird es schaffen. Denn wer es in Berlin schafft, der schafft es überall.

»Die Geschichte einer beginnenden Musikerkarriere, randvoll mit skurrilen Begegnungen, Einfällen und Aktionen. Ein durch Sprachwitz und Phantasie gekennzeichneter Großstadtroman.« *Die Jury des Oldenburger Kinder- und Jugendbuchpreises*

»Note für Note fügt sich dieser Roman zu einer kleinen Großstadtmelodie, zu einem realistischen Berliner Märchen, mal in dur und meist in moll, das nichts verspricht, was es nicht auch halten kann.« *Frankfurter Rundschau*

»Ein tiefsinniger und zugleich witziger Bildungsroman, der die Ausdrucksweise und die Phantasie heutiger Jugendlicher ernst nimmt und dadurch ganz neue Einsichten in das weite Feld der Beziehung zwischen Leben und Kunst ermöglicht.« *Badische Zeitung*

Beltz & Gelberg

Beltz Verlag, Postfach 10 01 54, 69441 Weinheim

Romane für Jugendliche

Leon W. Tillage

Leons Geschichte

Aus dem Amerikanischen von Heike Brandt

Gebunden, 112 Seiten (79787), Gulliver Taschenbuch (78415)

Eine schwarze Kindheit im North Carolina der 40er und 50er Jahre: Als Leon 1936 geboren wurde, arbeitete seine ganze Familie auf großen Baumwollfeldern. Nur wenn keine Erntezeit ist, dürfen die schwarzen Kinder zu Fuß viele Meilen in die Schule gehen. Dann werden sie vom Bus der weißen Kinder überholt und mit Steinen beschmissen. Leon Walter Tillage erzählt davon, was es bedeutet, im Laden nicht bedient zu werden und stets nur Hintereingänge für Schwarze zu benutzen. Wie es war, wenn der Ku-Klux-Klan kam, und sich die ganze Familie auf dem Dach ihres winzigen Hauses versteckte. »Nun, so ist das vorgesehen, so muss das sein«, erklärte ihm sein Vater, der später von einem weißen Nachbarjungen totgefahren wurde – kein Unfall, sondern das Ende einer Menschenjagd. Heute ist Leon Walter Tillage Hausmeister in einer Schule in Baltimore. Seine Lebensgeschichte hat er viele Jahre den Schülern seiner Schule erzählt. Die Zeiten haben sich zum Guten geändert, so sieht er das. Er will nicht anklagen, sondern Hoffnung machen auf eine bessere Zukunft.

»L.W. Tillage erzählt sehr einfach, ohne Zorn und darum unglaublich eindrucksvoll.«
Berliner Morgenpost

»Eine fesselnde Autobiographie, von der eine gewaltige Kraft ausgeht. Mit ihrer behutsamen Art und Weise von den Gräueln des Rassismus zu berichten, erreicht sie wesentlich mehr, als es die meisten Romane je könnten.« *Publishers Weekly*

Reinhold Ziegler

Version 5 Punkt 12

Roman. Gebunden, 240 Seiten (80843), Gulliver Taschenbuch (78818)

»Reinhold Ziegler hat George Orwells *1984* ins nächste Jahrtausend weitergedacht. Er erzählt von einer Welt, die vollständig vom Computer kontrolliert wird. Alle Daten der Menschen sammelt diese ›Big-Brother‹-Maschine: was sie einkaufen, wann sie in welche Kneipe gehen, mit wem sie telefonieren und welches Fernsehprogramm sie bevorzugen. Alles, wirklich alles landet im Speicher – und der Computer ordnet danach die Menschen. Als der junge Tubor Both versucht, diesem Superhirn den Strom abzudrehen, wird alles noch schlimmer …
Eine unglaublich spannende Gänsehaut-Geschichte – und wie alle guten Zukunftsromane durchaus nicht unrealistisch.« *Saarbrücker Zeitung*

»Einer der besten utopischen Jugendromane der letzten Jahre!« *Eselsohr*

»Ein heißes Thema, ein atemberaubend spannender Thriller!« *Topic*

»Reinhold Zieglers Thriller ist ein hochspannendes, sehr anspruchsvolles Buch. Science Fiction von übermorgen, die erwachsene Leser vermutlich mehr ängstigen wird als Jugendliche.« *BuchMarkt*

Nominiert für den Deutschen Jugendliteraturpreis

Beltz & Gelberg

Beltz Verlag, Postfach 10 01 54, 69441 Weinheim